D1351120

# MISS PEREGRINE
## ET LES ENFANTS
# PARTICULIERS

## Ransom Riggs

Ransom Riggs a grandi en Floride. Il est diplômé du Kenyon College et du département de cinéma et télévision de l'université de Californie du Sud. Il a réalisé plusieurs courts métrages, couronnés de prix. *Miss Peregrine et les enfants particuliers* est son premier roman. Ransom Riggs vit aujourd'hui à Los Angeles.

**RANSOM RIGGS**

# MISS PEREGRINE
## ET LES ENFANTS
# PARTICULIERS

Traduit de l'anglais (États-Unis) par Sidonie Van den Dries

L'édition originale de cet ouvrage a paru initialement en anglais,
sous le titre :
*Miss Peregrine's Home for Peculiar Children*

© Ransom Riggs, 2011.
Tous droits réservés.
© Bayard Jeunesse, 2011, pour la traduction française.
© Librairie Générale Française, 2016, pour la présente édition.

« Le sommeil, la mort ne sont pas ;
Qui semble mourir vit encore.
Seuil où tu fis tes premiers pas,
Heureux amis de ton aurore ;
Jeune fille, enfant et vieillard,
Récompense d'efforts sans trêve,
Tout s'évanouit au regard,
Tout se métamorphose en rêve
Et rien ne reste dans la main. »

Ralph Waldo Emerson
(Traduction de Marie Dugard, 1931)

# PROLOGUE

*J*e venais juste de me résigner à vivre une vie ordinaire, quand des évènements extraordinaires se sont produits. Le premier m'a causé un choc terrible et m'a changé définitivement, au point de couper mon existence en deux : Avant et Après. Comme la plupart des bouleversements à venir, il concernait mon grand-père, Abraham Portman.

Quand j'étais petit, Grandpa Portman était le personnage le plus fascinant de mon entourage. Il avait grandi dans un orphelinat, fait la guerre, traversé des océans en bateau à vapeur, et des déserts à cheval. Il s'était même produit dans des cirques. Incollable sur les armes, les techniques d'autodéfense et de survie en territoire hostile, il parlait au moins trois langues étrangères, en plus de l'anglais. Moi qui n'avais jamais quitté la Floride, je trouvais ça infiniment exotique. Je le suppliais de me raconter ses histoires chaque fois que je le voyais, et il ne se faisait guère prier. Il me les confiait comme des secrets, qu'il ne pouvait révéler à personne d'autre.

À six ans, j'avais décidé que, pour mener une vie aussi palpitante (ou presque) que Grandpa, je deviendrais explorateur. Il m'y encourageait en passant des après-midi avec moi, penché sur des mappemondes. Il m'aidait à tracer des expéditions imaginaires avec de petites épingles rouges et me parlait de tous les endroits fantastiques que je découvrirais un jour. À la maison, personne n'ignorait mes projets. Je paradais, un tube en carton vissé sur l'œil, en braillant : « Terre à l'horizon ! Préparez le débarquement ! », jusqu'à ce que mes parents me mettent dehors à coups de savate. Ils craignaient sans doute que mon grand-père ne fasse de moi un incorrigible rêveur, au détriment d'ambitions plus concrètes. C'est pourquoi ma mère m'a fait un jour asseoir pour m'expliquer que je ne pourrais pas devenir explorateur : toutes les contrées du monde avaient déjà été découvertes. J'étais né au mauvais siècle, et je me sentais floué.

J'ai été encore plus déçu lorsque j'ai compris que les fabuleuses histoires de Grandpa ne pouvaient pas être vraies. Les plus longues parlaient de son enfance ; il était né en Pologne mais, à l'âge de douze ans, il avait été envoyé dans un pensionnat du pays de Galles. Quand je lui demandais pourquoi il avait été obligé de quitter ses parents, il me répondait toujours la même chose :

— Parce que les monstres étaient à mes trousses. La Pologne était truffée de monstres, précisait-il.

— Quel genre de monstres ? m'étonnais-je alors, les yeux écarquillés.

C'était devenu une espèce de rituel entre nous.

— Des monstres affreux, bossus, avec des yeux noirs et la peau en décomposition. Ils marchaient comme ça !

Après quoi, il me poursuivait en traînant les pieds, tel un monstre de cinéma d'autrefois, et je me sauvais en hurlant de rire.

Chaque fois qu'il décrivait les monstres, il ajoutait de nouveaux détails épouvantables : ils empestaient comme de vieilles poubelles ; ils étaient invisibles, mais on pouvait voir leurs ombres. Ils avaient dans la bouche des dizaines de tentacules grouillants, qui jaillissaient soudain pour vous capturer et vous attirer dans leurs puissantes mâchoires.

J'ai assez vite eu du mal à m'endormir le soir. Mon imagination fertile transformait le crissement des pneus sur la chaussée mouillée en halètements sous ma fenêtre ; les ombres qui filtraient sous ma porte ressemblaient à s'y méprendre à des tentacules gris-noir. J'avais peur des monstres, mais j'étais tout excité à l'idée que mon grand-père les avait combattus et qu'il était encore là pour le raconter.

Quant aux histoires qui traitaient de sa vie dans l'orphelinat du pays de Galles, elles étaient encore plus fantastiques ! C'était une maison magique, où les enfants vivaient à l'abri des monstres, sur une île où il faisait toujours beau. Personne n'y tombait jamais malade et, bien sûr, personne ne mourait. « Ils habitaient tous ensemble dans une immense bâtisse, sur laquelle veillait un vieil oiseau très sage », disait Grandpa. Mais en grandissant j'ai commencé à avoir des doutes.

— Quel genre d'oiseau ? ai-je voulu savoir un après-midi, à l'âge de sept ans, en pleine partie de Monopoly (qu'il s'appliquait à me laisser gagner).

— Un grand faucon fumeur de pipe.

— Tu me prends pour un idiot, Grandpa ?

Il a effeuillé du pouce sa liasse de billets orange et bleus :

— Je ne penserais jamais une chose pareille, Yakob.

J'ai compris que je l'avais vexé parce que son accent polonais, qu'il n'avait jamais tout à fait perdu, était revenu en force. Les J chuintaient et les R roulaient allégrement. Penaud, j'ai décidé de lui accorder le bénéfice du doute :

— Mais pourquoi les monstres vous voulaient-ils du mal ?

— Parce que nous n'étions pas comme tout le monde. Nous étions particuliers.

— Particuliers comment ?

— Oh, chacun à sa manière... Il y avait une fillette capable de voler, un garçon qui abritait des abeilles vivantes dans son ventre ; des frère et sœur si forts qu'ils pouvaient soulever d'énormes rochers au-dessus de leur tête.

Je me suis demandé s'il était sérieux. En même temps, mon grand-père n'avait rien d'un farceur. Il a plissé le front en voyant mon air dubitatif :

— Très bien. Tu n'es pas obligé de me croire sur parole. J'ai des photos !

Il a repoussé sa chaise de jardin et m'a laissé dans la véranda pour aller chercher quelque chose dans la maison. Il est revenu une minute plus tard avec une vieille boîte à cigares, d'où il a sorti quatre clichés jaunis.

Le premier était flou. On y voyait un costume sans personne dedans. Ou alors un individu sans tête.

— Mais si, il a une tête ! a dit Grandpa avec un grand sourire. Seulement, tu ne la vois pas.

— Pourquoi ? Il est invisible ?

— Futé, ce petit !

Il a haussé les sourcils pour saluer ma perspicacité.

— Il s'appelait Millard. C'était un drôle de gars. Il me disait parfois : « Je sais ce que tu as fait aujourd'hui, Abe... », puis il me racontait où j'étais allé, ce que j'avais mangé... Il m'avait même vu mettre un doigt dans mon nez en cachette. Il nous suivait, silencieux comme une souris, sans vêtements, pour qu'on ne puisse pas le repérer. Il nous observait...

Grandpa a secoué la tête :

— Étonnant, hein ?

Il m'a passé une autre photo et m'a laissé le temps de l'examiner avant de m'interroger :

— Alors ? Qu'est-ce que tu vois ?

— Une petite fille.

— Et ?

— Elle porte une couronne.

Il a tapoté le bas de l'image.

— Et ses pieds ?

J'ai collé le nez sur le cliché. Les pieds de la fillette ne touchaient pas le sol. Pourtant, elle ne sautait pas. On aurait dit qu'elle flottait dans l'air. J'en suis resté bouche bée.

— Elle vole !

— Presque. Elle lévite. Mais elle ne se contrôlait pas très bien. On devait lui attacher une corde autour de la taille pour l'empêcher de partir trop loin !

J'étais fasciné par le visage de poupée de l'enfant.

— C'est réel ?

— Évidemment, a fait Grandpa d'un ton bourru.

Il m'a repris la photo et m'en a tendu une autre. Un garçon maigrichon qui soulevait un gros rocher.

— Victor et sa sœur n'étaient pas très malins, mais ils avaient une force incroyable !

— On ne dirait pas, ai-je répliqué en observant les bras décharnés du garçon.

— Détrompe-toi ! J'ai fait un bras de fer contre lui, un jour. Il a failli m'arracher la main.

La dernière photo était la plus étrange. C'était l'arrière d'une tête. Un visage y était peint.

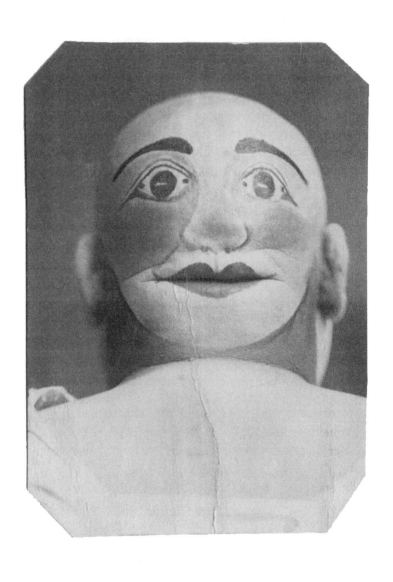

Grandpa l'a commenté en ces termes :

— Il a deux bouches. Une devant, l'autre derrière. Ça explique qu'il soit devenu aussi grand et gros !

— C'est un trucage ! ai-je protesté. On voit bien que le visage est peint.

— Bien sûr, on l'avait maquillé pour un spectacle de cirque. Mais la seconde bouche est réelle, je t'assure. Tu ne me crois pas ?

J'ai réfléchi en étudiant tour à tour les photos et mon grand-père. Son visage était si ouvert, son expression si sincère... Pourquoi m'aurait-il menti ?

— Si, je te crois.

Et je le croyais vraiment. En tout cas, je l'ai cru pendant quelques années, comme d'autres croient au Père Noël. Simple question de volonté. On s'accroche à nos contes de fées jusqu'à ce que le prix de ces croyances devienne trop exorbitant. C'est ce qui m'est arrivé en CE1, quand Robbie Jensen m'a couvert de honte, un jour, au déjeuner. Il avait déclaré devant une tablée de filles que je croyais aux fées. Je l'avais mérité, j'imagine, à force de raconter les histoires de mon grand-père à l'école. Mais, l'espace de quelques secondes, j'ai vu le sobriquet « Peter Pan » planer au-dessus de ma tête. Et, qu'il ait été sincère ou non, j'en ai voulu à Grandpa.

Il était venu me chercher à l'école ce jour-là, comme souvent quand mes parents travaillaient. J'ai grimpé sur le siège passager de sa vieille Pontiac et déclaré que je ne croyais plus à ses contes de fées.

Il m'a regardé par-dessus ses lunettes.

— Quels contes de fées ?

— Tu sais bien. Tes histoires avec les enfants et les monstres.

Il a paru troublé.

— Qui a parlé de fées ?

Je lui ai expliqué qu'une histoire inventée et un conte de fées étaient la même chose : des trucs pour les bébés, et que je savais que ses histoires et ses photos étaient fausses. Je m'attendais à ce qu'il proteste ou se fâche. Il s'est contenté de dire : « D'accord », avant de mettre le contact. Il a enfoncé l'accélérateur, et la Pontiac a démarré sur les chapeaux de roues. Point final.

Il devait s'y préparer : il fallait bien que je grandisse un jour. Mais il a renoncé si brusquement que cela m'a laissé une impression désagréable, comme s'il m'avait menti. Je ne comprenais pas pourquoi il avait inventé toutes ces histoires, pourquoi il m'avait fait croire que ces choses extraordinaires étaient possibles… Beaucoup plus tard, mon père, à qui Grandpa avait raconté les mêmes histoires dans son enfance, m'a dit ce qu'il en pensait. Pour lui, ce n'était pas vraiment des mensonges, mais des versions déformées de la vérité. Car l'enfance de Grandpa Portman était tout sauf un conte de fées. Au contraire, c'était un cauchemar.

Mon grand-père était le seul membre de sa famille à avoir fui la Pologne avant le début de la Seconde Guerre mondiale. À douze ans, ses parents l'avaient confié à des étrangers ; ils avaient mis leur plus jeune fils dans un train pour la Grande-Bretagne, avec une valise et les vêtements qu'il portait sur lui. Le voyage était un aller simple. Il n'a jamais revu son père ni sa mère, pas plus que ses frères aînés, ses cousins, ses oncles et tantes. Tous étaient morts avant son seizième anniversaire, tués par ces monstres auxquels il avait échappé de justesse. Mais ce n'étaient pas les créatures à tentacules, avec la peau en décomposition, qu'un garçon de sept ans est en mesure d'imaginer. Ils avaient un visage humain, des uniformes impeccables, et marchaient en rang ; ils étaient si banals qu'on les identifiait seulement au dernier moment, trop tard.

Comme les monstres, l'île magique était une vérité enjolivée. Comparé au continent européen, livré à des atrocités sans nom, l'orphelinat qui avait recueilli mon grand-père devait ressembler à un paradis. Voilà pourquoi, dans ses histoires, il décrivait un havre de paix où régnait un éternel été, avec des anges gardiens et des enfants magiques. Ces enfants étaient incapables de voler ou de soulever des rochers, bien sûr. Leur particularité était d'être juifs. C'étaient des orphelins de guerre, qu'une marée de sang avait déposés sur cette petite île. Ils n'avaient aucun pouvoir miraculeux, mais ils avaient évité le pire : les ghettos et les chambres à gaz, ce qui était déjà un miracle en soi.

J'ai arrêté de réclamer des histoires à mon grand-père, et je pense qu'au fond il était soulagé. Quant à moi, j'ai accepté l'idée qu'un certain mystère puisse entourer ses souvenirs d'enfance. Il avait vécu l'enfer et il avait le droit d'avoir ses secrets. Je me suis senti honteux d'avoir envié sa vie trépidante quand j'ai appris ce qu'elle lui avait coûté. J'ai aussi mesuré la chance que j'avais de mener une existence paisible et ordinaire, que je n'avais rien fait pour mériter.

Quelques années plus tard – j'avais alors quinze ans –, une chose terrible et extraordinaire s'est produite. C'est elle qui a coupé ma vie en Avant et Après.

# CHAPITRE UN

*J*'ai passé le dernier après-midi d'Avant à construire un modèle réduit au 1/10 000ᵉ de l'Empire State Building avec des cartons de couches pour adultes. C'était une œuvre de toute beauté, vraiment, qui mesurait un bon mètre cinquante depuis sa base et dominait glorieusement le rayon des cosmétiques. J'avais employé des paquets XXL pour les fondations, des mini-paquets pour la terrasse panoramique, et soigneusement empilé des échantillons pour figurer l'antenne télé. C'était presque parfait, à un petit détail près.

— Tu as utilisé des Tena, a observé Shelley, qui contemplait ma tour avec une moue sceptique. La promotion porte sur les Confiance.

Shelley était la directrice du magasin. Ses épaules voûtées et son air pincé faisaient partie intégrante de son uniforme, au même titre que les polos bleus imposés au personnel.

— J'ai cru que tu m'avais dit « Tena », ai-je protesté.

C'était la vérité, en plus.

— Confiance, a-t-elle insisté.

Elle a secoué la tête avec tristesse, comme si ma tour était un cheval de course blessé, et elle, le bourreau. Un silence gêné a plané entre nous. Elle a regardé successivement l'édifice et son architecte, tandis que je la dévisageais d'un air abruti : non, je ne voyais vraiment pas où elle voulait en venir.

— Oh…, ai-je fini par lâcher. Il faut que je recommence ?

— Tu as utilisé des Tena, a-t-elle répété.

— Pas de problème ! Je te fais ça tout de suite.

De la pointe du pied, j'ai poussé une boîte de Tena XXL. Privé de sa base, le superbe édifice s'est effondré. Un tsunami de couches a déferlé dans le rayon, ricoché contre les jambes des clients ébahis et glissé jusqu'aux portes automatiques, qui se sont ouvertes.

Une bouffée de chaleur s'est engouffrée dans le magasin. On était au mois d'août, en pleine canicule.

Le visage de Shelley a pris la teinte d'une grenade mûre. Elle aurait dû me virer sur-le-champ, mais je savais que je n'aurais pas cette chance. Depuis le début de l'été, j'essayais en vain de me faire renvoyer de Smart Aid. J'arrivais régulièrement en retard avec des excuses bidon ; je me trompais grossièrement en rendant la monnaie et je rangeais exprès les articles dans le mauvais rayon : l'après-rasage au milieu des laxatifs, et les contraceptifs avec le shampooing pour bébé. Je m'étais rarement donné autant de mal pour atteindre un objectif. Pourtant, Shelley s'obstinait à me garder.

Il faut dire que j'avais un statut privilégié. À ma place, n'importe quel autre employé aurait été mis à la porte depuis longtemps. C'était ma première leçon de politique. On dénombre trois magasins Smart Aid à Englewood, la petite ville balnéaire assoupie où je vis. Il y en a vingt-sept dans le seul comté de Sarasota et cent quinze en Floride : une véritable éruption cutanée ! Et si j'étais impossible à virer, c'est parce que mes oncles en étaient les heureux propriétaires. Je ne pouvais pas non plus démissionner : dans ma famille, la tradition exigeait qu'on exerce son premier job d'été chez Smart Aid. Finalement, tout ce que je gagnais à jouer les tire-au-flanc, c'était l'hostilité de Shelley et le ressentiment de mes collègues (qui m'en auraient voulu de toute manière, car, malgré mon évidente incompétence, j'étais sûr d'hériter un jour d'une part de l'entreprise, et pas eux).

*

* *

Shelley s'est frayé un chemin entre les paquets de couches et m'a planté un doigt dans la poitrine. Elle allait me faire une remarque désagréable, quand une voix a jailli du haut-parleur : « Jacob, un appel pour toi sur la deux. Jacob, ligne deux. »

Elle m'a fusillé du regard tandis que je battais en retraite, l'abandonnant parmi les décombres de ma tour.

*
* *

La salle de repos des employés était une pièce aveugle, froide et humide. Linda, l'assistante en pharmacie, grignotait un sandwich sans croûte dans la lumière criarde du distributeur de sodas. Elle m'a indiqué du menton le téléphone fixé au mur.

— Un type te demande sur la deux. Il a l'air complètement flippé.

J'ai récupéré le récepteur qui pendouillait au bout de son fil.

— Yakob ? C'est toi ?

— Salut, Grandpa.

— Yakob, Dieu soit loué ! J'ai besoin de ma clé. Où est ma clé ?

Il était essoufflé et paraissait inquiet.

— Quelle clé ?

— Ne te moque pas de moi, a-t-il rétorqué sèchement. Tu sais parfaitement laquelle.

— Tu as dû la ranger au mauvais endroit.

— Tu es de mèche avec ton père. Dis-le-moi. Il n'en saura rien.

— Je ne suis de mèche avec personne.

Puis, pour changer de sujet :

— Tu as pris tes médicaments, ce matin ?

— Ils viennent me chercher ! Je ne sais pas comment ils m'ont retrouvé après toutes ces années, mais ils sont là. Avec quoi je vais les combattre ? Avec un couteau à beurre ?

Ce n'était pas la première fois que j'entendais mon grand-père tenir ce genre de discours. Il vieillissait et, franchement, il commençait à perdre la boule. Au début, les signes de son déclin étaient presque imperceptibles : il oubliait de faire ses courses, donnait à ma mère le prénom de ma tante… Mais pendant l'été sa confusion mentale était devenue cruellement évidente. Les histoires qu'il avait inventées sur sa vie pendant la guerre – les monstres, l'île enchantée – l'obsédaient. Il semblait convaincu de leur réalité. Il était particulièrement agité depuis quelques semaines, et mes parents, craignant qu'il ne se mette en danger, envisageaient sérieusement de le placer dans une maison de retraite. Pour une raison mystérieuse, j'étais le seul à recevoir ses coups de fil apocalyptiques.

Comme d'habitude, j'ai fait mon possible pour le calmer :

— Tu ne crains rien. Tout va bien. Je passerai te voir tout à l'heure avec un DVD. On le regardera ensemble. D'accord ?

— Non ! Reste où tu es ! C'est dangereux, ici !

— Grandpa, il n'y a plus de monstres : tu les as tous tués pendant la guerre, souviens-toi.

Par souci de discrétion, j'ai tourné le dos à Linda, qui lorgnait d'un air curieux par-dessus son magazine de mode.

— Pas tous ! a protesté mon grand-père. J'en ai tué beaucoup, c'est vrai, mais il y en a toujours plus.

Je l'entendais ouvrir des tiroirs, claquer des portes, se cogner partout... Il était en pleine crise de démence.

— Je t'interdis de venir, tu m'entends ? Je vais me débrouiller : leur couper la langue et les poignarder dans les yeux. C'est la meilleure méthode ! Si seulement je trouvais cette maudite clé !

La clé en question ouvrait une armoire métallique dans son garage, où il stockait assez de fusils et de couteaux pour armer une petite milice. Grandpa avait consacré la moitié de sa vie à collectionner ces armes, achetées dans des expositions aux quatre coins du pays. En semaine, il partait pour d'interminables parties de chasse et, le dimanche, il traînait ses enfants dans des concours de tir pour leur apprendre le maniement des armes. Il aimait tellement ses fusils qu'il dormait avec. Pour preuve, un vieux cliché que mon père me montrait parfois. On y voyait Grandpa Portman assoupi, un revolver à la main.

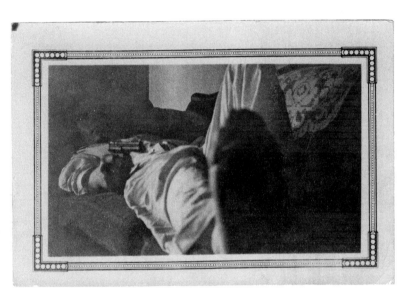

Quand j'ai demandé à mon père pourquoi Grandpa était fasciné par les armes à feu, il m'a expliqué que c'était souvent le cas des anciens soldats, ou des personnes victimes de traumatismes. Avec tout ce que mon grand-père avait vécu, on pouvait comprendre qu'il ne se sente en sécurité nulle part, même pas chez lui. Et, par une triste ironie du sort, maintenant que les illusions et la paranoïa l'emportaient sur sa raison, il n'était effectivement plus en sécurité chez lui, avec tous ces pistolets. C'est pourquoi mon père lui avait subtilisé sa clé.

J'ai répété que j'ignorais où elle était. Grandpa a proféré de nouveaux jurons et claqué encore quelques portes, signe qu'il reprenait ses recherches.

Après quelque temps, il a renoncé :

— Bah ! Ton père n'a qu'à garder cette clé si ça lui chante. Il aura mon cadavre sur la conscience !

J'ai mis fin à la conversation le plus poliment possible, puis j'ai téléphoné à papa.

— Grandpa est en pleine crise.

— Il a pris ses médicaments ?

— Il ne m'a pas répondu. Mais j'ai l'impression que non.

Mon père a soupiré.

— Tu veux bien passer chez lui pour voir si tout va bien ? Je ne peux pas quitter le travail.

Mon père officiait comme bénévole à la Ligue pour la protection des oiseaux. Il soignait des aigrettes neigeuses percutées par des voitures et des pélicans qui avaient avalé des hameçons. Ornithologue amateur, il se rêvait en écrivain de la nature et entassait dans ses tiroirs des dizaines de manuscrits non publiés. Le genre de job qu'on exerce seulement quand on a épousé l'héritière d'une chaîne de pharmacies.

Cela dit, j'étais mal placé pour le critiquer, et je pouvais facilement m'éclipser. J'ai donc accepté la mission.

— Merci, Jake. Je te promets qu'on va bientôt régler toutes ces histoires avec Grandpa...

« Toutes ces histoires avec Grandpa. »

— Tu veux dire que vous allez l'enfermer dans une maison de retraite ? ai-je traduit. Pour vous décharger du problème sur quelqu'un d'autre...

— Ta mère et moi n'avons pas encore pris de décision.

— Tu parles...

— Jacob...

— Je peux m'occuper de lui, papa. Sérieux !

— Peut-être pour l'instant. Mais son état risque d'empirer.

— Très bien. Si tu le dis. Laisse tomber.

J'ai raccroché et appelé mon copain Ricky. Dix minutes plus tard, j'ai entendu le klaxon rauque de sa vieille Crown Victoria dans le parking. En partant, j'ai annoncé la mauvaise nouvelle à Shelley : sa tour de Confiance devrait attendre le lendemain.

— Urgence familiale, ai-je prétexté.

— C'est ça !

Je suis sorti dans la chaleur poisseuse de la fin d'après-midi. Ricky m'attendait en soufflant des ronds de fumée, assis sur le capot de son épave. Avec ses bottes pleines de boue et ses cheveux verts, il me faisait penser à James Dean,

version punk et plouc. Un hybride de culture *underground*, tel qu'on en trouve dans le sud de la Floride.

Il s'est levé dès qu'il m'a vu.

— Ça y est, tu t'es enfin fait virer ?

— Chut ! Ils ne sont pas au courant de mes projets !

Ricky m'a balancé un coup de poing dans l'épaule. Un geste qui se voulait encourageant, mais qui a failli me pulvériser la clavicule.

— Patience, l'intello. Demain est un autre jour...

Il me surnommait « l'intello » parce que je suivais plusieurs cours avancés au lycée. Notre amitié s'accompagnait d'un certain agacement réciproque. À vrai dire, elle était surtout basée sur la coopération : un troc cerveau contre muscle. En échange de mon aide en anglais, il me protégeait des psychopathes qui grouillaient dans les couloirs du bahut. Il avait aussi l'avantage de mettre mes parents très mal à l'aise. C'était mon plus fidèle ami, pour ne pas dire le seul. Pathétique, non ?

Ricky a cogné dans la portière passager de la Crown Victoria – l'unique moyen de l'ouvrir – et je suis monté à bord. La Vic était une œuvre d'art digne d'un musée. Ricky se l'était procurée à la casse contre un pot de pièces de 25 cents (c'est ce qu'il racontait). Il y planait une odeur fétide, que les désodorisants au pin suspendus sous le rétroviseur ne suffisaient pas à masquer. Les sièges étaient rafistolés au ruban adhésif, afin de protéger nos fesses des ressorts. Mais le plus ahurissant, c'était la carrosserie : un paysage lunaire rouillé, fait de trous et de bosses. Dans l'espoir de récolter assez d'argent pour remplir le réservoir,

Rick avait eu l'idée de proposer à des fêtards soûls de frapper la voiture avec un club de golf. Un dollar le coup. La seule règle — qui n'avait pas été rigoureusement respectée — était de ne pas viser les vitres.

Le moteur s'est ranimé dans un bruit de crécelle et la voiture a craché un nuage de fumée bleue. Nous avons quitté le parking et traversé la zone industrielle, en direction de chez Grandpa. J'ai commencé à stresser : dans quel état allais-je le trouver ? J'imaginais les pires scénarios : mon grand-père courant à poil dans la rue, armé d'un fusil de chasse ; ou allongé sur sa pelouse, la bouche écumante, un couteau à la main. Tout était possible, et j'étais très inquiet à l'idée que Ricky allait rencontrer pour la première fois cet homme dont je lui parlais avec dévotion.

Le ciel avait la couleur d'une ecchymose toute fraîche quand nous sommes entrés dans son quartier : un dédale de ruelles et d'impasses plus connu sous le nom de Circle Village. Nous avons ralenti devant la guérite du gardien pour nous annoncer, mais, comme souvent, le vieil homme ronflait et la grille était ouverte. Mon téléphone a vibré. Mon père m'envoyait un texto pour me demander des nouvelles. J'ai passé une minute à lui répondre, pendant laquelle Rick a continué à rouler au hasard. Quand je lui ai avoué qu'on était perdus, il a pesté et craché du jus de tabac par sa vitre, avant de prendre une série de virages en épingle à cheveux. J'ai scruté le paysage en vain. J'étais venu voir mon grand-père un nombre incalculable de fois, mais ce n'était pas si facile de se repérer dans son quartier. Toutes les maisons se ressemblaient : des parallélépipèdes trapus couverts d'aluminium ou de bois, façon années soixante-dix, ou affublés de colonnades en stuc pour les plus mégalos. Les plaques des rues, passées au soleil et cloquées, ne m'étaient d'aucun secours. Les seuls points de repère étaient les accessoires ornant les pelouses, plus délirants les uns que les autres, qui faisaient de Circle Village un véritable musée de plein air.

J'ai enfin reconnu une boîte aux lettres soutenue par un majordome en métal qui, malgré sa posture rigide et son air prétentieux, pleurait des larmes de rouille. J'ai crié à Ricky de tourner à gauche. Les pneus de la Vic ont crissé et j'ai été projeté contre la portière. Le choc a dû débloquer quelque chose dans mon cerveau, car j'ai soudain retrouvé mon sens de l'orientation :

— Prends à droite aux flamants roses ! À gauche après les Pères Noël du monde entier ! Tout droit devant les anges qui pissent.

Ricky a ralenti après les chérubins ; il a promené un regard perplexe sur le quartier. Aucune lumière n'était allumée, aucune télé ne scintillait derrière les fenêtres. Les voitures de collection avaient déserté les garages… Les habitants avaient fui vers le nord pour échapper à la canicule, laissant leurs nains de jardin noyés dans des pelouses en friche, et leurs volets anti-ouragan soigneusement fermés. Ainsi barricadées, les maisons ressemblaient à de petits bunkers pastel.

— Dernière à gauche, ai-je annoncé.

Ricky a enfoncé l'accélérateur et la Vic a descendu la rue en pétaradant. À la quatrième ou cinquième maison, j'ai aperçu un vieil homme devant chez lui. Chauve comme un œuf, en robe de chambre et pantoufles, il était occupé à arroser sa pelouse. L'herbe lui arrivait aux mollets ; la maison était éteinte et ses volets fermés, comme les autres. Quand je me suis retourné pour le regarder, j'ai eu l'impression qu'il me fixait aussi. Puis j'ai réalisé avec un petit frisson que c'était impossible : ses yeux étaient d'un blanc laiteux.

« Bizarre, ai-je pensé. Grandpa ne m'a jamais parlé d'un voisin aveugle. »

La rue se terminait par un mur de pins de Virginie. Ricky a tourné à gauche dans l'allée de Grandpa. Après avoir coupé le contact, il est sorti, a contourné la voiture et donné un coup de pied dans ma portière pour me libérer. Nous avons traversé l'étendue d'herbe sèche menant à la véranda.

J'ai appuyé sur la sonnette et attendu. Un chien a aboyé quelque part. Un bruit isolé dans le soir étouffant. Comme personne ne répondait, j'ai frappé à la porte : la sonnette était peut-être HS. Ricky a fait un sort aux moucherons qui voletaient autour de nous.

— Il a dû aller faire un tour, a-t-il suggéré. Un rendez-vous galant...

— Tu rigoles, n'empêche qu'il a plus d'occasions que nous. Ce quartier est un repaire de veuves pleines aux as.

Je plaisantais pour me calmer les nerfs. Le silence m'angoissait. Je suis allé récupérer le double des clés dans leur cachette, sous un buisson.

— Attends-moi ici.

— Pourquoi ?

— Parce que tu mesures un mètre quatre-vingt-dix, que tu as les cheveux verts, que mon grand-père ne te connaît pas et qu'il possède un tas d'armes à feu.

Ricky a haussé les épaules et fourré une nouvelle boulette de tabac dans sa joue. Puis il s'est installé sur une chaise de jardin pendant que j'ouvrais la porte.

Malgré la pénombre, j'ai tout de suite remarqué le désordre. On aurait dit que la maison avait été saccagée par des cambrioleurs. Les étagères et les placards avaient été vidés de leur contenu, qui gisait par terre entre une collection du *Reader's digest* en gros caractères et les coussins du canapé. Les chaises étaient renversées ; les portes du réfrigérateur et du congélateur étaient ouvertes et de petites flaques poisseuses s'étalaient sur le lino.

Ma gorge s'est nouée. Grandpa avait-il fini par perdre complètement les pédales ? J'ai crié son nom, en vain.

Je suis allé de pièce en pièce. J'ai allumé les lumières et exploré tous les endroits où un vieillard paranoïaque pourrait avoir l'idée de se cacher : derrière les meubles, dans le grenier, où l'on tenait à peine debout, sous l'établi dans le garage... J'ai même examiné l'armoire où il rangeait ses armes ; elle était verrouillée et la serrure entourée d'éraflures, signe qu'il avait essayé de la forcer.

Sous la véranda, une fougère sèche s'agitait dans la brise. Plein d'appréhension, je me suis agenouillé sur le gazon synthétique pour jeter un coup d'œil sous les bancs de rotin. Et de là j'ai aperçu une lueur dans le jardin.

J'ai foncé dehors et trouvé une lampe torche abandonnée dans l'herbe. Son faisceau était orienté vers le petit bois, au fond du terrain. Une véritable forêt vierge qui s'étend sur plus d'un kilomètre entre Circle Village et le quartier voisin, Century Woods. La rumeur dit que ce bois grouille de serpents, de ratons laveurs et de sangliers. J'ai imaginé mon grand-père perdu dans cette jungle, en peignoir, et un sombre pressentiment m'a envahi. On lit régulièrement ce genre de faits divers dans les journaux : « Un vieillard tombé dans un bassin de rétention dévoré par les alligators. » Le pire n'était pas difficile à envisager.

J'ai appelé Ricky. Il est arrivé au pas de course et a aussitôt remarqué un détail qui m'avait échappé : une longue entaille menaçante dans le grillage de la porte. Il a sifflé.

— Sacrée coupure ! Ça, c'est un sanglier... Ou un lynx. Il faut voir les griffes de ces bestiaux.

Des aboiements furieux ont éclaté tout près. Nous avons sursauté et échangé un regard inquiet.

— Ou un chien, ai-je dit.

Le bruit a déclenché une réaction en chaîne. Bientôt, tous les chiens du quartier hurlaient de concert. Ricky a hoché la tête.

— Possible. J'ai une 22 dans mon coffre. Attends-moi ici.

Les aboiements se sont calmés progressivement et un chœur d'insectes nocturnes a pris le relais. Mon visage ruisselait de sueur. Il faisait nuit, à présent, mais le vent était tombé et l'air était encore plus chaud qu'en plein jour.

Muni de la lampe, je me suis avancé vers les arbres. Grandpa était là, quelque part, j'en étais sûr. Mais où ?

Je n'avais aucun talent de pisteur ; Ricky non plus. Pourtant, quelque chose me guidait. L'accélération de mon pouls, peut-être, ou un chuchotement dans l'air moite. Incapable d'attendre une seconde de plus, je me suis précipité dans le sous-bois comme un chien de meute lancé sur une piste invisible.

C'est difficile de courir dans un bois, en Floride. Entre les arbres, le sol était hérissé de tiges de choux palmistes à hauteur de cuisses et couvert de lianes enchevêtrées. J'ai fait de mon mieux, tout en appelant Grandpa et en promenant le faisceau de la lampe autour de moi. J'ai aperçu une lueur blanche et foncé droit dessus. De près, j'ai reconnu un ballon de foot, délavé et dégonflé, que j'avais perdu des années plus tôt.

J'allais abandonner et rejoindre Ricky, quand j'ai remarqué une étroite bande de végétation écrasée. Je me suis engouffré dans la brèche en éclairant les alentours ; les feuilles étaient éclaboussées d'un liquide sombre. J'ai dégluti péniblement et je me suis armé de courage pour remonter la piste. Plus j'avançais, plus mon ventre se nouait, comme si mon corps savait déjà ce que j'allais découvrir et tentait de m'avertir. Et, soudain, je l'ai vu.

Mon grand-père gisait à plat ventre sur un lit de plantes grimpantes, les jambes étendues, un bras replié sous son buste, comme s'il était tombé de très haut. J'ai tout de suite pensé qu'il était mort. Son maillot de corps était trempé de sang, son pantalon déchiré, et il lui manquait une chaussure. Je suis resté un long moment immobile, à le regarder dans le faisceau tremblant de ma lampe. Quand j'ai enfin retrouvé l'usage de la parole, j'ai prononcé son nom ; il n'a pas bougé.

Je suis tombé à genoux et j'ai posé une main à plat sur son dos. Le sang qui suintait de sa plaie était tiède. Grandpa respirait encore, quoique superficiellement.

J'ai glissé les bras sous son corps pour le faire rouler sur le dos. Ses yeux étaient vitreux, son visage blême et creusé. Puis j'ai vu les coupures qui lui zébraient le ventre et j'ai failli m'évanouir. Elles étaient larges, profondes et souillées de terre. Autour de lui, le sol était une boue sanglante. J'ai tiré les lambeaux de sa chemise sur ses blessures, sans les regarder.

J'ai entendu Ricky crier dans le jardin.

— Je suis là ! ai-je hurlé en retour.

J'aurais peut-être dû en dire plus, l'avertir du drame, mais j'étais incapable de parler. Une pensée obsédante tournait en boucle dans ma tête : les grands-pères sont censés mourir dans leur lit, dans une chambre confortable, bercés par le bourdonnement des appareils médicaux. Certainement pas vautrés dans une boue immonde, au milieu des fourmis, un coupe-papier en laiton à la main.

Un coupe-papier... Il n'avait eu que cela pour se défendre. Je l'ai fait glisser entre ses doigts et il a refermé le poing sur le vide, dans un geste plein d'angoisse. J'ai pris sa main dans la mienne. Mes doigts aux ongles rongés se sont intercalés entre ses doigts pâles, striés de veines violettes.

— Il faut que je te déplace.

J'ai passé un bras sous son dos, l'autre sous ses jambes, et j'ai essayé de le soulever. Il a gémi et s'est raidi, alors j'ai arrêté. Je ne supportais pas l'idée de le faire souffrir. Mais je ne pouvais pas non plus le laisser là. Comme la seule solution était d'attendre, j'ai essuyé doucement la terre qui maculait ses bras, son visage et ses cheveux blancs clairsemés. Puis j'ai remarqué que ses lèvres remuaient.

Sa voix était à peine audible. J'ai approché l'oreille de sa bouche. Il bredouillait des mots inintelligibles, un mélange d'anglais et de polonais.

— Je ne comprends pas, ai-je chuchoté.

J'ai répété son nom jusqu'à ce qu'il fixe les yeux sur moi. Il a pris une brève inspiration et dit tout bas, distinctement cette fois :

— Va sur l'île, Yakob. Tu n'es pas en sécurité ici.

Toujours sa vieille paranoïa. Je lui ai pressé la main et lui ai assuré que tout allait bien, qu'il allait s'en sortir. C'était la deuxième fois de la journée que je lui mentais.

Puis je lui ai demandé ce qui s'était passé, quel animal l'avait attaqué, mais il n'écoutait pas.

— Va sur l'île, a-t-il de nouveau murmuré. Tu y seras en sécurité. Promets-moi.

— D'accord. Je te le promets.

Est-ce que j'avais le choix ?

— Je pensais pouvoir te protéger, a-t-il ajouté. J'aurais dû te parler depuis longtemps...

Je voyais la vie le quitter, inexorablement. J'ai ravalé mes larmes.

— Me parler de quoi ?

— Je n'ai plus le temps, a-t-il soufflé.

Il a redressé la tête, tremblant sous l'effort, et m'a glissé à l'oreille :

— Trouve l'oiseau. Dans la boucle. De l'autre côté de la tombe du vieux. Le 3 septembre 1940.

J'ai acquiescé, mais il a bien vu que je n'avais pas compris. Avec ce qui lui restait de forces, il a ajouté :

— Emerson. La lettre. Raconte-leur ce qui est arrivé, Yakob.

Sur ces mots, il s'est laissé retomber, fourbu. Je lui ai dit que je l'aimais. Après, j'ai eu l'impression qu'il s'était réfugié en lui-même. Il fixait le ciel constellé d'étoiles.

Un instant plus tard, Ricky a déboulé du sous-bois. Il s'est arrêté net en découvrant le vieil homme affalé dans mes bras.

— Oh, mince. Oh, mon Dieu. Merde !

Il s'est frotté le visage avec les mains. Alors, tandis qu'il se lançait dans une tirade affolée, où se mêlaient des bribes de phrases : « trouver le pouls, appeler les flics, tu as vu quelque chose... », un sentiment étrange s'est emparé de moi. J'ai lâché le corps de mon grand-père et je me suis mis debout. Mes nerfs grésillaient, comme si j'étais soudain doté d'un puissant instinct ; une créature rôdait dans les parages, je sentais sa présence.

Il n'y avait pas de lune et rien ne bougeait dans le sous-bois. Pourtant, de façon inexplicable, j'ai su exactement à quel moment lever ma lampe torche et où la braquer. Et là, dans ce mince rayon de lumière, j'ai aperçu un visage tout droit sorti des cauchemars de mon enfance.

Le monstre m'a rendu mon regard ; ses yeux nageaient dans des fossés pleins d'un liquide sombre ; des lambeaux de chair noire pendaient sur sa carcasse voûtée. Sa bouche ouverte, grotesque, laissait échapper un faisceau de langues interminables, qui se tortillaient comme des anguilles. J'ai hurlé. La créature a fait volte-face et disparu dans les fourrés. Le bruit a alerté Ricky, qui a levé le canon de sa 22 et tiré : *pap ! pap ! pap ! pap !*

— C'était quoi, ça ? C'était quoi, bordel ?

Mais il ne l'avait pas vu, et j'étais incapable de le lui décrire. J'étais comme pétrifié. Après, je crois que j'ai eu un passage à vide, parce qu'il a crié : « Jacob ! Jake ? Hé, l'intello, ça va ? »

C'est le dernier truc dont je me souvienne.

# CHAPITRE DEUX

*A*près la mort de mon grand-père, j'ai passé des mois à déambuler de bureau anonyme en salle d'attente grise : un véritable purgatoire où j'étais tour à tour examiné et interrogé. On parlait de moi dès que j'avais le dos tourné ; je hochais la tête quand on m'adressait la parole et je répétais inlassablement mon histoire à des gens pleins de compassion, qui m'écoutaient en plissant le front. Mes parents me traitaient comme un bibelot fragile : ils se déplaçaient au ralenti en ma présence et n'osaient plus se disputer, de peur de me voir voler en éclats.

La nuit, je me réveillais en hurlant, en proie à des cauchemars effroyables. J'étais obligé de porter un appareil pour éviter d'user mes dents jusqu'aux gencives à force de les faire grincer pendant mon sommeil. Je ne pouvais plus fermer les yeux sans revoir cette créature d'épouvante, à la bouche pleine de tentacules. C'était elle qui avait tué mon grand-père, j'en étais sûr. Et j'étais sûr aussi qu'elle reviendrait bientôt me régler mon compte. J'étais victime de crises de panique, persuadé que le monstre rôdait tout près, dans un bosquet sombre, derrière une voiture dans un parking, au fond du garage où je rangeais mon vélo.

La seule solution pour lui échapper, c'était de ne plus quitter la maison. Pendant des semaines, j'ai refusé de sortir dans l'allée pour récupérer le journal. Je dormais dans des couvertures à même le sol de la buanderie : l'unique pièce sans fenêtre de la maison qui se fermait de l'intérieur. J'y suis resté le jour de l'enterrement de Grandpa, assis sur le sèche-linge avec mon ordinateur portable, essayant de noyer mon angoisse dans des jeux en ligne.

Je me sentais coupable. « Si seulement je l'avais cru », me répétais-je à l'infini. Mais je ne l'avais pas cru, pas plus que les autres. Je savais maintenant ce qu'il avait dû ressentir, parce que personne ne me croyait, moi non plus. Ma version des faits m'avait paru plausible jusqu'à ce que je l'énonce à haute voix. En fait, elle était totalement délirante. J'en ai pris pleinement conscience le jour où j'ai dû la répéter à l'inspecteur de police venu chez nous.

Je lui ai tout raconté, je lui ai même parlé de la créature. Assis en face de moi à la table de la cuisine, il acquiesçait, mais ne notait rien sur son carnet à spirale. À la fin de mon récit, il a juste dit : « Super, merci ! », avant de se tourner vers mes parents pour leur demander si j'avais « été vu par quelqu'un ». Comme si j'étais trop débile pour comprendre le sous-entendu. J'ai signalé que j'avais un dernier truc à ajouter, je lui ai fait un doigt d'honneur et j'ai quitté la pièce.

Mes parents m'ont engueulé pour la première fois depuis des semaines. C'était presque un soulagement. Les bons vieux cris ! J'ai hurlé quelques vacheries moi aussi, pour faire bonne mesure : qu'ils étaient contents que Grandpa soit mort. Que j'étais le seul à l'avoir vraiment aimé...

Le flic a discuté quelques minutes dans l'allée avec mes parents, puis il est parti. Il est revenu une heure plus tard en compagnie d'un autre type, qui s'est présenté comme un dessinateur de la police. Il avait apporté un grand bloc et m'a suggéré de lui décrire la créature. Pendant que je m'exécutais, il dessinait, s'arrêtant de temps à autre pour que je lui donne des détails.

— Combien avait-il d'yeux ?

— Deux.

— Je vois...

À croire qu'il dessinait des monstres tous les jours.

C'était une tentative assez grossière pour me calmer. D'ailleurs, le gars s'est trahi en m'offrant son œuvre terminée.

— Vous n'en avez pas besoin pour votre dossier ? me suis-je étonné.

Il a regardé le flic en haussant les sourcils. Celui-ci l'a imité.

— Mais si, bien sûr ! Où ai-je la tête ?

Franchement, c'était insultant.

Même mon meilleur et seul ami Ricky ne m'a pas cru. Pourtant, il était sur place. Il a juré aux flics qu'il n'avait vu aucune créature dans les bois, ce soir-là. En revanche, il avait entendu des aboiements. Moi aussi. Du coup, je n'ai pas été surpris quand la police a conclu qu'une meute de chiens sauvages avait attaqué mon grand-père. Ces fauves avaient été vus ailleurs : ils avaient mordu une femme à Century Woods la semaine passée. Et tout ça la nuit, bien sûr.

— C'est justement le moment où les créatures sont les plus difficiles à voir ! ai-je protesté.

Ricky s'est contenté de secouer la tête en grommelant que je devrais consulter un psy.

— Merci beaucoup ! C'est cool de se sentir soutenu par ses amis...

Assis sur mon balcon, nous regardions le coucher de soleil sur la baie. Ricky était engoncé dans un fauteuil Adirondacks hors de prix que mes parents avaient rapporté d'un voyage en pays amish. Les jambes repliées, les bras croisés, il fumait clope sur clope d'un air buté. Il était toujours vaguement mal à l'aise chez moi. Cependant, j'ai deviné en le voyant me lancer des regards furtifs que, cette fois, le fric de mes parents n'était pas en cause.

— Arrête, je suis cash avec toi ! s'est-il défendu. Si tu continues à parler de monstres, ils vont t'enfermer.

Il a balancé sa cigarette et craché un gros molard par-dessus la rambarde.

— Tu fumais et tu chiquais en même temps ?

— Et alors ? Tu es ma mère ?

— J'ai l'air de coucher avec des camionneurs en échange de bons de réduction !

Cette fois, j'étais allé trop loin. Ricky a bondi du fauteuil et m'a poussé si fort que j'ai failli tomber du balcon. Je lui ai crié de dégager, mais il était déjà parti.

Je ne l'ai pas revu pendant des mois. À quoi ça sert d'avoir des amis ?

\*

\* \*

Finalement, mes parents se sont décidés à m'emmener voir un psy : un type tranquille à la peau olivâtre, le docteur Golan. Je me suis laissé faire. J'avais besoin d'aide.

Je pensais que Golan allait s'arracher les cheveux avec moi, mais il a réglé la question en un éclair. Il m'a exposé la situation d'un ton calme et détaché, presque hypnotisant. En deux séances, il m'a convaincu que la créature était le produit de mon imagination surchauffée ; la mort de mon grand-père m'avait causé un tel traumatisme que j'avais vu un être imaginaire. La faute aux histoires de Grandpa, qui m'avait logé cette créature dans la tête. Pour Golan, c'était logique qu'en serrant son corps agonisant contre moi, profondément choqué, j'aie ranimé le monstre qui hantait les histoires de mon grand-père.

Ce phénomène portait même un nom savant : « épisode de stress aigu ».

Ma mère a été rassurée par ce diagnostic. Moi aussi. Au moins, je n'étais pas fou.

Cela dit, ce n'est pas parce que je ne croyais plus aux monstres que j'allais mieux. J'étais toujours réveillé par mes cauchemars, agité, paranoïaque. J'avais également du mal à entretenir des relations avec les gens, excepté mes parents. C'était devenu tellement criant qu'ils ont engagé un précepteur pour m'épargner le calvaire du lycée. Ils ont – enfin ! – accepté que je démissionne de Smart Aid. Mon nouveau job consistait à me refaire une santé. Là aussi, j'aurais volontiers rendu mon tablier.

Après avoir écarté le sujet de ma folie temporaire, le docteur Golan s'est borné à rédiger des ordonnances. Je faisais encore des cauchemars ? Il avait ce qu'il me fallait. Des crises de panique dans le bus ? Ces cachets devraient régler le problème. Des insomnies ? Il suffisait d'augmenter la dose. Les médicaments m'abrutissaient et me faisaient grossir, mais j'étais toujours malheureux. Je ne dormais que trois ou quatre heures par nuit. J'ai donc commencé à mentir à Golan. Je faisais semblant d'aller bien, alors que j'avais des valises énormes sous les yeux et que je sursautais au moindre bruit comme un chat nerveux. J'ai même inventé une semaine entière de rêves, aussi simples qu'inoffensifs. Dans l'un d'eux, j'allais chez le dentiste. Dans un autre, je volais. Deux nuits de suite, j'ai prétendu avoir rêvé que je me retrouvais nu au lycée.

— Et les créatures ? s'est enquis Golan.

J'ai haussé les épaules.

— Aucun signe. Ça signifie que je vais mieux, non ?

Il a tapoté son stylo sur son bloc, puis il a griffonné quelque chose.

— J'espère que tu ne me dis pas ce que tu crois que je veux entendre.

— Bien sûr que non ! me suis-je défendu.

J'ai contemplé les diplômes encadrés au mur. Ce type était sûrement assez qualifié pour deviner si un adolescent stressé lui racontait des salades.

— Bon, parlons sérieusement...

Il a reposé son stylo.

— Tu es en train de me dire que tu n'as pas fait une seule fois le rêve cette semaine ?

J'ai toujours été un piètre menteur. Plutôt que de m'enfoncer, je me suis rendu.

— Bon, peut-être une fois..., ai-je marmonné.

La vérité, c'est que je l'avais fait toutes les nuits. À quelques détails près, il se déroulait ainsi : accroupi dans un angle de la chambre de Grandpa, au crépuscule, je braquais un pistolet à air comprimé en plastique rose en direction de la porte. Un distributeur automatique trônait à la place du lit, mais, au lieu de friandises, il contenait des rangées de couteaux affûtés comme des rasoirs, et toutes sortes d'armes à feu. Grandpa, vêtu d'un vieil uniforme de l'armée britannique, fourrait précipitamment des billets dans la machine. Le temps était compté. Finalement, un calibre .45 tournait derrière la vitre, mais il se bloquait en tombant. Grandpa jurait en yiddish, balançait des coups de pied dans la machine, puis s'agenouillait et glissait une main dans la fente pour tenter de récupérer l'arme. Il se coinçait le bras. C'est alors qu'ils arrivaient ; leurs longues langues noires serpentaient derrière la vitre. Je les mettais en joue et pressais la gâchette, sans résultat. Pendant ce temps, Grandpa me criait comme un dément : « Trouve l'oiseau ! Trouve la boucle ! Jakob, pourquoi tu refuses de comprendre, espèce d'idiot ! » Puis la fenêtre se brisait et les langues noires se déployaient vers nous. En général, c'est à ce moment-là que je me réveillais dans une flaque de sueur, le cœur tambourinant et le ventre noué.

Bien que le cauchemar soit toujours le même et qu'on en ait discuté des dizaines de fois, Golan me demandait de le lui raconter à chaque séance. Comme s'il passait mon subconscient au peigne fin, cherchant un indice qu'il aurait pu manquer les quatre-vingt-dix-neuf fois précédentes.

— Et dans le rêve, que disait ton grand-père ?

— Comme d'habitude. Il parlait de l'oiseau, de la boucle et de la tombe.

— Ses dernières paroles…

J'ai hoché la tête.

Golan a formé une tente avec ses doigts et les a collés contre son menton : la caricature du psy qui réfléchit.

— Et tu n'as toujours pas compris ce qu'elles pourraient signifier ?

— Si. Que dalle !

— Allons. Tu ne le penses pas vraiment.

Golan avait raison. Je jouais l'indifférence, mais en réalité les dernières paroles de Grandpa m'obsédaient presque autant que mes cauchemars.

Il me semblait que j'avais une dette envers lui, qui m'interdisait de négliger ses dernières volontés en les considérant comme un tissu d'absurdités, le fruit de son délire. En plus, Golan affirmait que comprendre leur signification m'aiderait à me débarrasser de mes rêves affreux. J'ai donc essayé.

J'avais déjà élucidé une partie de l'énigme : Grandpa voulait que j'aille sur l'île. Il craignait que les monstres ne s'en prennent à moi, et pensait que c'était le seul endroit où je pourrais leur échapper, comme lui quand il était enfant. Il avait dit ensuite : « J'aurais dû t'en parler depuis longtemps », mais il manquait de temps, alors il m'avait laissé des indices, pour m'orienter vers quelqu'un qui connaissait son secret. Et, selon moi, ces indices étaient contenus dans le message mystérieux évoquant la boucle, la tombe et la lettre.

J'ai d'abord pensé que « la boucle » était une rue de Circle Village — ce quartier plein de virages et de culs-de-sac — et qu'Emerson était un ami de mon grand-père, à qui il avait écrit des lettres. Un camarade de régiment avec qui il serait resté en contact, quelque chose comme ça. Peut-être vivait-il à Circle Village, dans un virage, près d'un cimetière, et possédait une lettre datée du 3 septembre 1940 que je devais absolument lire. Je sais que ça paraît dingue, mais des choses encore plus folles ont fini par se révéler vraies.

Alors, après avoir cherché en vain la liste des impasses sur Internet, je suis allé au centre communautaire de Circle Village, où les anciens se réunissent pour jouer au jeu de palets et discuter de leurs dernières opérations chirurgicales. Je leur ai demandé où se trouvait le cimetière, et si quelqu'un connaissait un M. Emerson. Ils ont ouvert des yeux ronds, surpris de voir un ado leur adresser la parole. Il n'y avait pas de cimetière à Circle Village, et personne ne s'appelait Emerson. Il n'y avait pas non plus de rue de la Boucle, d'avenue de la Boucle, ni aucune boucle d'aucune sorte. Le bide complet.

Pourtant, Golan me conseillait de persévérer. Il m'a suggéré de chercher du côté de Ralph Waldo Emerson, un poète célèbre. « Emerson a écrit de nombreuses lettres. Ton grand-père pensait peut-être à l'une d'elles... »

Ça me semblait vraiment tiré par les cheveux, mais j'ai voulu vérifier quand même, au moins pour que Golan me fiche la paix. Un après-midi, j'ai demandé à papa de me déposer à la bibliothèque. J'ai découvert que Ralph Waldo Emerson était effectivement l'auteur d'un tas de lettres, qui avaient été publiées. Au début, j'étais super excité : j'avais l'impression de toucher au but. Mais j'ai assez vite réalisé deux choses. Premièrement, Ralph Waldo Emerson avait vécu au XIX$^e$ siècle. Il ne pouvait donc pas avoir écrit de lettre le 3 septembre 1940. Deuxièmement, son style hermétique n'aurait jamais intéressé mon grand-père, qui n'était pas un grand lecteur. J'ai mesuré ses qualités soporifiques en m'assoupissant, le nez dans un essai intitulé *Autosuffisance*. J'ai fait le rêve du distributeur automatique pour la sixième fois de la semaine, je me suis réveillé en hurlant et me suis fait éjecter de la bibliothèque sans cérémonie. Sur tout le trajet du retour, j'ai maudit Golan et ses théories débiles.

J'ai reçu le coup de grâce quelques jours plus tard, quand mes parents ont décidé de vendre la maison de Grandpa. Avant que d'éventuels acheteurs puissent la visiter, il fallait la vider et la nettoyer de fond en comble. Toujours sur les conseils de Golan, qui trouvait intéressant de me faire « affronter la scène de mon trauma », mon père m'a embauché pour les aider à faire le tri, ma tante Susie et lui. Au début, papa n'arrêtait pas de me prendre à part pour s'assurer que je tenais le coup. Ça allait à peu près, même si les lambeaux de ruban de police accrochés aux broussailles et la moustiquaire déchirée qui claquait dans le vent me rappelaient le drame. Ces détails, comme la benne de location stationnée sur le trottoir, prête à engloutir les affaires de mon grand-père, me rendaient triste, mais ils ne m'effrayaient pas.

Quand mon père a été sûr que je n'allais pas me rouler par terre, la bouche écumante, nous nous sommes mis au travail. Armés de sacs-poubelles, nous avons arpenté la maison la mine grave, pour vider les étagères, les placards et les moindres recoins. Nous avons découvert d'impressionnantes épaisseurs de poussière sous des meubles qui n'avaient pas été déplacés depuis des années, et formé deux tas distincts : les affaires à garder, et celles destinées à la benne. Mon père et sa sœur ne sont pas des sentimentaux, aussi le tas de la benne grossissait-il à vue d'œil. Je luttais pied à pied pour conserver certaines choses, par exemple, la pile de *National Geographic* qui moisissait dans un coin du garage. J'avais passé tant d'après-midi, le nez dans ces revues, à m'imaginer parmi les Mudmen de Nouvelle-Guinée, ou dans un château perché sur une falaise, au royaume du Bhoutan...

Hélas, je n'avais jamais gain de cause. Ils ne m'ont pas autorisé non plus à conserver la collection de chemises de bowling vintage de Grandpa — « C'est embarrassant », a prétexté mon père —, ses 78 tours de big bands et de swing — « On peut en tirer une jolie somme » —, ni le contenu de son armoire métallique, toujours verrouillée — « Tu plaisantes, j'espère ? ».

J'ai accusé mon père d'être sans cœur. Ma tante s'est sauvée, nous abandonnant dans le bureau, parmi une montagne de relevés de compte bancaire.

— J'essaie juste d'être pragmatique. C'est ce qui arrive quand les gens meurent, Jacob.

— Ouais. Alors toi, quand tu vas mourir, je devrai brûler tous tes vieux manuscrits ?

Il a rougi. Je n'aurais pas dû dire ça ; mentionner ses livres inachevés, c'était vraiment un coup bas. Je m'attendais à une réplique cinglante, mais il est resté silencieux.

— Si je t'ai proposé de venir, a-t-il fini par lâcher, c'est parce que je te croyais assez mûr pour le supporter. Je me suis trompé.

— Oui, tu te trompes. Ce n'est pas en te débarrassant des affaires de Grandpa que tu vas me le faire oublier... Ça ne risque pas.

Il a levé les mains en l'air :

— Tu sais quoi ? J'en ai assez de me disputer. Garde ce que tu veux.

Il a lancé une brassée de papiers jaunis à mes pieds :

— Tiens ! Un récapitulatif de frais réels de 1963, année de l'assassinat de Kennedy. Tu n'as qu'à le faire encadrer !

J'ai shooté dans les feuilles et je suis sorti en claquant la porte. Puis je suis resté dans le séjour, dans l'espoir qu'il viendrait s'excuser. Quand j'ai entendu ronronner la déchiqueteuse, j'ai compris que ça n'arriverait pas ; alors, j'ai traversé la maison en tapant des pieds et je suis allé m'enfermer dans la chambre à coucher. La pièce sentait le renfermé, le cuir et l'eau de Cologne un peu aigre de Grandpa. Je me suis adossé au mur et j'ai suivi des yeux une trace d'usure sur le tapis, entre la porte et le lit. Un rayon de soleil éclairait l'angle d'une boîte en carton qui dépassait de sous le lit. Je me suis mis à quatre pattes pour la récupérer. C'était la vieille boîte à cigares de Grandpa, couverte de poussière. À croire qu'il l'avait placée là exprès pour que je tombe dessus.

À l'intérieur, j'ai retrouvé les photos familières : le garçon invisible, la fillette en lévitation, le gamin qui soulevait un rocher, l'homme au visage peint à l'arrière de la tête. Elles étaient écaillées et plus petites que dans mon souvenir… En les revoyant avec mes yeux de jeune adulte, j'ai été frappé par la grossièreté des trucages. Une légère surexposition et un coup de pinceau avaient probablement suffi à faire disparaître la tête du garçon « invisible ». Le rocher géant que soulevait le gamin maigrichon devait être en mousse ou en plâtre. Mais ces observations étaient trop subtiles pour un enfant de six ans.

Sous ces photos, j'en ai découvert cinq autres que Grandpa ne m'avait jamais montrées. J'ai compris pourquoi en les examinant de plus près. Trois d'entre elles comportaient des trucages si évidents que même un enfant ne s'y serait pas laissé prendre : une surimpression cocasse montrant une fillette prisonnière d'une bouteille ; un bébé qui « lévitait », probablement tenu en l'air par un individu caché dans l'embrasure d'une porte ; un grossier photomontage dont le résultat était un chien au visage de garçon. Et, comme si ce n'était pas assez bizarre, les deux dernières semblaient tout droit sorties d'un cauchemar de David Lynch. Une jeune contorsionniste boudeuse en train d'exécuter une figure effrayante et des jumeaux inquiétants, vêtus de costumes étranges.

Agenouillé sur le sol poussiéreux, les photos dans les mains, je me suis rappelé le sentiment de trahison que j'avais éprouvé le jour où j'avais compris que les histoires de Grandpa étaient fictives. Aujourd'hui, la vérité me sautait aux yeux : ses dernières paroles n'avaient été qu'une bouffonnerie de plus, pour la route. Ainsi, son dernier geste avait consisté à m'infliger des hallucinations paranoïaques dont j'allais mettre des années à me débarrasser, à grand renfort de psychanalyse et de médicaments toxiques.

J'ai fermé la boîte et je l'ai emportée dans le séjour, où papa et tante Susie vidaient un tiroir plein de bons de réduction – découpés mais jamais utilisés – dans un énorme sac-poubelle. Je la leur ai tendue. Ils ne m'ont pas demandé ce qu'elle contenait.

*
* *

— Alors, c'est ta conclusion ? a soupiré le docteur Golan. Ses dernières paroles ne veulent rien dire...

Allongé sur le divan, je fixais le bocal à poissons dans un angle du bureau. Son unique occupant, un poisson rouge, décrivait des cercles paresseux.

— Sauf si vous avez une meilleure idée ? Une théorie que vous ne m'avez pas encore exposée. Sans quoi...

— Sans quoi ?

— Ce n'est qu'une perte de temps.

Il a soupiré et s'est pincé l'arête du nez, comme pour chasser une migraine.

— Ce n'est pas à moi de trancher cette question. L'important, c'est ce que toi, tu penses.

— Arrêtez vos conneries de psy à deux balles ! me suis-je énervé. Ce n'est pas ce que je pense qui compte, c'est la vérité ! On ne la connaîtra jamais, c'est fichu d'avance. Filez-moi vos cachets et ramassez votre fric.

J'aurais aimé qu'il se mette en colère, qu'il essaie de me convaincre que j'avais tort. Mais il est resté assis, l'air impénétrable, à tapoter le bras de son fauteuil avec son stylo.

— J'ai l'impression que tu renonces, a-t-il lâché au bout d'un moment. Je suis déçu. Je ne te voyais pas comme un dégonflé.

— C'est parce que vous ne me connaissez pas.

*

\* \*

Je n'étais vraiment pas d'humeur à faire la fête. J'ai compris que ça me pendait au nez quand mes parents ont multiplié les allusions grossières, du genre : « Ce week-end va être assommant, on n'a rien de prévu… », alors qu'on savait tous que j'allais avoir seize ans. Je les avais suppliés de ne rien organiser cette année, car j'étais incapable de penser à une personne que j'aurais aimé inviter. Mais ça les inquiétait que je reste seul. Ils prétendaient que voir du monde avait des vertus thérapeutiques. « Les électrochocs aussi », avais-je ironisé. En plus, ma mère ne manquait jamais une occasion de faire la fête. Un jour, elle avait convié des amis pour l'anniversaire de notre perruche ! Elle adorait faire visiter la maison. Un verre de vin à la main, elle promenait les invités de pièce en pièce, vantant le génie de l'architecte et égrenant les anecdotes, tel un ancien combattant (« Il a fallu des mois pour faire venir ces appliques d'Italie ! »).

De retour à la maison après ma séance calamiteuse chez le docteur Golan, Papa m'a précédé dans le séjour éteint en marmonnant : « Quel dommage qu'on n'ait rien organisé pour ton anniversaire ! Bah, on fera quelque chose l'an prochain. » Et soudain la lumière a jailli. La pièce, décorée de banderoles et de ballons, était pleine de tantes, d'oncles et de cousins que je voyais rarement. Tous ceux que ma mère avait réussi à convaincre, en fait. Elle avait même invité Ricky. Il rôdait près du saladier de punch et tranchait sur le décor avec sa veste en cuir cloutée. Au bout d'un moment, les applaudissements se sont tus. J'ai arrêté de feindre la surprise et ma mère m'a enlacé.

— Ça va ? m'a-t-elle chuchoté.

J'étais furieux, fatigué, et je n'avais qu'une envie : jouer à « Warspire III : The summonning », avant de m'endormir devant la télé. Mais je n'avais pas le choix. On ne pouvait pas renvoyer tous ces gens chez eux. J'ai répondu que ça allait ; elle m'a remercié d'un sourire.

— Qui veut voir la nouvelle extension ? a-t-elle claironné en se versant un verre de chardonnay.

Un petit groupe l'a suivie dans l'escalier.

J'ai échangé un signe de tête avec Ricky, à l'autre bout de la pièce. Une façon de se dire qu'on était disposés à se supporter mutuellement une heure ou deux. Nous ne nous étions pas adressé la parole depuis le jour où il avait failli me jeter du balcon, mais nous avions tous les deux intérêt à cultiver l'illusion d'avoir des amis. Je m'avançais à sa rencontre, quand mon oncle Bobby m'a saisi par le coude et entraîné dans un coin. Bobby était un grand type corpulent qui conduisait une grosse voiture, vivait dans une grosse maison, et finirait par succomber à une crise cardiaque (vu les quantités de foie gras et de hamburgers qu'il s'enfilait depuis des années). Sa fortune reviendrait à sa petite femme discrète et à mes glandeurs de cousins. Mon oncle Lester et lui étaient coprésidents de Smart Aid. Leur spécialité consistait à attirer les gens dans des coins pour leur parler sur le ton de la conspiration. Parfois, il s'agissait simplement de complimenter l'hôtesse sur son guacamole.

— D'après ta mère, tu as enfin tourné la page en ce qui concerne... euh... ce bazar avec ton grand-père.

« Ce bazar. » Personne ne savait comment le qualifier.

— Un épisode de stress aigu.

— Quoi ?

— C'est le nom de ce que j'avais... ce que j'ai... OK, laisse tomber.

— Bien. C'est vraiment une bonne nouvelle !

Il a agité une main pour écarter ce sujet déplaisant.

— Avec ta mère, on s'est dit que tu aimerais peut-être venir à Tampa, cet été. Voir comment marchent les

affaires familiales. Bosser quelque temps au siège avec moi ?
À moins que tu préfères vider des cartons !

Il a éclaté de rire si fort que j'ai reculé involontairement.

— Tu pourrais habiter à la maison. Le week-end, on irait pêcher le tarpon avec tes cousins.

Il a consacré les cinq minutes suivantes à décrire son nouveau yacht, entrant dans les détails de façon quasi pornographique, comme si ça pouvait me convaincre. Après quoi, il a souri de toutes ses dents et m'a tendu une main :

— Alors, qu'est-ce que tu en penses, Jake ?

C'était certainement le genre de proposition qui ne se refuse pas. Sauf que j'aurais préféré passer l'été dans un camp de travail en Sibérie, plutôt qu'avec mon oncle et ses gamins gâtés pourris. Quant à travailler au siège de Smart Aid, je savais que je n'y couperais pas, mais j'espérais avoir encore quelques étés de répit, et quatre ans de fac, avant de devoir m'enfermer dans une cage de cadre sup. J'ai réfléchi à une façon polie de décliner son offre, mais l'unique phrase qui m'est venue, c'est :

— Je ne suis pas sûr que l'idée plaise à mon psychiatre.

Ses sourcils broussailleux se sont réunis en un seul ; il a hoché la tête et lâché :

— Ah oui ! Euh, évidemment... Dans ce cas, on en reparle plus tard, OK ?

Là-dessus, il a fait mine de voir quelqu'un au fond de la pièce, et il a filé lui attraper le coude.

Ma mère a décrété qu'il était temps d'ouvrir les cadeaux. Elle voulait qu'on fasse ça devant tout le monde. Or, comme je l'ai déjà dit, je suis un piètre menteur. J'ai beaucoup de mal à laisser éclater ma joie quand on me refile un CD de chants de Noël, ou un abonnement à *Field and Stream*[1] (allez savoir pourquoi, oncle Lester a toujours été persuadé que j'étais proche de la nature). Je me suis quand même forcé à sourire, et j'ai soulevé un à un les trucs que je déballais pour que chacun puisse les admirer. À force, le tas de cadeaux posés sur la table basse s'est réduit à trois.

J'ai ouvert le plus petit. Il contenait la clé de la luxueuse berline de mes parents (quatre ans d'âge). Ma mère m'a expliqué qu'ils en achetaient une autre et que j'héritais de celle-ci. Ma première voiture ! Un concert de « Oh » et de « Ah » a fusé. J'ai rougi. J'avais honte de recevoir un cadeau aussi somptueux devant Ricky, dont la voiture coûtait l'équivalent de mon argent de poche à douze ans. Mes parents essayaient toujours de m'intéresser au fric, mais ça me laissait complètement indifférent. Enfin, c'est facile de dire qu'on se fiche de l'argent quand on en a beaucoup.

Le cadeau suivant était l'appareil photo numérique que j'avais réclamé à mes parents tout l'été. Je l'ai examiné sous toutes les coutures.

— Waow ! C'est géant !

— Je prépare un nouveau livre sur les oiseaux, m'a confié mon père. J'ai pensé que tu pourrais prendre les photos.

— Un nouveau livre ! s'est exclamée ma mère. C'est une idée fabuleuse, Frank. Mais où en est celui sur lequel tu travaillais ?

---

1. Un magazine dédié à la pêche, la chasse et autres activités de plein air.

Visiblement, elle avait un petit coup dans le nez.

— Je suis en train de revoir quelques détails, a répondu mon père sans se démonter.

— Ah, je vois…, a ricané l'oncle Bob.

J'ai soulevé le dernier cadeau et déclaré bien fort :

— Bon ! Celui-là vient de tante Susie.

— En fait, il vient de ton grand-père, a-t-elle rectifié tandis que je déchirais le papier.

Je me suis arrêté net. Les convives se sont tus ; ils ont dévisagé tante Susie comme si elle avait invoqué un esprit malfaisant. Mon père a crispé la mâchoire et ma mère a vidé son verre.

— Ouvre-le, tu vas voir, m'a dit ma tante.

J'ai déballé le cadeau. C'était un vieux livre relié, tout corné, sans jaquette. Les *Œuvres choisies* de Ralph Waldo Emerson. Je l'ai fixé comme si j'essayais de lire à travers la couverture, incapable de comprendre par quel miracle ce bouquin avait atterri entre mes mains. À part le docteur Golan, personne ne connaissait les dernières paroles de Grandpa. Or, Golan m'avait promis plusieurs fois que tout ce qui se disait dans son cabinet resterait entre nous — à moins que je ne le menace d'avaler du Destop ou de sauter d'un pont.

J'ai regardé ma tante, perplexe. Je n'arrivais pas à formuler ma question. Elle a souri.

— Je l'ai trouvé dans le bureau de ton grand-père, le jour où on a fait le ménage chez lui. Il avait écrit ton nom dessus. Je pense qu'il voulait que tu en hérites.

Je l'aurais embrassée ! Tante Susie avait un cœur, finalement.

Ma mère a fait une tentative pour détendre l'atmosphère :

— C'est gentil. Je ne savais pas que ton grand-père était un lecteur…

— Oui, a lâché mon père entre ses dents serrées. Merci, Susan.

J'ai ouvert le livre. Et effectivement, sur la page de titre, j'ai découvert une dédicace, de l'écriture tremblante de Grandpa.

# Œuvres choisies de Ralph Waldo Emerson

*Édité et préfacé*
PAR CLIFTON DURRELL,
DOCTEUR EN PHILOSOPHIE

Pour Jacob Magellan Portman,
Et les mondes qu'il lui reste
à découvrir —

ANTHEM BOOKS • NEW YORK

Au bord des larmes, je me levais pour partir, quand un papier est tombé du livre. Je me suis baissé pour le ramasser. C'était une lettre.

« Emerson. La lettre. »

J'ai blêmi. Ma mère s'est approchée de moi et, d'une voix tendue, m'a demandé si je voulais un verre d'eau. Traduction : « Tiens bon, tout le monde te regarde. »

— Je me sens un peu… euh…

Puis, sans achever ma phrase, j'ai foncé dans ma chambre, une main sur le ventre.

*
* *

C'était une lettre manuscrite, rédigée sur un beau papier, d'une écriture si tarabiscotée qu'on aurait dit de la calligraphie. L'encre noire pâlissait par endroits, comme celle d'un vieux stylo à plume.

Mon cher Abe,

J'espère que cette lettre te trouvera sain et sauf, et en bonne santé. Voilà si longtemps que nous n'avons pas reçu de nouvelles de toi ! Mais je ne t'écris pas pour te faire des reproches, seulement pour te dire que nous pensons à toi souvent. Nous prions pour notre beau et courageux Abe ! La vie sur l'île n'a guère changé, mais c'est ainsi que nous l'aimons : tranquille et bien réglée ! Je me demande si l'on te reconnaîtrait, après toutes ces années ; en revanche, je suis sûre que tu nous reconnaîtrais... Je veux dire, les quelques-uns qui restent. Nous aimerions tant que tu nous envoies une photographie récente de toi, si tu en as une. Je te joins un cliché de moi, très ancien.

Tu manques affreusement à E. Pourquoi ne lui écris-tu pas ?

Avec tout mon respect et mon admiration,
Peregrine Faucon, directrice

Comme promis, l'auteur de la lettre y avait inclus une photographie. Je l'ai approchée de ma lampe de bureau, cherchant en vain des indices dans la silhouette. C'était une image étrange, mais elle ne ressemblait pas aux autres clichés de mon grand-père. Il n'y avait pas de trucage ; seulement une femme qui fumait la pipe. Une pipe incurvée, semblable à celle de Sherlock Holmes.

Était-ce cela que Grandpa avait voulu me transmettre ? Oui, probablement. Non pas les lettres d'Emerson, mais celle-ci, glissée entre les pages de son livre.

Qui était cette directrice, cette Peregrine Faucon ? J'ai cherché l'adresse de l'expéditeur sur l'enveloppe. Elle n'y figurait pas ; juste un cachet de la poste à demi effacé : *Cairnholm Is., Cymru, UK.*

« UK », c'était la Grande-Bretagne. Je savais aussi, pour avoir étudié des atlas quand j'étais petit, que « Cymru » désignait le pays de Galles. « Cairnholm Is. », c'était sûrement l'île que Peregrine Faucon avait mentionnée dans sa lettre. Peut-être celle où mon grand-père avait vécu pendant son enfance...

Il y a neuf mois, Grandpa m'avait demandé de « trouver l'oiseau ». Neuf ans plus tôt, il m'avait juré que l'orphelinat où il avait vécu était sous la protection d'un oiseau, « un grand faucon fumeur de pipe ». Cet oiseau était-il la femme qui l'avait sauvé, la directrice de l'orphelinat ? Était-elle toujours sur l'île, après toutes ces années ? Vieille comme Hérode, mais entourée de ses pupilles, des enfants devenus adultes qui ne l'auraient jamais quittée ?

Pour la première fois, les dernières paroles de mon grand-père prenaient du sens. Il voulait que j'aille sur l'île et que je trouve son ancienne directrice. Mais le cachet sur l'enveloppe datait de quinze ans. Miss Peregrine était-elle toujours en vie ? J'ai fait un bref calcul de tête. Si elle avait dirigé un orphelinat en 1939 – mettons qu'elle ait eu 25 ans à l'époque –, elle en avait plus de 90 aujourd'hui. C'était donc possible. À Englewood, des personnes plus âgées vivaient seules et conduisaient toujours... Et, même si Miss Peregrine était décédée entre-temps, je rencontrerais certainement des gens à Cairnholm susceptibles de m'aider. Des gens qui avaient connu Grandpa quand il était enfant, et partagé ses secrets.

« Nous », avait-elle écrit. « Les quelques-uns qui restent. »

*

*   *

Comme vous pouvez l'imaginer, convaincre mes parents de me laisser partir sur une île minuscule du pays de Galles n'était pas du gâteau. Ma mère, surtout, avait plein d'arguments béton pour enterrer ce projet. Le prix du billet d'avion, d'abord ; puis son idée de m'envoyer passer l'été chez l'oncle Bobby, afin que j'apprenne à diriger un empire pharmaceutique ; enfin, le fait que personne ne pouvait – ne *voulait* – m'accompagner. Il était évidemment exclu que je voyage seul. Je n'avais pas grand-chose à lui opposer.

Si j'avais avoué à mes parents pourquoi je tenais à faire ce périple (« Je crois que je dois y aller »), ils auraient définitivement douté de ma santé mentale. Si je leur avais parlé des dernières paroles de Grandpa, de la lettre ou de la photo, ils m'auraient fait enfermer. « Je veux me renseigner sur notre histoire familiale » était le seul argument à peu près rationnel que j'avais trouvé. J'avais aussi essayé, sans résultat : « Chad Kramer et Josh Bell vont en Europe cet été, pourquoi pas moi ? » Je revenais à la charge le plus souvent possible, mais pas trop, de crainte d'éveiller les soupçons. J'ai même eu recours à la tactique « ce n'est pas comme si vous n'aviez pas d'argent », que j'ai aussitôt regrettée. C'était mal parti.

Heureusement, plusieurs choses ont joué en ma faveur. D'abord, l'oncle Bobby n'avait plus très envie de m'inviter chez lui. Qui veut s'embarrasser d'un malade mental ? Du coup, mon emploi du temps s'est libéré. Puis mon père a découvert que l'île de Cairnholm était le paradis des oiseaux et que la moitié de la population mondiale d'une certaine espèce, devant laquelle il se pâmait, vivait là-bas. Il a commencé à parler beaucoup de son nouveau projet de livre. Je l'encourageais en faisant mine de m'y intéresser. Mais le rôle décisif revient au docteur Golan. Je n'ai presque pas eu besoin de ruser pour qu'il se range de mon côté. En plus d'approuver vigoureusement l'idée, il a incité mes parents à me laisser partir.

— Ça pourrait lui faire du bien, a-t-il dit à ma mère, un jour, après une séance. Visiter cet endroit que son grand-père a idéalisé devrait aider Jacob à le démystifier.

Il verrait que c'est un lieu normal, dépourvu de magie. Par conséquent, les récits fantastiques qui s'y rattachent perdraient de leur pouvoir. Combattre l'imagination en la confrontant à la réalité est souvent très efficace.

— Je pensais qu'il ne croyait plus à ces histoires, a protesté ma mère.

Elle s'est tournée vers moi.

— N'est-ce pas, Jake ?

— Non, je n'y crois plus, ai-je confirmé.

— Consciemment, il n'y croit plus, en effet, a expliqué le docteur Golan. Mais c'est son inconscient qui lui pose des problèmes en ce moment. Les rêves, l'anxiété...

— Et, d'après vous, ça l'aiderait d'aller là-bas ? a insisté ma mère.

Elle a plissé les yeux et l'a regardé avec ferveur. Pour elle, l'avis de mon psy était parole d'Évangile.

— J'en suis sûr !

Et voilà ! L'affaire était dans le sac.

*

*  *

Ensuite, tout s'est organisé à une vitesse surprenante. On a acheté les billets d'avion, planifié notre séjour... On y resterait trois semaines en juin, papa et moi. Ça me paraissait un peu long, mais il affirmait que c'était un minimum pour faire une étude approfondie des colonies d'oiseaux de l'île. J'ai cru que ma mère allait protester :

« Trois semaines entières ! » Mais plus le voyage approchait, plus elle se réjouissait pour nous.

— Mes deux hommes partent à l'aventure ! disait-elle avec un sourire béat.

Je trouvais ça touchant, jusqu'au jour où je l'ai entendue dire à une amie, au téléphone, qu'elle avait hâte de se retrouver seule : « Trois semaines sans avoir à s'occuper de mes deux gamins, quel luxe ! »

« Moi aussi, je t'aime », ai-je eu envie de lui lancer, sarcastique. Comme elle ne m'avait pas vu, j'ai préféré me taire.

Pendant les trois semaines qui séparaient la fin des cours de notre voyage, j'ai essayé de découvrir si Peregrine Faucon était toujours en vie. Mes recherches sur Internet n'ont rien donné. Si elle était encore de ce monde, je souhaitais lui parler, au moins pour la prévenir de mon arrivée. Hélas, j'ai vite constaté que presque personne n'avait le téléphone à Cairnholm. Je n'ai trouvé qu'un numéro pour toute l'île.

L'appel a mis presque une minute à aboutir : la ligne sifflait et crachotait, semblait coupée ; puis les sifflements reprenaient de plus belle. Enfin, l'étrange sonnerie européenne a retenti : *waaap waaap... waap waaap*. Un homme a décroché.

— *Piss hole !* a-t-il braillé d'une voix de poivrot.

Le concert de beuglements à l'arrière-plan m'a évoqué une soirée d'étudiants bien arrosée. Je me suis présenté, mais je ne crois pas que le type m'ait entendu.

— *Piss hole !* a-t-il répété. C'est qui ?

Avant que j'aie pu répondre, il a crié :

— J'ai dit « La ferme », bande de bâtards ! Je suis au...

Puis la communication a été coupée. Je suis resté un long moment assis, hébété, le récepteur contre l'oreille, avant de raccrocher. Je n'ai pas pris la peine de rappeler. Si le seul téléphone de Cairnholm se trouvait dans un lieu de perdition nommé « Trou à pisse », on pouvait craindre le pire. Est-ce que j'allais passer mon premier séjour en Europe à fuir des fous alcooliques et à regarder des oiseaux vider leurs boyaux sur des plages rocheuses ? Peut-être. Mais, si c'était le prix à payer pour élucider le mystère de mon grand-père et reprendre une vie normale, j'étais partant.

# CHAPITRE TROIS

*L*e brouillard nous aveuglait aussi sûrement qu'un bandeau. Quand le capitaine a annoncé que nous étions presque arrivés, j'ai cru qu'il plaisantait. Depuis le pont du ferry, je ne distinguais qu'un rideau gris, à perte de vue. Agrippé au bastingage, l'estomac au bord des lèvres, je fixais les vagues vertes et les poissons qui allaient bientôt profiter des restes de mon petit déjeuner. Mon père, en manches de chemise, grelottait à mes côtés. Il faisait incroyablement froid et humide pour un mois de juin. Après trente-six heures de voyage éprouvantes (trois avions, deux escales, des siestes éclair dans des gares ferroviaires crasseuses, puis cette interminable traversée en bateau), j'espérais que nous trouverions ce que nous étions venus chercher à Cairnholm, l'un et l'autre.

— Regarde ! a crié papa.

J'ai levé la tête et vu un immense rocher émerger de la grisaille.

L'île de mon grand-père ! Sinistre et menaçante, nimbée de brouillard et gardée par des nuées d'oiseaux criards, elle m'évoquait une ancienne forteresse construite par des géants. En voyant ses falaises abruptes disparaître dans un banc de nuages fantomatiques, on pouvait effectivement penser que cette île était un endroit enchanté.

Ma nausée se calmait. Papa courait partout, aussi excité qu'un gamin le jour de Noël. Il suivait du regard les oiseaux qui volaient en cercles autour de nous.

— Jacob, regarde ! Des puffins des Anglais !

À l'approche des falaises, j'ai remarqué de drôles de formes sous l'eau. Comme je me penchais, un membre de l'équipage m'a lancé :

— Tu n'as jamais vu d'épave ?

— Sérieux ?

— Cette zone est un vrai cimetière marin, a renchéri le matelot. La baie de Cairnholm est réputée pour ses naufrages.

Nous dépassions justement une forme toute proche de la surface. Le contour de sa carcasse verdâtre était si net qu'on l'aurait crue prête à sortir de l'eau, tel un zombie de sa tombe. L'homme l'a montrée du doigt :

— Celui-là, il a été coulé par un sous-marin allemand.

— Il y avait des sous-marins par ici ?

— Des tas. La mer d'Irlande en était truffée. Si tu pouvais remettre à flot tous les bateaux qu'ils ont torpillés, tu aurais une flotte entière.

Il s'est éloigné en riant.

J'ai couru jusqu'à la poupe pour voir l'épave disparaître dans notre sillage. Puis, alors que je me demandais si nous allions devoir escalader les falaises pour débarquer sur l'île, nous avons contourné un promontoire et sommes entrés dans une baie rocheuse en forme de demi-lune. Au fond était niché un petit port, où des bateaux de pêche colorés dansaient sur l'eau. Derrière lui, une bourgade s'épanouissait dans un écrin de verdure. Un patchwork de prés où paissaient des moutons montait en pente douce vers une crête coiffée de nuages cotonneux. Je n'avais jamais rien vu d'aussi magnifique. On aurait dit un décor de théâtre. Lorsque le ferry est entré dans la baie en crachotant, j'ai eu un frisson. Tel un aventurier au seuil d'une terre encore inexplorée.

Après avoir débarqué, nous avons traîné nos valises dans les rues de la ville, moins jolie de près que de loin. Des cottages blanchis à la chaux, au charme suranné malgré les paraboles qui ornaient leurs toits, longeaient un petit réseau de rues boueuses, bordées de gravier. Comme l'île était trop minuscule et trop isolée pour justifier qu'on tire des lignes électriques depuis le continent, des groupes électrogènes nauséabonds vrombissaient à chaque coin de rue, telles des guêpes furieuses. Ce bruit rivalisait avec le grondement des tracteurs, les seuls véhicules qui circulaient à Cairnholm. À la lisière de la ville, des cottages abandonnés, aux toits effondrés, trahissaient l'exode de la population. Les enfants de Cairnholm se détournaient de la pêche et de l'agriculture, activités traditionnelles, pour aller tenter leur chance sur le continent.

Nous étions à la recherche d'une auberge nommée le « Priest Home[1] », où mon père avait réservé une chambre. J'imaginais une vieille église convertie en *Bed & Breakfast*. Rien de très luxueux : juste un endroit où dormir le soir, après des journées bien remplies à traquer oiseaux et souvenirs. Les quelques autochtones à qui nous avons demandé notre chemin nous ont répondu par des regards confus. Mon père s'est étonné :

— Ils parlent anglais ou pas ?

Au moment où la poignée de ma valise commençait à me scier la main, nous avons croisé une église. Pensant avoir trouvé notre auberge, nous sommes entrés dans l'édifice. Il avait effectivement été converti, mais pas en B & B. C'était un petit musée austère.

Le conservateur s'affairait dans une salle décorée de vieux filets de pêche et de cisailles pour tondre les moutons. Nous nous sommes approchés. Son visage s'est éclairé, mais il a repris son air morose quand on lui a expliqué que nous étions perdus.

— Je pense que vous cherchez le Priest Hole[2]. Ils ont les seules chambres à louer sur l'île.

Il nous a donné des indications avec un accent mélodieux très amusant. J'adore entendre parler les Gallois, même si je ne comprends pas la moitié de ce qu'ils disent. Mon

1. La maison du prêtre.
2. Le trou du prêtre.

père l'a remercié et s'est éloigné. L'homme nous avait été d'une aide si précieuse que je me suis permis une dernière question :

— Savez-vous où est l'ancien orphelinat ?

Il a plissé les yeux.

— L'ancien quoi ?

J'ai frémi, craignant un instant qu'on se soit trompés d'île. Ou, pire, que cet orphelinat ait existé seulement dans l'imagination de mon grand-père.

— C'était un foyer pour enfants, ai-je précisé. Il a accueilli des réfugiés, pendant la guerre... Une grande maison ?

L'homme s'est mordu la lèvre et m'a regardé d'un air dubitatif, comme s'il hésitait à me répondre. Finalement, il a eu pitié de moi :

— C'est de l'autre côté de l'île, après le marais et la forêt. À ta place, je n'irais pas traîner là-bas tout seul. Si tu quittes le sentier, plus personne n'entendra jamais parler de toi.

Mon père m'a lancé un coup d'œil.

— C'est bon à savoir. Promets-moi que tu n'iras pas seul.

— D'accord.

— Pourquoi ça t'intéresse, d'ailleurs ? s'est renseigné l'homme. Ce n'est pas sur les cartes touristiques.

— Pour des raisons familiales. Mon père a passé plusieurs années ici quand il était enfant, a répondu papa.

Après avoir de nouveau remercié l'homme, il m'a entraîné vers la porte.

Nous sommes revenus sur nos pas jusqu'à une grande statue de pierre noire. Hommage aux marins disparus en mer, « la femme qui attend » avait un air sinistre. Debout, les bras écartés, elle pointait d'un côté la direction du port et, de l'autre, celle du fameux Priest Hole. Je ne m'y connais pas spécialement en hôtels mais, en découvrant l'écriteau délavé, j'ai pressenti que celui-ci nous offrirait un confort rudimentaire. Sous le nom de l'établissement, en lettres cursives géantes, on lisait *Vins, bières et spiritueux*. Encore dessous, en plus petit : *Restauration*. Et tout en bas, écrit à la main, comme un remords : *Chambres à louer*. Le *s* était barré.

Mon père a traversé la rue en pestant contre les charlatans et les publicités mensongères. Avant de lui emboîter le pas, j'ai jeté un dernier coup d'œil à la statue. Je me suis demandé si la femme n'attendait pas simplement qu'on lui apporte un verre.

Après avoir poussé nos valises dans l'entrée exiguë, nous sommes restés un instant sur le seuil d'une salle de pub obscure, au plafond bas. Lorsque mes yeux se sont accommodés à la pénombre, j'ai songé que l'endroit méritait bien son nom de « trou ». De petites fenêtres cerclées de plomb laissaient filtrer juste assez de lumière pour permettre aux habitués d'arriver au bar sans tout renverser sur leur passage. Les tables, usées et branlantes, auraient pu servir de bois de chauffage. Malgré l'heure matinale, la salle était déjà pleine d'hommes silencieux, plus ou moins soûls, penchés sur des chopes de liquide ambré. On aurait dit qu'ils priaient.

Le barman est venu nous serrer la main.

— Vous êtes là pour la chambre, je suppose. Je m'appelle Kev, et voilà les gars. On dit bonjour, les gars !

— Bonjour, ont marmonné les poivrots en hochant la tête.

Kev nous a précédés dans un petit escalier, puis dans un couloir qui desservait deux chambres basiques (je suis indulgent). Mon père s'est attribué la plus grande. Une troisième pièce, meublée d'un sofa mité et d'une table où trônait une plaque électrique, tenait lieu de cuisine, salle à manger et séjour. D'après Kev, les toilettes fonctionnaient la plupart du temps. « En cas de pépin, vous avez toujours les bons vieux cabinets au fond du jardin », a-t-il ajouté en nous montrant une bicoque, visible depuis la fenêtre de ma chambre.

Il a sorti deux lampes à pétrole d'un placard.

— Vous aurez aussi besoin de ça. Les groupes électrogènes s'arrêtent à dix heures. Ça coûte cher de faire venir du pétrole par bateau. Alors ici on se couche de bonne heure, ou on s'habitue à l'odeur du kérosène.

Il a conclu avec un grand sourire :

— J'espère que ce n'est pas trop primitif pour vous !

Nous l'avons rassuré : les cabinets extérieurs et la lampe à pétrole nous convenaient parfaitement. On n'avait rien contre un peu d'aventure, c'était même plutôt amusant. Puis Kev nous a invités à redescendre pour la fin de la visite guidée.

— Vous pouvez prendre vos repas ici, et j'imagine que vous le ferez, vu qu'il n'y a pas d'autre endroit où manger sur l'île. Si vous devez téléphoner, on a une cabine là-bas, dans le coin. Mais il y a souvent la queue. Les portables ne fonctionnent pas à Cairnholm, et c'est la seule ligne terrestre de l'île. On a tout, ici : la seule nourriture, les seules chambres, le seul téléphone !

Il s'est renversé en arrière et a éclaté d'un rire tonitruant.

« Le seul téléphone sur l'île. » J'ai regardé la cabine. Elle était équipée d'une porte qu'on pouvait fermer pour avoir un peu d'intimité, comme dans les vieux films. J'ai réalisé avec horreur que nous avions atterri dans le lieu de débauche où j'avais téléphoné quelques semaines plus tôt. Le fameux *Piss Hole*.

Kev a tendu les clés des chambres à mon père :

— Si vous avez des questions, vous savez où me trouver...

— Justement, j'en ai une, ai-je dit. Qu'est-ce qu'un *piss*... Je veux dire : un *priest hole* ?

Les hommes assis au bar ont explosé de rire.

— Ben quoi ? C'est un trou pour les prêtres ! a fait l'un d'eux.

Ses compères ont redoublé d'hilarité.

Kev s'est approché de la cheminée, où un chien pouilleux dormait, allongé sur le plancher branlant. Du bout du pied, il a indiqué une trappe.

— Autrefois, à l'époque où il suffisait d'être catholique pour se faire pendre à un arbre, les gens du clergé venaient se réfugier ici quand les voyous de la reine Elizabeth les pourchassaient. On les cachait dans de petits endroits douillets comme celui-ci. Des *priest holes*.

L'emploi du « on » m'a frappé, comme s'il avait connu personnellement ces habitants de l'île, morts depuis long-temps.

— Douillets, c'est sûr ! s'est exclamé un habitué. Ils devaient être bien au chaud et à l'étroit là-dessous !

— Valait mieux être à l'étroit que de se faire prendre, a dit un autre.

— Vive Cairnholm ! a braillé le premier en levant sa chope. Vive notre rocher !

— Vive Cairnholm ! ont repris les autres en chœur.

*
* *

Épuisés par le décalage horaire, nous nous sommes couchés de bonne heure. Ou plus exactement nous nous sommes allongés sur nos lits, un oreiller sur la tête, pour tenter d'étouffer le vacarme qui filtrait entre les lames du plancher. À un moment, le bruit était si monstrueux que j'ai soupçonné les fêtards d'avoir envahi ma chambre. Puis j'ai supposé que dix heures avaient sonné, car les groupes électrogènes se sont arrêtés en crachotant. La musique s'est tue et les réverbères se sont éteints, plongeant la pièce dans l'obscurité totale. Je me suis retrouvé dans un cocon de silence et de ténèbres délicieux. Seul le murmure des vagues, au loin, me rappelait où j'étais.

Pour la première fois depuis des mois, j'ai sombré dans un profond sommeil sans cauchemars. J'ai rêvé de mon grand-père. De sa première nuit ici : un enfant débarqué sur une terre étrangère, recueilli par des inconnus qui parlaient une langue étrangère.

À mon réveil, un torrent de soleil jaillissait par la fenêtre. J'ai rejoint papa au rez-de-chaussée. Installé à une table, il buvait un café en nettoyant ses jumelles sophistiquées. J'étais à peine assis que Kev est apparu avec deux assiettes pleines d'une viande non identifiée et de pain grillé.

— Je ne savais pas que vous pouviez faire des toasts, ai-je remarqué.

Kev m'a répondu que, pour lui, tous les aliments gagnaient à être grillés.

Pendant le petit déjeuner, nous avons discuté de nos projets pour la journée. Papa proposait une promenade afin de nous familiariser avec l'île. On commencerait par repérer les meilleurs endroits pour observer les oiseaux, puis on chercherait l'orphelinat. J'ai englouti mon repas, impatient de partir à l'aventure.

Le ventre bien rempli, nous avons quitté le pub et traversé la ville à pied, en évitant les tracteurs qui roulaient à tombeau ouvert. Le bourdonnement des groupes électrogènes nous obligeait à crier pour nous entendre. Puis les rues ont cédé la place à des prés et nous avons laissé le brouhaha derrière nous. C'était une journée fraîche et venteuse ; le soleil, caché par des bancs de nuages géants, jaillissait par instants et baignait alors les collines d'une lumière spectaculaire.

Je me sentais plein d'énergie, gonflé d'espoir. Nous avions prévu de rejoindre une plage rocheuse où papa avait remarqué une colonie d'oiseaux, depuis le ferry. Cela dit, nous ne savions pas exactement comment l'atteindre. L'île, légèrement concave, était bordée de collines qui montaient en pente douce jusqu'à la mer, où elles s'achevaient en falaises abruptes ; à l'endroit qui nous intéressait, le relief était comme érodé, et un sentier escarpé menait à une petite langue de sable, au bord de l'eau.

Nous sommes descendus jusqu'à la plage, où un nombre impressionnant d'oiseaux battaient des ailes, poussaient des cris perçants et pêchaient dans les flaques laissées par la marée. Mon père a écarquillé les yeux.

— Fascinant, a-t-il murmuré en grattant une espèce de guano pétrifié avec l'extrémité de son stylo. J'aimerais bien rester un moment ici, si ça ne te dérange pas ?

Je connaissais trop bien cet air émerveillé. Et je savais exactement ce que signifiait « un moment » : des heures et des heures.

— Pas de problème. Je peux chercher l'orphelinat tout seul.

— Pas seul. Tu me l'as promis.

— D'accord. Dans ce cas, je me ferai accompagner.

— Par qui ?

— Kev connaîtra bien quelqu'un…

Mon père a regardé vers le large, où un grand phare rouillé se dressait sur un îlot rocheux.

— Tu sais ce qu'en penserait ta mère…

Mes parents ont chacun leur conception de l'autorité. Maman est très présente, très impliquée, tandis que papa a tendance à se tenir légèrement en retrait. Il juge important que je commette mes propres erreurs, de temps en temps. Sans compter qu'il serait débarrassé de moi et libre de jouer avec le guano toute la journée...

— Entendu ! a-t-il accepté. Mais n'oublie pas de me laisser le numéro de téléphone de la personne avec qui tu pars.

— Papa, personne n'a le téléphone, ici !

Il a soupiré.

— Ouais, bon... Choisis quelqu'un de confiance, alors.

*

\* \*

Kev était sorti faire une course. Comme je me voyais mal demander à un de ses poivrots de clients de m'accompagner, j'ai décidé de tenter ma chance dans la boutique la plus proche. C'était une poissonnerie. J'ai poussé la porte et je me suis retrouvé nez à nez avec un colosse barbu, vêtu d'un tablier sanglant et armé d'un couperet. Il a cessé de décapiter son poisson pour me jeter un regard noir. J'ai aussitôt regretté mes a priori contre les poivrots. Mais, puisque j'étais là, je lui ai dit ce qui m'amenait.

— Pour quoi faire ? a-t-il grogné. Il n'y a rien, là-haut, à part le marais et un temps de chien.

Je lui ai parlé de mon grand-père et de l'orphelinat. Il m'a étudié en fronçant les sourcils, puis s'est penché par-dessus le comptoir pour examiner mes chaussures.

— Dylan va t'emmener, il n'est pas trop débordé, a-t-il dit en pointant son couperet vers un gamin de mon âge, occupé à ranger des poissons dans une caisse en polystyrène. Mais il va falloir que tu te chausses mieux. Tu ne peux pas partir avec ça aux pieds, la boue les avalerait.

— Ah bon ? Vraiment ?

— Dylan ! Passe-lui une paire de Wellington !

Le gamin a grogné. Il a pris tout son temps pour refermer sa caisse et se laver les mains, avant de s'approcher d'un rayonnage en traînant les pieds.

— Justement, on a des bottes solides à vendre, a dit le poissonnier. Une achetée, aucune gratuite !

Il a éclaté de rire et abattu le couperet sur un saumon. La tête du poisson a glissé sur le comptoir sanglant pour aller atterrir dans un seau.

J'ai sorti de ma poche l'argent que papa m'avait confié, « en cas d'urgence ». J'avais traversé l'Atlantique pour rencontrer Miss Peregrine. Je n'étais pas à une petite arnaque près...

J'ai quitté la boutique chaussé de bottes en caoutchouc si grandes que j'avais pu les enfiler par-dessus mes baskets, et si lourdes que j'avais du mal à suivre mon guide. J'ai trottiné pour le rattraper.

— Tu vas à l'école sur l'île ? lui ai-je demandé.

J'étais curieux de savoir comment les jeunes de mon âge vivaient ici.

Il a grommelé le nom d'une ville sur le continent.

— C'est à quoi ? Une heure de ferry ?

— Ouaip.

C'est tout ce que j'ai réussi à en tirer. Après quelques tentatives avortées, j'ai renoncé à lancer la conversation et je me suis contenté de le suivre. À la sortie de la ville, nous sommes tombés sur un de ses copains : un mec plus âgé, en survêtement jaune fluo, avec de fausses chaînes en or. Un astronaute n'aurait pas paru plus déplacé à Cairnholm. Dylan lui a tapé dans la main et me l'a présenté. Il s'appelait Worm.

— Worm ?

— C'est son nom de scène, a précisé Dylan.

— On fait un duo de rap de malades ! a enchaîné Worm. Moi, c'est MC Worm, et voici MC Dirty Dylan, alias « Chirurgien Esturgeon », le meilleur *beatboxer* de Cairnholm. On montre au Yankee de quoi on est capable, Dirty D ?

— Maintenant ? a dit Dylan, l'air ennuyé.

— Vas-y, fils, donne-moi le tempo !

Dylan s'est exécuté en roulant les yeux. J'ai d'abord cru qu'il s'étranglait avec sa langue, avant de m'apercevoir qu'il toussait en rythme : « Peuh, peuh-tcha, peuh-peuhh, peuh, tcha ». Puis Worm a commencé à rapper :

— J'aime me déchirer là-bas au Priest Hole / Comme ton père, qui trempe le nez dans la gnôle / Faire des rimes on croit que c'est facile, oh yeah ! / Dylan, tes beats, c'est du curry au poulet !

Dylan s'est arrêté.

— Ça ne veut rien dire ! Et c'est ton père à toi qui picole toute la journée.

— On s'en tape, Dirty D ! Continue !

Worm a repris la boîte à rythme à son compte, tout en faisant une médiocre imitation de robot.

— Prends le micro, D !

Dylan a paru gêné, mais il a tout de même improvisé :

— J'ai rencontré une fille,/elle s'appelait Sybille/Elle kiffait mon survêt/et surtout mes baskets/Je lui ai donné l'heure,/carrément racoleur/J'ai pondu ce dialogue/pendant qu'j'étais aux gogues !

Worm a secoué la tête :

— Aux *gogues* ?

— Ouais, bon, c'est de l'impro...

Ils ont voulu savoir ce que j'en pensais. Vu qu'ils étaient eux-mêmes assez critiques sur leurs productions, j'ai joué franc jeu :

— Euh, je crois que je préfère la musique avec du chant, des guitares et...

Worm m'a fait taire d'un geste.

— Laisse tomber ! Ce mec est totalement inculte.

Dylan a ri. Ils ont échangé une série de poignées de main complexes.

— On peut y aller maintenant ? ai-je demandé.

Ils ont grogné et traînassé, puis ont daigné repartir. Worm s'est joint à nous.

Je fermais la marche, essayant de préparer ce que je dirais à Miss Peregrine. Je m'attendais à rencontrer une vraie dame galloise, qui m'inviterait à prendre le thé dans son petit salon. Nous échangerions quelques politesses, jusqu'à ce que le moment me semble venu de lui annoncer la mauvaise nouvelle : « Je suis le petit-fils d'Abraham Portman.

Je suis au regret de vous apprendre qu'il nous a quittés. »
Lorsqu'elle aurait fini de sécher ses larmes en silence, je
la bombarderais de questions.

Dylan et Worm ont pris un petit chemin qui serpentait entre les pâturages avant de monter à pic vers une
crête. Au sommet flottait un brouillard si épais qu'on avait
l'impression de pénétrer dans un autre monde. C'était
carrément biblique : j'imaginais Dieu, dans l'une de ses
colères, infligeant ce fléau aux Égyptiens. La purée de
pois était encore plus dense lorsqu'on est redescendus sur
l'autre versant. Le soleil n'était plus qu'une pâle lueur.
L'humidité formait des gouttelettes sur ma peau et trem-
pait mes vêtements. La température avait dégringolé. Un
instant, j'ai perdu mes guides de vue. Je les ai retrouvés
un peu plus loin sur le sentier, redevenu plat.

— Par ici !

Obéissant, je les ai suivis dans un champ marécageux.
Les moutons nous regardaient progresser péniblement dans
les hautes herbes. Leur laine était mouillée et leurs queues
pendaient tristement. Une petite maison aux fenêtres
condamnées par des planches s'est détachée de la brume.

— Vous êtes sûrs que c'est là ? Ça a l'air vide.

— Vide ? Certainement pas ! a répliqué Worm. Il y a
des tonnes de merde dedans.

— Vas-y, jette un œil, a suggéré Dylan.

Ils me baratinaient, c'était évident, mais je me suis
tout de même avancé pour frapper à la porte. Elle s'est
entrouverte. Comme il faisait trop sombre pour voir à
l'intérieur, je suis entré. Je me suis enfoncé dans une mer

d'excréments. Cette masure à l'aspect inoffensif était une bergerie.

— Oh, non ! ai-je gémi, dégoûté.

Des éclats de rire ont fusé. Je suis ressorti avant de m'asphyxier. Les garçons étaient pliés en deux.

— Bande d'abrutis !

— Pourquoi ? s'est défendu Worm. On t'a dit que c'était plein de merde.

Je me suis planté sous le nez de Dylan :

— Tu vas me montrer cette baraque, oui ou non ?

Worm a essuyé ses yeux larmoyants.

— Il a l'air sérieux, a-t-il commenté.

— Évidemment que je suis sérieux !

Le sourire de Dylan s'est évanoui.

— J'ai cru que tu déconnais.

— Non.

Les garçons ont échangé un regard gêné. Dylan a chuchoté quelque chose à Worm, qui lui a répondu à voix basse. Finalement, mon guide s'est tourné vers moi et m'a montré le chemin :

— Si tu veux vraiment la voir, tu n'as qu'à longer le marais et traverser le bois. C'est une grande maison ancienne. Tu ne peux pas la manquer.

— Hé, mais tu es censé m'accompagner !

— On ne va pas plus loin ! a déclaré Worm, le regard fuyant.

— Pourquoi ?

— C'est comme ça !

Là-dessus, ils ont fait demi-tour et se sont éloignés dans le brouillard.

J'ai réfléchi aux différentes alternatives. Je pouvais me dégonfler et rentrer en ville, ou continuer seul et mentir à papa.

Après quatre secondes de délibération, j'étais en route.

*
* *

Un vaste marécage couvert de brume s'étendait de part et d'autre du sentier : de l'herbe marron et une eau couleur thé à perte de vue, avec pour seul point de repère un petit tas de pierres ici et là. Il s'achevait brusquement au seuil d'une forêt d'arbres squelettiques. Dans le sous-bois, le chemin disparaissait sous des troncs couchés et des tapis de lierre. J'ai cru à plusieurs reprises que je m'étais perdu. « Comment Miss Peregrine peut-elle faire ce trajet, à son âge ? » me suis-je demandé en escaladant un tronc géant, glissant de mousse. « Elle doit se faire livrer ses courses », ai-je réfléchi. Pourtant, personne ne semblait avoir emprunté ce chemin depuis des mois, voire des années.

Passé un virage, les arbres se sont clairsemés et j'ai vu la maison surgir du brouillard, au sommet d'une butte envahie par la végétation. J'ai compris pourquoi les garçons avaient refusé de m'accompagner.

Mon grand-père me l'avait décrite des centaines de fois mais, dans ses histoires, c'était un endroit gai et lumineux, qui résonnait de cris et de rires d'enfants. La bâtisse qui se dressait devant moi avait quelque chose d'angoissant. Des branches jaillissaient de ses fenêtres brisées, des lianes dévoraient ses murs, tels des anticorps attaquant un virus. Comme si la nature lui avait déclaré la guerre, mais qu'elle s'obstinait à rester debout, malgré son toit effondré et son évidente décrépitude.

J'ai essayé de me convaincre que quelqu'un pouvait encore vivre ici. Chez nous, en Floride, on entend parfois parler d'un vieillard reclus dans une maison en ruine, oublié de tous, jusqu'à ce qu'un employé zélé des services de recensement ou un promoteur immobilier retrouve le pauvre gars en décomposition sur son canapé. En vieillissant, les gens n'ont plus les moyens d'entretenir leur maison ; leur famille les délaisse pour diverses raisons. C'est triste, mais ça arrive. Autrement dit, que ça me plaise ou non, j'allais devoir frapper.

Je me suis armé de courage pour traverser l'étendue d'herbes folles menant à l'entrée. Puis j'ai fait quelques pas sur le carrelage brisé, jonché de bois pourri, et jeté un coup d'œil par une fenêtre. Comme je distinguais seulement les formes du mobilier, je me suis décidé à cogner à la porte. J'ai reculé et patienté dans un silence oppressant, tout en tripotant la lettre de Miss Peregrine dans ma poche. Je l'avais emportée au cas où la vieille dame me demanderait de prouver mon identité. Mais plus le temps passait, plus j'étais convaincu que je n'en aurais pas besoin.

J'ai redescendu le perron et contourné la maison, à la recherche d'une autre entrée. Les façades se succédaient, ornées de balcons, de tourelles et de cheminées. Finalement, la chance m'a souri. Une ouverture sans porte, partiellement obstruée par le lierre, donnait sur un trou noir prêt à m'avaler. Je n'avais pas fait tout ce chemin pour me sauver devant une vieille bicoque. J'ai repensé à toutes les épreuves que Grandpa avait subies dans sa vie, et pris ma décision : s'il y avait quelqu'un là-dedans, je le trouverais ! J'ai monté les marches branlantes et franchi le seuil.

*

*  *

Un couloir obscur s'enfonçait dans les profondeurs de la maison. Je me suis pétrifié en frôlant des lambeaux de peau fixés à des crochets. Après avoir imaginé avec effroi un cannibale surgissant de l'ombre, un couteau à la main, j'ai réalisé que c'était juste des manteaux, que les intempéries avaient changés en guenilles moisies. J'ai réprimé un frisson et inspiré à fond. Je n'avais exploré que trois mètres de couloir et j'étais à deux doigts de me dégonfler. « Allez, courage ! » me suis-je commandé. Fort de cette résolution, j'ai progressé à petits pas dans l'obscurité, le cœur battant la chamade.

Chaque pièce était dans un état plus pitoyable que la précédente. Des piles de journaux côtoyaient des jouets éparpillés, preuve que des enfants avaient vécu ici. Les murs autour des fenêtres étaient noircis de moisissures chevelues.

Les cheminées étaient bouchées par des lianes descendues du toit qui rampaient sur le sol, pareilles à des tentacules. Sur les étagères de la cuisine, des pots de conserve, victimes de dizaines de congélations et décongélations, avaient éclaté, éclaboussant les murs. Dans la salle à manger, le plâtre tombé du plafond formait une épaisse couche au sol, que j'ai d'abord prise pour de la neige. À l'extrémité d'un couloir, j'ai découvert un escalier délabré. Je me suis hasardé sur la première marche pour voir si elle résistait à mon poids. Le bois a grincé, comme s'il se réveillait d'un long sommeil ; mes bottes ont laissé des empreintes dans la poussière. S'il y avait quelqu'un à l'étage, il ou elle n'était pas descendu depuis des lustres.

Enfin, je suis entré dans une pièce privée de pans de murs entiers. Une petite forêt y avait poussé, qui frémissait dans le vent. J'y suis resté quelque temps, pensif, à me demander ce qui avait pu produire de tels dégâts. Il était sûrement arrivé quelque chose de terrible. Malgré mes efforts, je n'arrivais pas à faire coïncider les histoires idylliques de mon grand-père avec cette maison de cauchemar, ni à me faire à l'idée qu'il avait trouvé refuge ici, dans un décor aussi apocalyptique.

J'avais encore à visiter une grande partie de la maison, mais soudain j'ai eu l'impression de perdre mon temps. Personne ne pouvait vivre ici, dans ces conditions. Même pas le pire des misanthropes.

J'ai quitté la maison avec le sentiment d'être plus éloigné que jamais de la vérité.

# CHAPITRE QUATRE

*A*près avoir trébuché et tâtonné comme un aveugle dans le sous-bois, puis traversé le marais en longeant le sentier avec des précautions de funambule, j'ai enfin émergé du brouillard. Et, là, j'ai constaté avec surprise que le soleil se teintait de rouge. Le jour déclinait. La journée avait passé à toute vitesse. Mon père était au pub, attablé avec une bière brune, son ordinateur ouvert devant lui. J'ai eu le temps de boire une gorgée de son breuvage avant qu'il lève les yeux. J'ai failli tout recracher.

— La vache ! C'est quoi ? De l'huile à moteur fermentée ?

— Quelque chose d'approchant, a-t-il répondu en riant. Rien à voir avec la bière américaine. De toute façon, tu ne connais pas le goût de la bière américaine...

— Exact, ai-je confirmé avec un clin d'œil, même si c'était la stricte vérité.

Mon père se plaisait à m'imaginer aussi populaire et rebelle que lui, au même âge. Quant à moi, j'avais toujours jugé confortable d'entretenir ce mythe.

Il m'a fait subir un petit interrogatoire : comment avais-je trouvé la maison, qui m'avait accompagné, etc. Comme il est plus facile de mentir en omettant des détails d'une histoire qu'en les inventant, je m'en suis tiré avec brio. J'ai juste oublié de signaler que Worm et Dylan m'avaient fait entrer dans le fumier jusqu'aux mollets, avant de me fausser compagnie à un kilomètre de l'arrivée. Papa a été ravi d'apprendre que j'avais déjà rencontré deux jeunes de mon âge. Évidemment, j'ai aussi évité de mentionner qu'ils me méprisaient.

— Alors, et la maison ?

— Une ruine.

Il a grimacé.

— Mmh... Ça fait un bail que ton grand-père y a vécu...

— Ouais. Et pas seulement lui.

Il a refermé son ordinateur, signe qu'il allait m'accorder toute son attention.

— Tu es déçu.

— Un peu. Je n'ai pas fait des milliers de kilomètres pour voir un tas de gravats.

— Qu'est-ce que tu comptes faire, maintenant ?

— Interroger des gens. Quelqu'un saura bien ce qui est arrivé aux enfants qui vivaient ici. J'imagine que certains sont encore vivants. Ici, ou sur le continent... Dans une maison de retraite, je ne sais pas...

— Oui, c'est une idée.

Papa ne paraissait pas convaincu. Il a laissé planer un silence gêné, puis m'a demandé :

— Tu crois que tu en apprendras davantage sur la personnalité de ton grand-père, ici ?

J'ai réfléchi.

— Peut-être...

Il a hoché la tête.

— Exactement.

— Et toi ?

— Moi ?

Il a haussé les épaules.

— Ça fait bien longtemps que j'ai renoncé à comprendre mon père.

— C'est triste. Il ne t'intéressait pas ?

— Bien sûr que si. Au début. Puis il a cessé de m'intéresser.

J'ai persisté, même si la tournure de la conversation me mettait vaguement mal à l'aise :

— Pourquoi ?

— Quand quelqu'un refuse de t'ouvrir sa porte, au bout d'un moment tu arrêtes de frapper. Tu vois ce que je veux dire ?

Mon père ne me parlait jamais ainsi. C'était peut-être à cause de la bière, ou parce qu'on était loin de la maison... Ou alors il avait décidé que j'étais assez vieux pour entendre ce genre de chose. Quel que soit le motif de ces confidences, j'avais envie qu'il continue.

— Mais c'était ton père. Comment as-tu pu renoncer ?

— Ce n'est pas moi qui ai renoncé ! a-t-il protesté, un peu trop énergiquement.

Il a baissé les yeux et fait tourner la bière dans sa chope pour masquer son embarras.

— La vérité, c'est que ton grand-père n'était pas fait pour avoir des enfants. Mais il s'est senti obligé d'être père malgré tout, car aucun de ses frères et sœurs n'avait survécu à la guerre. Du coup, il s'absentait en permanence : parties de chasse, voyages d'affaires, appelle ça comme tu veux. Même quand il était là, il était ailleurs...

— C'est encore cette histoire d'Halloween ?

— De quoi tu parles ?

— Tu sais, la photo du lapin...

Je faisais allusion à une histoire qu'il m'avait racontée autrefois. Papa n'avait alors que cinq ans. C'était au moment d'Halloween. Il n'avait jamais fait la tournée des maisons pour récolter des bonbons, et Grandpa lui avait promis de l'accompagner. Pour l'occasion, ma grand-mère lui avait acheté un costume de lapin rose ridicule. Papa l'avait enfilé. Il avait attendu, assis dans l'allée, son père, qui devait rentrer du travail vers cinq heures. Il avait patienté jusqu'à la nuit, mais Grandpa n'était jamais venu. Grandma était si furieuse qu'elle avait pris une photo de papa en train de pleurer dans la rue, afin de donner des remords à son mari. Ce cliché a longtemps circulé dans la famille, au grand dam de papa, qui le trouvait affreusement embarrassant.

— Si c'était seulement ça…, a grommelé mon père. Franchement, Jake, tu étais plus proche de lui que je l'ai jamais été. Il y avait quelque chose de spécial entre vous. Une communication qui se passait de mots.

Je ne savais pas quoi répondre. Était-il jaloux de moi ?

— Pourquoi tu me dis ça ?

— Parce que tu es mon fils. Je ne veux pas que tu sois blessé.

— Blessé comment ?

Il est resté silencieux. Dehors, les nuages filaient dans le ciel ; les derniers rayons du jour projetaient nos ombres sur le mur. Soudain, mon estomac s'est noué. Le genre de malaise qu'on ressent quand nos parents s'apprêtent à nous dire qu'ils vont divorcer : on le devine avant même qu'ils aient ouvert la bouche.

— Je n'ai jamais creusé trop profond avec ton grand-père, car j'avais peur de ce que je risquais de découvrir, a-t-il fini par lâcher.

— Tu parles de la guerre ?

— Non. Ton grand-père gardait ces secrets-là parce qu'ils étaient douloureux. Je pouvais le comprendre. Je parle de ses voyages, de ses absences perpétuelles. Que faisait-il vraiment ? Je pense — et ta tante aussi — qu'il y avait une autre femme dans sa vie. Peut-être plusieurs…

J'ai laissé ces mots flotter entre nous un moment. Les joues me cuisaient.

— Ça me paraît dingue, papa.

— On a trouvé une lettre, un jour. Une inconnue avait écrit à ton grand-père : « Je t'aime. Tu me manques.

Quand reviens-tu ? » Ce genre de chose louche. Je ne l'ai jamais oublié. On a déchiré la lettre et jeté les morceaux dans les toilettes. Je n'en ai jamais vu d'autre. J'imagine qu'il a été plus discret, après.

Je n'arrivais pas à regarder mon père, ni à exprimer mes sentiments.

— Désolé, Jake. C'est difficile à entendre. Je sais combien tu le vénérais.

Il m'a pressé l'épaule. Je me suis dégagé et j'ai reculé bruyamment ma chaise pour me lever.

— Je ne *vénère* personne !

— D'accord. C'est juste que... je voulais t'épargner une mauvaise surprise...

J'ai récupéré ma veste.

— Qu'est-ce que tu fais ? Le dîner est prêt.

— Tu te trompes sur Grandpa et je vais te le prouver.

Il a poussé un soupir résigné.

— Entendu. J'espère que tu y arriveras.

Je suis sorti en trombe du Priest Hole et j'ai marché au hasard. Quelquefois, il suffit de claquer une porte pour se sentir mieux.

Mon père avait raison, bien sûr. Je vénérais mon grand-père. Quand j'étais petit, ses histoires fantastiques m'avaient appris que la magie avait sa place dans la vie. Et, même après que j'avais cessé d'y croire, Grandpa avait conservé une sorte d'aura. Il avait vécu des choses horribles, vu les pires travers de l'humanité, et son existence en avait été complètement bouleversée. Malgré ces épreuves, il était resté honnête, bon et courageux. Voilà pourquoi je refusais d'admettre qu'il ait été un menteur et un tricheur, doublé d'un mauvais père.

Si Grandpa Portman n'était pas l'honneur et la bonté incarnées, je ne voyais pas qui pouvait prétendre à ces qualités.

*
* *

Les portes du petit musée étaient ouvertes et les lumières allumées, mais la salle était déserte. J'étais venu voir le conservateur, dans l'espoir qu'il pourrait me parler du passé de l'île et de ses habitants. Je comptais également l'interroger sur la maison vide, lui demander ce qu'étaient devenus ses occupants. Pensant qu'il s'était absenté quelques minutes, je suis entré dans son sanctuaire, afin de tuer le temps.

La collection était exposée dans des vitrines, le long des murs, ou à la place des bancs de l'ancienne église. Elle témoignait de la vie dans un village de pêcheurs tradi-tionnel, et de l'art difficile de l'élevage. À mourir d'ennui... Toutefois, une vitrine sortait du lot. Elle trônait à une place de choix, sur ce qui avait dû être l'autel, derrière une corde. Je l'ai enjambée, au mépris du petit écriteau. C'était un coffre de bois verni, fermé par du Plexiglas, de sorte qu'on pouvait voir son contenu seulement du dessus.

J'ai regardé à l'intérieur et reçu un coup au cœur en découvrant un cadavre rabougri à la chair noircie, comme

carbonisée. J'ai aussitôt cédé à la panique : « Un monstre ! »
J'avais pris cette espèce de momie pour une des créatures
qui hantaient mes rêves. Mais je me suis calmé en constatant
qu'elle ne brisait pas la vitre pour me sauter à la gorge.
C'était juste une pièce de musée, aussi inoffensive que
morbide.

— Je vois que tu as fait la connaissance du vieux ! a dit
quelqu'un derrière moi.

Je me suis retourné. Le conservateur me rejoignait à
grandes enjambées.

— Tu n'es pas impressionnable. J'ai vu des adultes
tomber dans les pommes !

Il m'a tendu une main en souriant :

— Martin Pagett. Je n'ai pas saisi ton nom, l'autre jour.

— Jacob Portman. Et lui, c'est qui ? ai-je demandé en
indiquant la vitrine. Une victime de l'assassin le plus célèbre
du pays de Galles ?

— Ha, ha ! Ça se pourrait, même si je ne l'ai jamais
envisagé de cette manière. C'est le résident le plus âgé
de l'île. Les archéologues l'appellent « l'Homme de Cairnholm ». Entre nous, on dit « le vieux ». Il a plus de deux
mille sept cents ans, mais il n'en avait que seize quand il
est mort. En fait, c'est un jeune homme…

— Deux mille sept cents ? ai-je répété, ahuri.

J'ai étudié le visage du garçon. Ses traits délicats étaient
incroyablement bien préservés.

— Il a l'air tellement…

— Voilà ce qui arrive quand on passe sa jeunesse dans les
profondeurs de notre marais, un endroit privé d'oxygène

et de bactéries. C'est une véritable fontaine de jouvence, là-dessous. Enfin, en admettant qu'on soit déjà mort...

— C'est là que vous l'avez découvert ? Dans le marais ?

Il a ri.

— Pas moi ! Des coupeurs de mottes, en récoltant de la tourbe près du grand tumulus de pierres, là-haut, dans les années 70. Il était tout frais, au début, alors on a pensé qu'un assassin rôdait à Cairnholm. Jusqu'à ce que les flics remarquent l'arc qu'il tenait à la main, tout droit sorti de l'âge de pierre, et la ficelle de cheveux humains autour de son cou. On ne fait plus les cordes comme ça, de nos jours.

J'ai frissonné.

— On dirait un sacrifice...

— Bien vu. Il est mort étranglé, noyé, étripé et assommé. Un peu excessif, cette façon de tuer, non ?

— Ouais, peut-être.

Martin a explosé de rire :

— Peut-être ?

— Si, ouais, c'est clair !

— Et comment ! Mais le plus fascinant, c'est que ce garçon a affronté la mort de son plein gré. Son peuple croyait que les marais – le nôtre en particulier – étaient les portes du monde des dieux. Et donc, l'endroit idéal pour faire don de sa personne.

— C'est tordu.

— Sans doute. Cela dit, je suis convaincu qu'aujourd'hui, nous nous tuons de toutes sortes de manières qui sembleront folles aux hommes du futur. Quant aux portes de l'au-delà, pourquoi pas ? Le marais est un lieu intermédiaire : ni vraiment eau, ni vraiment terre.

Il s'est penché au-dessus de la vitrine.

— Il est beau, non ?

J'ai de nouveau regardé le corps de cet adolescent étouffé, éventré et noyé qui, paradoxalement, avait accédé à une certaine forme d'immortalité.

— Je ne trouve pas.

Martin s'est redressé et s'est mis à déclamer :

— Approche, étranger, et contemple l'homme de la tourbe ! Son tendre visage couleur de suie, ses membres rabougris, telles des veines de charbon, ses pieds semblables à des morceaux de bois flotté mêlés de raisins flétris !

Il a écarté les bras comme un mauvais acteur de théâtre et s'est pavané autour de la vitrine.

— Approche, et mesure l'art cruel de ses blessures ! Ces lignes sinueuses tracées au couteau ; cette cervelle et ces os que des pierres exposèrent aux regards ; la corde qui entame encore son cou. Premier fruit entaillé, puis négligemment jeté – demandeur d'asile au paradis, vieillard piégé dans sa jeunesse – je t'aimerais presque d'amour !

J'ai applaudi. Il m'a gratifié d'une courbette.

— Waow ! C'est vous l'auteur ?

— J'avoue ! a-t-il déclaré avec un sourire penaud. Je m'adonne à la poésie à mes heures perdues. Un simple passe-temps… En tout cas, merci de m'avoir écouté !

Je me suis demandé ce que cet homme étrange et lettré faisait à Cairnholm. Avec son pantalon à pli et ses poèmes maladroits, il aurait été plus à sa place dans un fauteuil de directeur de banque, plutôt que sur cette île battue par les vents, sans téléphone ni route goudronnée.

— Je serais ravi de te montrer le reste de ma collection, a-t-il dit en m'escortant jusqu'à la porte, mais je dois fermer. Reviens demain, si tu veux...

Je l'ai interrompu avant qu'il me pousse dehors :

— En fait, j'étais venu vous poser des questions... C'est au sujet de l'orphelinat. Je suis allé le voir.

— Très bien ! s'est-il exclamé. J'ai cru que je t'avais fait peur et que tu y avais renoncé. Comment se porte notre bonne vieille maison hantée ? Est-elle toujours debout ?

Je lui ai répondu par l'affirmative avant de l'interroger :

— Les gens qui vivaient là-bas... Vous savez ce qui leur est arrivé ?

— Ils sont morts. Depuis longtemps.

J'ai été surpris. Pourtant, au fond, ça n'avait rien d'étonnant. Miss Peregrine était une dame âgée. Cela ne signifiait pas que ma quête était terminée.

— Je recherche des personnes qui auraient habité dans cette maison. Pas seulement la directrice.

— Ils sont tous morts. Nul n'a vécu là-bas depuis la guerre.

J'ai mis du temps à comprendre.

— Comment ça ? Quelle guerre ?

— Quand on parle de guerre, ici, mon gars, c'est forcément la seconde. Ils ont péri dans un bombardement allemand, si mes souvenirs sont bons.

— Non, ce n'est pas possible !

Il a hoché la tête.

— À l'époque, on avait une batterie de canons antiaériens à la pointe de l'île, derrière le bois qui entoure la maison. Cela faisait de Cairnholm une cible militaire légitime, encore que la « légitimité » ait été le cadet des soucis des Allemands. Bref, une des bombes a dévié de sa trajectoire et… voilà…

Il a secoué la tête.

— La faute à pas de chance.

— Ce n'est pas possible, ai-je répété, même si le doute s'insinuait en moi.

— Assieds-toi, je vais te faire du thé. Tu m'as l'air complètement sonné.

— Je suis juste un peu étourdi…

Il m'a offert une chaise dans son bureau pendant qu'il préparait le thé. J'ai essayé de mettre de l'ordre dans mes idées. Si la maison avait été bombardée pendant la guerre, cela expliquait ses murs défoncés, son état de délabrement. Mais, alors, que penser de la lettre de Peregrine Faucon, avec le cachet de la poste de Cairnholm, datant d'une quinzaine d'années seulement ?

Martin est revenu avec un mug.

— J'y ai versé une goutte de Penderyn. C'est ma recette secrète. Ça devrait te requinquer en un rien de temps.

Je l'ai remercié et j'ai bu une gorgée du breuvage, réalisant trop tard que le Penderyn était du whisky. J'ai cru que j'avais avalé du napalm.

— Ça fait de l'effet, ai-je admis, écarlate.

Martin m'a observé en fronçant les sourcils.

— Je vais aller chercher ton père.

— Non, non, tout va bien ! Par contre, si vous pouviez m'en dire plus sur le bombardement…

Il s'est assis en face de moi.

— Justement, quelque chose m'intrigue. Tu dis que ton grand-père a vécu là-bas. Il ne t'a jamais parlé des bombes ?

— Non. Moi aussi, je suis étonné. Ça a dû se produire après son départ. Vous savez si c'est arrivé au début ou à la fin de la guerre ?

— J'avoue que non. Mais, si ça t'intéresse vraiment, je veux bien te présenter quelqu'un qui pourra te renseigner. Mon oncle Oggie. Il a passé toute sa vie sur l'île. Il a quatre-vingt-trois ans, mais encore l'esprit vif.

Martin a jeté un coup d'œil à sa montre.

— Si on arrive avant le début de *Father Ted*[1], je suis sûr qu'il se fera un plaisir de répondre à tes questions.

*

\* \*

Dix minutes plus tard, Martin et moi étions calés dans un sofa moelleux, dans le séjour d'Oggie. La pièce était pleine à craquer de livres et de vieux cartons à chaussures. Elle contenait assez de lampes pour éclairer toutes

---

1. La série télé *Father Ted* raconte les aventures de trois prêtres et de leur gouvernante, exilés sur une petite île au large de l'Irlande.

les grottes de Carlsbad[1], mais une seule était branchée. Oggie, assis en face de nous, était vêtu d'une veste usée jusqu'à la corde et d'un bas de pyjama. Comme s'il avait prévu de recevoir de la visite, mais pas des hôtes de marque, dignes de le voir en pantalon. Tout en parlant, il se balançait inlassablement dans un rocking-chair recouvert de plastique. Il semblait ravi d'avoir un public et, après nous avoir longuement entretenus sur la météo, la politique du pays de Galles et l'état déplorable de la jeunesse, il a laissé Martin le brancher sur le sujet de l'orphelinat.

— Bien sûr que je me souviens de ces gamins. Une drôle d'équipe... On les croisait en ville de temps en temps. Les enfants, et parfois aussi leur gouvernante. Ils venaient acheter du lait, des médicaments et je ne sais quoi d'autre. Ils se détournaient quand on leur disait bonjour. Ils restaient entre eux, dans la grande maison, là-bas. Les gens se posaient beaucoup de questions sur leur compte, mais personne ne savait rien.

— Quel genre de questions ?

— Bah, des salades. Je vous l'ai dit : personne ne savait rien. En tout cas, ce n'était pas des orphelins ordinaires. Pas comme les gosses des Maisons Barnardo[2] qui sortent en ville pour les parades, s'arrêtent pour discuter, et tout. Ceux-là étaient différents. Il y en avait même qui

---

1. Les grottes de Carlsbad, vastes et profondes, sont situées dans l'État du Nouveau-Mexique, aux États-Unis.

2. Les Maisons Barnardo, du nom du philanthrope à l'origine de leur création, étaient des orphelinats.

parlaient l'anglais du roi. Ou n'importe quel anglais, d'ailleurs.

— Peut-être parce que ce n'était pas de vrais orphelins, ai-je suggéré. C'était des réfugiés d'autres pays. Pologne, Autriche, Tchécoslovaquie...

Oggie a haussé un sourcil.

— Ah bon ? C'est curieux, je n'avais jamais entendu dire ça.

Il a paru vexé, à croire que je l'avais insulté en lui apprenant quelque chose qu'il ignorait sur son île. Les mouvements de son rocking-chair se sont accélérés, devenant presque agressifs. Si c'était le genre d'accueil que Grandpa et ses camarades avaient reçu à Cairnholm, je comprenais qu'ils aient préféré rester entre eux.

Martin s'est éclairci la gorge.

— Alors ? Le bombardement ?

— Oui, oui, ça vient ! Ces maudits Boches. Je ne risque pas de les oublier.

Il s'est lancé dans une description détaillée du quotidien des insulaires, quand l'île vivait sous la menace des raids aériens. Les hurlements des sirènes, les courses affolées vers les abris, les veilleurs qui allaient chaque soir de maison en maison pour vérifier si chacun avait bien fermé ses volets et si les réverbères étaient tous éteints, afin de ne pas faciliter la tâche des pilotes ennemis. Les gens se préparaient au pire, tout en pensant qu'ils ne seraient pas bombardés. Il y avait tant de ports et d'usines sur le continent, qui constituaient des cibles bien plus intéressantes que le petit arsenal de Cairnholm...

Pourtant, une nuit, les Allemands avaient frappé.

— Le bruit était effroyable, s'est rappelé Oggie. On aurait cru qu'un géant piétinait l'île, et ça a duré des siècles. Ils nous ont sacrément pilonnés. Heureusement, personne en ville n'a été tué. On ne peut pas en dire autant de nos artilleurs, même s'ils se sont bien défendus, ni des pauvres âmes de l'orphelinat. Une bombe a suffi. Ils ont perdu leur vie pour la Grande-Bretagne, ça, oui. Alors, que Dieu les bénisse, d'où qu'ils soient venus.

— Vous vous rappelez quand c'est arrivé ? ai-je demandé. Au début, ou à la fin de la guerre ?

— Je peux même te donner le jour exact. C'était le 3 septembre 1940.

Cette phrase m'a fait l'effet d'une déflagration. J'ai revu en pensée le visage livide de mon grand-père, ses lèvres qui remuaient à peine, prononçant les mêmes mots : « le 3 septembre 1940 ».

— Vous… Vous en êtes sûr ? Je veux dire : c'était vraiment ce jour-là ?

— Je n'ai pas été au front. J'étais trop jeune d'un an. Je n'ai vu de la guerre que cette nuit-là. Alors, oui, j'en suis sûr.

Soudain, je me suis senti engourdi, comme déconnecté de la réalité. C'était tellement étrange. Est-ce que quelqu'un se moquait de moi ? Étais-je la victime d'une blague malsaine ?

— Il n'y a pas eu de survivant ? s'est renseigné Martin.

Le vieil homme a réfléchi un moment, laissant son regard errer au plafond.

— Maintenant que tu le dis, je crois que si. Un seul. Un jeune homme, guère plus vieux que ce garçon, là.

Il a cessé de se balancer le temps de rassembler ses souvenirs.

— Il est arrivé en ville, le lendemain matin, sans une égratignure. Pour quelqu'un qui venait de voir tous ses amis casser leur pipe, il ne semblait pas spécialement perturbé. C'était très curieux.

— Il devait être en état de choc, a supposé Martin.

— Je ne sais pas. Il n'a parlé qu'une seule fois, pour demander à mon père à quelle heure partait le prochain bateau pour le continent. Il voulait prendre les armes sur-le-champ pour tuer les monstres qui avaient assassiné les siens.

L'histoire d'Oggie était presque aussi extravagante que celles de Grandpa. Mais je n'avais pas de raison de douter de lui.

— Je l'ai connu, ai-je murmuré. C'était mon grand-père.

Ils m'ont dévisagé, stupéfaits.

— Ça, par exemple ! a fait Oggie.

Je me suis levé. Remarquant que j'étais secoué, Martin m'a proposé de me raccompagner au pub. J'ai décliné son offre. J'avais besoin d'être seul pour réfléchir.

— Reviens me voir bientôt, a-t-il suggéré.

Je lui ai promis de passer.

J'ai pris mon temps pour rentrer, aspirant à pleins poumons l'air chargé d'embruns et de fumée de cheminée. Dans le port, j'ai marché jusqu'à l'extrémité d'un ponton et regardé la lune se lever au-dessus de l'eau. J'ai imaginé mon grand-père, attendant un bateau ici même, un affreux matin de septembre 1940, fou de douleur. Fuyant la mort des siens pour rejoindre la guerre et son cortège d'autres morts. Il était donc impossible d'échapper aux monstres. Même sur cette île aussi minuscule qu'un grain de sable sur la carte, abritée par des nuées de brouillard, des récifs coupants et des flots bouillonnants. C'était cela, la terrible vérité dont mon grand-père avait voulu me protéger.

Dans le lointain, j'ai entendu les groupes électrogènes hoqueter, puis s'arrêter. Pendant quelques secondes, les lumières du port sont devenues plus brillantes, avant de s'éteindre. J'ai imaginé l'île vue d'avion à ce moment précis, disparaissant brusquement dans les ténèbres, telle une supernova miniature.

\*

\*    \*

J'ai fait le reste du chemin à la lueur de la lune ; je me sentais minuscule. Mon père était au pub, installé à la même table que le matin. Devant lui trônait une assiette à moitié vide de ragoût de bœuf figé dans la graisse.

— Te voilà…, a-t-il commenté lorsque je me suis assis. Je t'ai laissé à dîner.

— Je n'ai pas faim.

Je lui ai répété ce que j'avais appris sur Grandpa. Il a paru plus contrarié que surpris.

— Je n'en reviens pas qu'il ne m'en ait jamais parlé. Pas une fois...

Je comprenais sa colère. Un grand-père peut décider de ne pas révéler ce genre d'informations à son petit-fils. Ça se défend. En revanche, on pourrait attendre d'un père qu'il les confie à son fils.

J'ai essayé de donner un tour positif à la conversation :

— C'est fabuleux... Toutes ces choses qu'il a vécues.

Papa a hoché la tête.

— Je ne crois pas que nous en connaîtrons un jour toute l'étendue.

— En tout cas, Grandpa savait garder un secret.

— Tu m'étonnes ! Ce type était une véritable forteresse.

— Ça pourrait expliquer qu'il se soit montré aussi distant quand tu étais enfant...

Papa m'a lancé un regard acéré. J'ai compris que j'étais allé trop loin et que j'avais intérêt à préciser ma pensée.

— Il avait déjà perdu deux fois sa famille. D'abord en Pologne, puis ici, sa famille d'adoption. Alors, quand vous êtes arrivés, toi et tante Susie...

— Chat échaudé craint l'eau froide...

— Je suis sérieux. Peut-être qu'il ne trompait pas grand-mère, après tout ?

— Je ne sais pas, Jake. Je ne pense pas que les choses soient aussi simples.

Il a soupiré. L'intérieur de son verre de bière s'est couvert de buée.

— Je comprends mieux maintenant pourquoi toi et Grandpa étiez aussi proches.

— Pourquoi ?

— Il a mis cinquante ans à vaincre sa peur d'avoir une famille. Tu es arrivé pile au bon moment.

Je n'ai rien pu répondre. Comment peut-on dire à son propre père : « Je suis désolé que ton père ne t'ait pas assez aimé » ? Faute de trouver les mots, je me suis contenté de lui souhaiter une bonne nuit, avant de monter me coucher.

*

* *

Je me suis tourné et retourné dans mon lit presque toute la nuit. Je n'arrêtais pas de penser aux lettres – la missive de cette inconnue, sur laquelle papa et tante Susie étaient tombés autrefois, et le mot de Miss Peregrine que j'avais découvert un mois plus tôt. Une idée fixe me maintenait éveillé : « Et si l'auteur de ces deux lettres était la même femme ? »

Sur celle de Miss Peregrine, le cachet de la poste datait de quinze ans. Pourtant, tout portait à croire qu'elle avait quitté ce monde en 1940. Je ne voyais que deux explications : soit mon grand-père avait correspondu avec une personne décédée – chose assez improbable –, soit l'auteur de la lettre n'était pas Miss Peregrine, mais quelqu'un qui usurpait son identité.

Pourquoi voudrait-on dissimuler son nom dans un courrier ? Parce qu'on a quelque chose à cacher. Parce qu'on est l'« autre femme ».

Et si ce voyage me permettait seulement de découvrir que mon grand-père était un menteur et un mari volage ? Avait-il voulu, juste avant de mourir, me parler de la mort de sa famille d'adoption, ou m'avouer une liaison minable ? Peut-être les deux… Après avoir vécu tous ces déchirements, il n'avait pas su être présent pour sa famille, ni lui rester fidèle.

J'ai fini par sombrer dans un sommeil agité. Je me suis réveillé à l'aube, alerté par un bruit dans ma chambre. J'ai roulé sur moi-même pour voir ce que c'était, et cru mourir d'une crise cardiaque en découvrant un gros oiseau, perché sur ma commode. Je me suis assis, comme mû par un ressort. L'oiseau me fixait intensément ; son plumage était gris, sa tête lisse et brillante. Ses serres cliquetaient sur le bois, tandis qu'il allait et venait le long du meuble. Je l'ai regardé sans oser bouger. Est-ce que je rêvais ?

J'ai appelé mon père. Au son de ma voix, l'oiseau s'est envolé. J'ai protégé mon visage derrière mes bras, par réflexe. Quand j'ai rouvert les paupières, il avait disparu par la fenêtre.

Mon père est entré en titubant, les yeux bouffis de sommeil.

— Qu'est-ce qui t'arrive ?

Je lui ai montré les marques des serres sur la commode, la plume qui traînait par terre.

— C'est étrange, a-t-il dit en l'examinant. En général, les faucons pèlerins ne s'approchent pas des humains.

— Les *faucons* ? ai-je répété, pensant avoir mal entendu.

Il m'a tendu la plume.

— *Falco Peregrinus*. Ce sont des oiseaux incroyables, les plus rapides du monde, capables de se métamorphoser pour prendre la forme la plus aérodynamique possible.

Ce nom n'était qu'une curieuse coïncidence, mais il m'a laissé un sentiment étrange, dont je n'ai pas réussi à me défaire.

Pendant le petit déjeuner, je me suis demandé si je n'avais pas renoncé trop vite. Même s'il ne restait plus un seul être vivant pour me parler de mon grand-père, la maison était toujours là. Je n'en avais exploré qu'une petite partie. Bien sûr, en admettant qu'elle ait un jour abrité des lettres, un album photo, un journal... ou n'importe quel document susceptible de répondre à mes questions, ils avaient dû brûler ou pourrir depuis des décennies. Cependant, si je quittais l'île sans m'en assurer, j'étais sûr de le regretter.

C'est ainsi que je me suis convaincu, moi, Jacob Portman, victime de cauchemars, sujet aux terreurs nocturnes et aux hallucinations, de retourner dans cette maison abandonnée, probablement hantée, où une douzaine d'enfants avaient connu une fin tragique.

# CHAPITRE CINQ

*C'*était une matinée presque trop parfaite. En quittant le pub, j'ai eu l'impression d'entrer dans une de ces photos retouchées qui servent de fond d'écran aux ordinateurs neufs. Un alignement de maisons aux façades joliment décrépites, prolongé par un patchwork de prés verts et de murets de pierre, coiffé d'un ciel azur où moutonnaient quelques nuages. Dans le lointain, une langue de brouillard léchait la crête, frontière entre ce monde idyllique et l'autre : froid, gris et humide.

Comme prévu, aussitôt passé la corniche, il s'est mis à pleuvoir. J'avais bêtement oublié mes bottes en caoutchouc, et le sentier était un torrent de boue. Mais je préférais encore avoir les pieds trempés, plutôt que de devoir gravir la colline une deuxième fois. J'ai donc fait le dos rond et avancé résolument face au crachin. Près de la cabane, j'ai aperçu le vague contour des moutons, blottis les uns contre les autres pour se réchauffer. En traversant le marais couvert de brume, silencieux et fantomatique, j'ai repensé au pensionnaire du musée de Cairnholm, âgé de deux mille sept cents ans. Combien d'hommes comme lui reposaient sous ces prés, figés dans la mort ? Combien avaient donné leur vie ici dans l'espoir de gagner le paradis ?

Quand j'ai atteint la maison, il pleuvait des cordes. J'ai couru dans le jardin en friche pour rejoindre l'entrée sans porte, qui m'a avalé dans ses ténèbres. À l'intérieur, le plancher gorgé d'eau fléchissait sous mon poids. Je suis resté un instant sur place, dégoulinant. J'ai secoué mes cheveux, vaine tentative pour me sécher, avant d'entamer mes recherches. Qu'allais-je découvrir ? Un carton de lettres ? Le nom de mon grand-père écrit sur un mur ? Tout cela me semblait très improbable.

J'ai erré ici et là, soulevant des tapis de vieux journaux, regardant sous les tables et les chaises. Je m'attendais à tomber sur un enchevêtrement de squelettes vêtus de haillons noircis. Je n'ai trouvé qu'une enfilade de pièces aux parois éventrées livrées à l'humidité, au vent et à la crasse. Le parquet était pourri. En arrivant devant l'escalier, j'ai compris que, cette fois, je devrais m'y aventurer. Mais dans quel sens ? Monter présentait l'inconvénient d'empêcher toute fuite rapide (devant une armée de morts-vivants, ou je ne sais quelle autre production de mon esprit anxieux), à moins de sauter par une fenêtre... En bas, le problème persistait, avec l'obscurité en plus. Comme je n'avais pas de lampe torche, j'ai décidé de monter.

Les marches ont frissonné, grincé et craqué sous mon poids, mais elles ont tenu bon. Comparé au rez-de-chaussée, le premier étage était étonnamment préservé. Les pièces, disposées de part et d'autre d'un couloir au papier peint décollé, auraient presque pu paraître habitées, si ce n'est l'épaisse couche de poussière qui recouvrait les objets et le mobilier. Une chemise moisie était posée négligemment sur le dossier d'une chaise, des pièces de monnaie étaient éparpillées sur une table de chevet. Le décor avait quelque chose de figé, comme si le temps s'était arrêté la nuit où les enfants étaient morts.

Je suis allé de pièce en pièce, étudiant leur contenu tel un archéologue. Des jouets en bois moisissaient dans une boîte ; des crayons aux couleurs fanées gisaient sur un appui de fenêtre ; des poupées étaient prisonnières de leur maison miniature. L'humidité avait gauchi les étagères d'une bibliothèque, qui semblaient sourire. J'ai caressé de l'index le dos des livres, comme pour choisir une lecture. Il y avait des classiques : *Peter Pan* et *Le Jardin secret*, des œuvres d'auteurs oubliés, des manuels de grec et de latin… Plusieurs pupitres anciens étaient rangés dans l'angle de la pièce. C'était probablement la salle où Miss Peregrine faisait la classe à ses pupilles.

J'ai actionné en vain la poignée d'une lourde porte en bois, gonflée par l'humidité. De guerre lasse, j'ai pris mon élan et je l'ai enfoncée d'un coup d'épaule. Elle s'est ouverte avec un cri rauque. J'ai atterri à plat ventre dans la pièce suivante, sans doute la chambre de la directrice. Avec ses appliques murales, ses chandelles couvertes de toiles d'araignée, sa coiffeuse ornée de flacons de cristal et son lit en chêne géant, on aurait dit la chambre de la Belle au Bois Dormant. J'ai essayé d'imaginer les derniers moments que Miss Peregrine avait passés ici. Réveillée en pleine nuit par le hurlement d'une sirène d'alerte aérienne, quittant son lit en catastrophe, rassemblant les enfants groggy qui cherchaient leurs manteaux à tâtons, et les pressant de descendre l'escalier.

« Est-ce que vous avez eu peur ? Est-ce que vous avez entendu les avions arriver ? »

Soudain, j'ai eu une drôle de sensation. Comme si on m'observait ; comme si les enfants étaient encore là, à l'intérieur des murs, tel le garçon du marais dans la tourbe. J'avais l'impression qu'ils m'épiaient à travers les fissures et les nœuds du bois.

Je me suis faufilé dans la pièce voisine. Une faible lueur filtrait par une fenêtre. Des lambeaux de papier peint bleu poudre pendaient au-dessus de deux lits aux draps poussiéreux, soigneusement tirés. Ne me demandez pas pourquoi, je savais que cette chambre avait été celle de mon grand-père.

Puis j'ai remarqué un objet qui dépassait de sous un lit. Je me suis agenouillé pour le regarder de plus près. C'était une vieille valise.

« Était-elle à toi ? Est-ce la valise que tu as emportée dans le train lorsque tu as quitté tes parents pour toujours ? Le jour où tu as dit adieu à ta première vie ? »

Je l'ai tirée et je me suis débattu avec ses lanières de cuir. Elle s'est ouverte facilement, mais elle ne contenait qu'une famille de scarabées morts.

Je me suis senti vide, moi aussi, et étrangement lourd. Comme si la planète s'était mise à tourner trop vite, accentuant la gravité, me plaquant au sol. Épuisé, je me suis assis sur le lit... le sien, peut-être. Puis, sans réaliser ce que je faisais, je me suis étendu sur les draps poussiéreux et j'ai fixé le plafond.

« À quoi songeais-tu quand tu étais allongé là, la nuit ? Est-ce que tu faisais des cauchemars, toi aussi ? »

J'ai fondu en larmes.

« Quand tes parents sont morts, est-ce que tu l'as deviné ? »

Mes pleurs ont redoublé. C'était comme un torrent irrésistible.

Puisque j'étais incapable de m'arrêter, j'ai pensé à tout un tas de choses tristes et négatives, et j'ai nourri mon chagrin, jusqu'à ce que les sanglots me fassent suffoquer. J'ai pensé à mes arrière-grands-parents, morts de faim. À leurs corps lancés dans des incinérateurs par des inconnus qui les haïssaient. Aux enfants qui avaient vécu ici, disparus avant l'heure parce qu'un pilote indifférent avait appuyé sur un bouton. À mon grand-père, privé de ses parents, et à papa, qui avait grandi avec le sentiment de ne pas avoir de père. À moi-même, enfin, sujet aux cauchemars et à des épisodes de stress aigu, allongé dans une maison en ruine, en train de pleurer à chaudes larmes. Et tout ça, à cause d'une blessure vieille de soixante-dix ans que j'avais reçue en héritage, tel un cadeau empoisonné. À cause de monstres que je ne pouvais pas tuer, car ils étaient déjà morts. Mon grand-père avait pu s'engager dans l'armée pour les combattre. Je n'avais même pas cette possibilité.

J'ai fini par me calmer, mais ma tête m'élançait. J'ai fermé les yeux et appuyé les doigts contre mes tempes pour faire cesser la douleur, au moins momentanément. Lorsque j'ai relâché la pression et rouvert les paupières, un changement miraculeux s'était produit dans la pièce. Un rayon de soleil entrait par la fenêtre. Je me suis levé. Par la vitre brisée, j'ai vu qu'il pleuvait toujours, alors que le soleil avait percé les nuages. Une bizarrerie météorologique qui n'a pas de nom officiel. Ma mère appelle ça les « larmes des orphelins » – je vous jure que c'est vrai ! J'ai ri en me rappelant l'expression de Ricky : « Le diable bat sa femme. » Je me sentais un peu mieux.

Puis, dans la tache de soleil sur le parquet, j'ai remarqué un détail qui m'avait échappé jusque-là. Une malle dépassait légèrement de sous le second lit. J'ai soulevé le drap qui la masquait.

C'était une grande malle de bateau, fermée par un énorme cadenas rouillé. « Il y a forcément quelque chose dedans, ai-je pensé. On ne ferme pas à clé un coffre vide. » D'ailleurs, elle me lançait un message silencieux : « Ouvre-moi ! Je suis pleine de secrets ! »

Je l'ai attrapée par le côté et j'ai tiré. Elle n'a pas bougé d'un millimètre. J'ai insisté, sans plus de résultat. Impossible de savoir si elle était très lourde, ou si des décennies d'humidité et de poussière l'avaient soudée au sol. Je me suis relevé et je lui ai balancé quelques coups de pied, assez efficaces. Je l'ai déplacée petit à petit, d'un côté, puis de l'autre, comme on le ferait avec une cuisinière ou un réfrigérateur, jusqu'à l'extraire complètement de sous le lit, creusant de vilains sillons dans le parquet. J'ai soupesé le cadenas. Malgré une épaisse couche de rouille, il semblait résistant. J'ai envisagé un bref instant de chercher la clé – elle était forcément quelque part –, mais je risquais d'y passer des heures, et le cadenas était tellement abîmé qu'elle n'aurait pas fonctionné. La meilleure solution était de le casser.

J'ai exploré les alentours à la recherche d'un accessoire. Une chaise disloquée gisait dans une pièce voisine. J'ai arraché un de ses pieds et je suis revenu cogner de toutes mes forces sur le métal, avec des gestes de bûcheron. Le pied s'est brisé, mais le cadenas a résisté. Il me fallait un outil plus solide. Un barreau du lit métallique était branlant. J'ai achevé de le détacher en quelques coups de pied, inséré une extrémité dans la boucle du cadenas et fait levier. Sans succès.

J'ai appuyé sur le barreau de tout mon poids. Le coffre a vaguement grincé. J'ai appuyé de plus belle, les veines du cou gonflées, hurlant à pleins poumons : « Tu vas t'ouvrir, saloperie ! »

Ma colère et ma frustration avaient enfin un objet. Je ne pouvais pas obliger mon grand-père décédé à livrer ses secrets, mais je soutirerais les siens à cette maudite malle ! Soudain, le barreau a glissé et je me suis affalé par terre, le souffle coupé.

Je suis resté un moment allongé sur le dos, à fixer le plafond. Dehors, la pluie avait repris. Un vrai déluge ! J'ai pensé à retourner en ville chercher un maillet ou une scie à métaux, mais on m'aurait posé des questions auxquelles je n'avais pas envie de répondre.

Puis j'ai eu une idée lumineuse. Si je trouvais un moyen de casser le coffre, je n'aurais plus à me soucier du cadenas. Quelle force pourrait bien surpasser celle de mes bras maigrichons ? Réponse : la gravité ! J'étais au premier étage de la maison. Bien sûr, je n'arriverais jamais à hisser le coffre sur un appui de fenêtre pour le jeter dehors. En revanche, la rambarde de l'escalier s'était effondrée. Il me suffisait de traîner la malle au bout du palier, puis de la balancer dans le vide. Son contenu ne sortirait probablement pas intact de la chute, mais qu'importe. Au moins, je serais fixé.

Je me suis accroupi derrière la malle et j'ai commencé à la pousser vers le couloir. Au bout de quelques centimètres, ses pieds de métal ont creusé de profondes rainures dans le sol, où elle s'est littéralement incrustée. Je l'ai contournée, j'ai empoigné le cadenas à deux mains et je l'ai tiré vers moi, tout en reculant. Contre toute attente, la malle s'est déplacée de presque cinquante centimètres d'un coup. Ma position n'était pas très élégante ni très ergonomique, et je transpirais abondamment. Chaque mouvement s'accompagnait d'un grincement à déchirer les tympans, mais la technique fonctionnait plutôt bien.

La malle glissait encore mieux sur le parquet du palier. En quelques tractions, j'ai réussi à l'amener en équilibre précaire au bord du vide ; une dernière petite poussée aurait suffi à la faire plonger, mais je voulais la voir voler en éclats, en récompense de mes efforts. Je me suis avancé avec précaution, jusqu'au moment où j'ai aperçu le sol de l'étage inférieur. Alors, retenant mon souffle, j'ai poussé le coffre du pied.

Il a oscillé un bref instant avant de culbuter dans un mouvement de ralenti magnifique, digne d'un film. Un craquement monumental a fait vibrer toute la maison et un panache de fumée est monté vers moi. Je me suis couvert le visage et j'ai battu en retraite dans le couloir en attendant qu'il se dissipe. Une minute après, j'ai rejoint mon poste d'observation. Et là, surprise ! À la place du coffre éventré, j'ai découvert dans le plancher du hall un trou béant aux bords déchiquetés. La malle était tombée dans la cave.

J'ai dévalé l'escalier pour aller m'allonger avec précaution au bord de l'ouverture, comme sur une fine couche de glace. Quatre mètres plus bas, dans la pénombre poussiéreuse, j'ai aperçu des débris. La malle avait explosé tel un œuf géant, ses éclats se mêlant aux lattes brisées en un tas informe. De petits morceaux de papier étaient éparpillés tout autour. J'avais trouvé mon carton de lettres ! Quoique... En les examinant plus attentivement, j'ai distingué des visages et des silhouettes. Il ne s'agissait pas de lettres, mais de photographies. Des dizaines de photos !

Mon excitation est montée en flèche, et redescendue tout aussi rapidement quand j'ai compris que j'allais devoir m'aventurer au sous-sol.

La cave était un dédale de pièces si sombres que j'aurais pu les explorer aussi efficacement avec un bandeau sur les yeux. Je suis resté un long moment au pied de l'escalier branlant, à attendre en vain que mes yeux s'accoutument à l'obscurité. J'espérais aussi m'habituer à l'odeur – une puanteur étrange, âcre, comme dans l'armoire à fournitures d'une classe de chimie. Encore un espoir déçu ! J'ai donc fini par m'avancer à pas prudents dans le noir total, le col de ma chemise relevé sur mon nez et les mains tendues devant moi, me fiant à ma bonne étoile.

J'ai trébuché et failli tomber. Un objet en verre s'est écrasé par terre. La puanteur s'est encore accentuée. J'ai imaginé des êtres rôdant dans la pénombre devant moi. Et s'il y avait un autre trou dans le sol ? Personne ne retrouverait jamais mon corps.

J'ai réalisé, dans un éclair de génie, qu'en ouvrant le téléphone portable que je gardais obstinément dans ma poche – alors qu'il n'affichait pas la moindre barre de réseau –, je pouvais produire une faible lueur. Je l'ai brandi devant moi, dirigeant l'écran vers l'inconnu. Comme la lumière ne perçait pas les ténèbres, je l'ai orienté vers le sol aux dalles cassées, jonchées de crottes de souris. Puis vers la droite, où il a rencontré une surface réfléchissante.

J'ai fait un pas dans cette direction. Un mur d'étagères couvert de bocaux en verre a surgi de l'obscurité. Les pots, de différentes tailles, étaient marbrés de poussière et abritaient des formes à l'aspect gélatineux, suspendues dans un liquide trouble. J'ai repensé aux conserves de fruits et légumes brisées, dans la cuisine… La température plus stable au sous-sol expliquait peut-être que celles-ci aient résisté au gel.

De plus près, j'ai constaté que les pots ne contenaient ni fruits, ni légumes, mais des organes. Des cerveaux. Des cœurs. Des poumons. Des yeux. Tous conservés dans le formol, d'où la puanteur… J'ai reculé en suffoquant, à la fois dégoûté et horrifié. Dans quel endroit abominable étais-je tombé ? On trouve ce genre de bocaux dans les sous-sols d'une école de médecine, à la rigueur. Pas dans un foyer pour enfants ! Si Grandpa ne m'avait pas aussi longuement vanté les merveilles de cet établissement, je me serais posé des questions : Miss Peregrine avait-elle recueilli ces enfants dans le seul but de récolter leurs organes ?

Une fois ressaisi, j'ai relevé la tête et aperçu une lueur devant moi. Cette fois, ce n'était pas le reflet de mon téléphone, mais un rayon de lumière du jour, sans doute issu du trou que j'avais fait avec la malle. J'ai tenté de m'en rapprocher, respirant toujours à travers ma chemise et restant à bonne distance des murs, de crainte qu'ils me réservent d'autres surprises.

Guidé par la lueur, je suis arrivé dans une petite pièce au plafond partiellement effondré. La lumière éclairait un tas de planches brisées, de tessons de verre et de lambeaux de tapis, d'où s'élevaient des volutes de poussière. Sous les débris, on percevait un léger grattement. Un rongeur avait-il survécu à l'apocalypse ? Le coffre éventré gisait au centre ; des photos étaient éparpillées tout autour, tels des confettis.

Je me suis frayé un chemin entre les gravats, enjambant des échardes de bois et des lattes hérissées de clous rouillés. À genoux, j'ai entrepris de sauver tout ce qui pouvait l'être. Je me sentais l'âme d'un secouriste, sortant des visages des décombres, essuyant le verre et la sciure qui les maculait. J'avais beau avoir conscience de l'urgence – le reste du plafond risquait de me tomber sur la tête d'un instant à l'autre –, je ne résistai pas à la tentation de les examiner une à une.

Au premier abord, on aurait dit les photos d'un vieil album de famille. Des gens qui couraient sur des plages, posaient en souriant sur des perrons. Des paysages de l'île et beaucoup de portraits d'enfants, seuls ou par deux. Des instantanés et des clichés plus stricts de gamins étreignant des poupées aux yeux morts, devant des toiles de fond. Comme si on leur avait tiré le portrait dans un centre commercial sordide, au tournant du siècle dernier. Mais le plus dérangeant n'était pas les poupées zombies, les étranges coupes de cheveux des enfants ou leurs mines sérieuses. C'était l'aspect familier de ces images. Plus je les regardais, plus j'avais l'impression de les avoir déjà vues. Elles avaient le côté cauchemardesque des vieilles photos de mon grand-père, cachées au fond de sa boîte à cigares. À croire qu'elles sortaient du même bain…

Prenez, par exemple, ces deux jeunes filles : elles posaient devant un piètre décor d'océan, mais présentaient toutes les deux le dos à l'appareil. Pourquoi dépenser de l'argent – surtout à l'époque, où les photos étaient coûteuses – si c'était pour ne pas regarder l'objectif ? Je m'attendais presque à trouver un second cliché des deux filles vues de face, avec des crânes hilares en guise de visages.

Les autres photos étaient aussi grossièrement truquées que celles de mon grand-père. Sur l'une d'elles, on voyait une fillette seule dans un cimetière, près d'un bassin ; dans l'eau se reflétaient *deux* petites filles. Elle m'a rappelé la fille « piégée » dans une bouteille de la collection de Grandpa. Sauf qu'ici, le trucage était moins flagrant. La photo suivante montrait un jeune homme d'un calme déconcertant, malgré son torse couvert d'abeilles. « Encore un trucage », ai-je songé. Comme la photo de Grandpa où l'on voyait un garçon soulever un rocher en carton-pâte. Un faux rocher, de fausses abeilles…

Soudain, un souvenir m'a frappé, et les poils de ma nuque se sont dressés. Grandpa m'avait parlé de ce garçon : « Il abritait des abeilles vivantes dans son ventre. Elles s'en échappaient chaque fois qu'il ouvrait la bouche, mais ne piquaient jamais personne, sauf s'il le souhaitait. » Les photos de mon grand-père provenaient sûrement de cette malle.

J'en ai eu la certitude en découvrant le portrait des monstres. Les deux gamins masqués, affublés de collerettes, dont l'un semblait avaler un ruban. J'ignorais qui étaient ces créatures inquiétantes, mais j'étais certain de les avoir vues en photo dans la boîte à cigares de Grandpa, quelques mois plus tôt.

Ça ne pouvait pas être une coïncidence. Ainsi, les photos d'enfants que Grandpa me montrait pour me « présenter » ses camarades de l'orphelinat venaient bien de cette maison. Devais-je en déduire qu'elles étaient authentiques ? Et que penser des histoires extravagantes qui les accompagnaient ? Depuis longtemps, j'étais convaincu qu'elles étaient de pures inventions. Pourtant, debout dans la pénombre de cette maison morte, probablement hantée, j'ai douté : « Et si… »

Un craquement a déchiré le silence. J'ai sursauté si fort que les tirages m'ont échappé des mains.

« C'est juste la maison qui grince, me suis-je dit. Ou qui s'effondre ! »

Alors que je me baissais pour les ramasser, le bruit s'est répété. La lumière qui filtrait par le trou a disparu. Je me suis retrouvé dans le noir complet.

Puis j'ai entendu des pas, accompagnés de voix. J'ai tendu l'oreille pour essayer de distinguer des mots, en vain. Je n'osais pas bouger, craignant de déclencher une avalanche de gravats sur ma tête. J'avais beau savoir que ma peur était irrationnelle − c'était ces imbéciles de rappeurs qui me jouaient un nouveau tour −, mon cœur battait à cent à l'heure, et l'instinct me commandait de rester silencieux.

J'avais les jambes engourdies. Le plus doucement possible, j'ai déplacé mon poids d'un côté à l'autre pour permettre à mon sang de circuler. Quelque chose a roulé sur le tas, causant un bruit énorme dans le silence. Les voix se sont tues. Une planche a craqué juste au-dessus de moi et j'ai reçu une petite douche de plâtre sur la tête. J'étais repéré.

J'ai retenu ma respiration. Une fille a murmuré :

— Abe ? C'est toi ?

J'ai cru que j'avais rêvé. J'espérais que la fille allait reprendre la parole, mais pendant un long moment je n'ai entendu que la pluie tambouriner sur le toit. Puis quelqu'un a allumé une lanterne, en haut. J'ai tendu le cou et aperçu une demi-douzaine de gamins qui me regardaient, agenouillés autour du trou dans le plancher.

Leurs visages m'étaient familiers. Comme s'ils sortaient d'un rêve ancien... Où les avais-je croisés ? Et comment connaissaient-ils le prénom de mon grand-père ?

Soudain, j'ai eu un déclic. Leurs vêtements étranges... Leurs mines pâles et sérieuses.

J'ai jeté un coup d'œil aux images éparpillées devant moi et j'ai compris.

C'étaient eux, sur les photographies.

La fille qui avait parlé a avancé la tête pour mieux me voir. Elle abritait dans ses mains une lumière vacillante : ni une lanterne ni une chandelle, juste une petite flamme produite à même sa peau. J'avais contemplé sa photo cinq minutes plus tôt. Elle y ressemblait d'une manière frappante, et elle avait la même lumière étrange dans les mains.

« Je m'appelle Jacob, avais-je envie de dire. Je vous cherchais. » Hélas, j'avais perdu l'usage de la parole. Je les regardais fixement.

La fille s'est renfrognée. Il faut dire que je devais être effrayant, trempé de pluie, couvert de poussière et accroupi sur un monticule de gravats. Je ne sais pas ce qu'elle comptait trouver au fond de ce trou, mais sûrement pas moi.

Un murmure a parcouru le petit groupe. Les enfants se sont levés et éparpillés à la hâte. Comme si ce mouvement avait déverrouillé quelque chose dans ma tête, j'ai retrouvé ma voix. Je leur ai crié d'attendre, mais ils s'enfuyaient vers la porte. J'ai enjambé les décombres et traversé la cave puante à l'aveuglette, jusqu'à l'escalier. Quand j'ai atteint le rez-de-chaussée, où la lumière était miraculeusement revenue, ils avaient décampé.

J'ai quitté la maison comme un ouragan, dévalé le perron branlant et couru dans l'herbe en hurlant : « Arrêtez ! » Hélas, ils avaient disparu sans laisser de traces. Hors d'haleine, j'ai scruté le jardin et la lisière de la forêt en me maudissant.

Soudain, une brindille a craqué dans le sous-bois. J'ai pivoté brusquement et vu quelque chose bouger entre les troncs. Une robe blanche. C'était la fille !

Je me suis élancé à sa poursuite, sautant par-dessus les arbres couchés, évitant les branches basses et courant à perdre haleine. Dans l'espoir de me semer, elle quittait parfois le sentier, s'enfonçait entre les arbres, pour le rejoindre un peu plus loin. Bientôt, la forêt a cédé la place au marais. La chance était de mon côté. La fugitive n'avait plus d'endroit où se cacher ; il me suffisait d'accélérer. Comme j'étais en jean et baskets et elle en robe, j'étais certain de la rattraper.

Au moment où j'allais crier victoire, elle a bifurqué dans le marécage. Je lui ai emboîté le pas ; je n'avais pas le choix.

Le sol inégal m'empêchait de courir. Je m'enfonçais parfois jusqu'aux genoux dans la boue, dont j'avais beaucoup de mal à m'extraire. La fille, en revanche, paraissait savoir exactement où poser les pieds ; elle m'a distancé rapidement. Elle a fini par disparaître dans la brume et j'ai dû me contenter de suivre ses empreintes. J'espérais qu'à la longue, elle rejoindrait le sentier, puisqu'elle m'avait semé. Peu après, le brouillard s'est refermé autour de moi. Je ne distinguais même plus mes pieds, et je commençais à me demander si je n'allais pas me perdre pour de bon. J'ai crié à tue-tête : « Je m'appelle Jacob Portman ! Je suis le petit-fils d'Abe ! Je ne te veux aucun mal ! », mais le brouillard et la boue avalaient ma voix.

Les empreintes m'ont conduit au pied d'un monticule de pierres, semblable à un gros igloo gris. C'était un cairn : une de ces tombes du néolithique qui ont donné leur nom à Cairnholm.

Le cairn, perché sur un monticule herbeux, était légèrement plus haut que moi, de forme oblongue, avec une ouverture rectangulaire qui faisait penser à une porte. En sortant du bourbier pour me hisser sur la bande de terre ferme qui l'entourait, j'ai remarqué que l'ouverture débouchait sur un tunnel. Des volutes et des spirales étaient gravées dans la pierre de part et d'autre de l'entrée. Des symboles anciens, dont la signification avait dû se perdre au cours des siècles. « Ci-gît le garçon du marais », ai-je supposé. Ou plus vraisemblablement : « Abandonne l'espoir, toi qui pénètres en ce lieu. »

J'y suis entré tout de même, parce que les empreintes de la fille m'avaient mené jusque-là. Le tunnel était humide, sombre et exigu. On ne pouvait y progresser qu'en position quasi allongée, les pieds devant et le corps en appui sur les mains, dans une sorte de démarche de crabe. Heureusement, je n'étais pas claustrophobe en plus de tout le reste.

Je voyais déjà la fille, terrorisée, tremblante, acculée au fond du trou. Tout en marchant, je lui ai répété que je ne lui voulais aucun mal. Un écho désagréable m'a renvoyé mes paroles amplifiées. Au moment où les muscles de mes cuisses menaçaient de se tétaniser, le tunnel a débouché dans une caverne. Il y faisait noir comme dans un four, mais elle était assez vaste pour que je puisse me mettre debout et tendre les bras sans toucher ses parois.

J'ai sorti mon téléphone pour l'utiliser une nouvelle fois en guise de lampe torche. J'ai découvert une grotte aux dimensions d'une petite chambre à coucher, totalement vide. Aucune fille à l'horizon.

J'essayais de comprendre comment elle avait pu se volatiliser, quand une idée m'a frappé. Une idée si évidente que je me suis senti idiot de ne pas y avoir pensé plus tôt. En fait, il n'y avait jamais eu de fille. Je l'avais imaginée, et les autres enfants aussi. Mon cerveau les avait fait apparaître dès que j'avais regardé leurs photos. Et les ténèbres soudaines, inexplicables, qui avaient précédé leur arrivée ? Un trou noir.

De toute manière, c'était impossible autrement. Ces enfants étaient morts depuis plusieurs décennies. Même si ce n'était pas le cas, ils n'auraient pas pu garder la même apparence que sur les clichés. Tout s'était passé si vite ; je n'avais pas eu le temps de m'arrêter pour réfléchir et me demander si je ne poursuivais pas une hallucination.

J'entendais d'ici les commentaires du docteur Golan : « Cette maison est un endroit tellement chargé émotionnellement pour toi que le simple fait d'y entrer a déclenché une réaction de stress. »

Golan avait beau être un abruti et me bassiner avec ses discours de psy à deux balles, ça ne l'empêchait pas d'avoir raison.

Je suis revenu sur mes pas, humilié. Au lieu de marcher en crabe, j'ai abandonné ce qu'il me restait de dignité pour ramper à quatre pattes vers la lumière diaphane annonçant la bouche du tunnel. En regardant autour de moi, j'ai réalisé que j'avais déjà vu ce décor : dans le musée de Martin, sur une photographie du lieu où on avait découvert le garçon du marais.

C'était fou, quand même... Penser qu'autrefois des gens avaient cru que ce terrain en friche, nauséabond, permettait d'accéder au paradis. Une croyance assez forte pour convaincre un garçon de mon âge d'y sacrifier sa vie... Quel gâchis !

Brusquement, j'ai eu envie de rentrer chez moi. Les photos dans la cave de la vieille maison ne m'intéressaient plus. J'en avais marre des énigmes et des mystères. Quant aux dernières paroles de mon grand-père, je leur avais accordé beaucoup trop d'importance. Donner du crédit à ses obsessions n'avait fait que me fragiliser davantage. Il était temps que je tourne la page.

À ma sortie du tunnel, la luminosité m'a aveuglé. J'ai mis une main en visière devant mes yeux et découvert un monde différent, quasiment inconnu. C'était pourtant le même marais, le même sentier, tout... Sauf que, pour la première fois depuis mon arrivée sur l'île, le paysage était baigné d'une lumière orangée. Le soleil brillait dans un ciel bleu pâle. Plus aucune trace du brouillard que j'avais fini par associer à cette partie de l'île. L'air était tiède, presque chaud. On se serait cru à la fin de l'été plutôt qu'en juin. « Le temps est capricieux, par ici », ai-je pensé.

J'ai rejoint tant bien que mal le sentier, ignorant la boue qui s'infiltrait dans mes chaussettes, puis j'ai repris le chemin de la ville. Curieusement, le sentier n'était plus du tout boueux ; il semblait avoir séché en l'espace de quelques minutes. En revanche, il était jonché de crottes d'animaux, grosses comme des pamplemousses, qui m'empêchaient d'avancer en ligne droite. C'était étrange que je ne les aie pas remarquées avant. Est-ce que j'avais passé la matinée dans une espèce de brouillard halluciné ? Ou est-ce que je commençais à perdre les pédales ?

J'ai marché jusqu'à la crête, les yeux rivés sur le sentier crotté. C'est seulement en redescendant vers la ville que j'ai compris d'où venaient toutes ces bouses. À l'endroit où, le matin même, un bataillon de tracteurs remorquait des charrettes pleines de poissons et de briques de tourbe, il n'y avait plus que des charrettes tirées par des chevaux et des mules. Le *clip-clop* des sabots avait remplacé le grondement des moteurs.

Le sempiternel vrombissement des groupes électrogènes s'était tu, lui aussi. L'île s'était-elle retrouvée à court de pétrole pendant les quelques heures de mon absence ? Mais où ces gros animaux étaient-ils cachés, jusque-là ?

Je n'ai pas tardé à m'apercevoir qu'on me regardait comme une bête curieuse. Tous les gens que je croisais ouvraient de grands yeux et interrompaient leur besogne pour me dévisager. « Ça doit se voir que j'ai perdu la boule », ai-je présumé. Puis je me suis aperçu que j'étais couvert de boue des pieds à la taille, et de plâtre au-dessus de la ceinture. J'ai pressé le pas. Je voulais rejoindre le pub au plus vite et m'y terrer jusqu'au retour de mon père. Ma décision était prise. Je lui suggérerais de rentrer à la maison le plus tôt possible. S'il hésitait, je n'aurais qu'à lui parler de mes hallucinations pour le convaincre de sauter dans le prochain ferry.

Dans la salle du Priest Hole, j'ai retrouvé les éternels poivrots penchés sur leurs pintes mousseuses, les tables déglinguées et le décor défraîchi auquel j'avais fini par m'habituer. C'était ce qui s'apparentait le plus à un « chez moi » sur l'île. Je me dirigeais vers l'escalier, quand une voix a aboyé :

— Tu vas où, là ?

Je me suis retourné, un pied sur la première marche.

Le barman m'a dévisagé. Ce n'était pas Kev, mais un inconnu à la mine patibulaire, avec un tablier. De loin, l'unique sourcil broussailleux et la moustache touffue qui lui barraient le visage ressemblaient à des rayures.

J'aurais pu lui répondre : « Je monte à l'étage faire ma valise et, si mon père refuse de me ramener à la maison, je vais simuler une crise. » Au lieu de quoi, je me suis contenté de dire : « Je monte dans ma chambre. » Et c'était davantage une question qu'une affirmation.

Il a posé brusquement le verre qu'il essuyait.

— Sans blague ? Tu nous prends pour un hôtel, peut-être ?

Un concert de grincements a accompagné cette observation : les habitués pivotaient sur leurs sièges pour me regarder. J'ai jeté un bref coup d'œil dans leur direction. Je n'en ai pas reconnu un seul.

« Je suis en plein délire psychotique », ai-je pensé. Sauf que je ne ressentais rien de particulier. Je ne voyais pas d'éclairs, je n'avais pas les paumes moites... En fait, j'avais l'impression d'être parfaitement sain d'esprit, tandis que le monde devenait fou.

J'ai suggéré au barman qu'il se trompait :

— Mon père et moi avons loué des chambres à l'étage. La preuve : j'ai la clé.

Je l'ai sortie de ma poche.

— Fais voir ça ! m'a ordonné le type.

Il s'est penché par-dessus le comptoir pour me l'arracher des mains et l'a examinée dans la lumière glauque, d'un œil de joaillier.

— C'est pas notre clé ! a-t-il affirmé avant de la glisser dans sa poche. Maintenant, dis-moi ce que t'allais faire là-haut. Et cette fois, sans mentir.

J'ai rougi. Je ne m'étais encore jamais fait traiter de menteur par un adulte, excepté mes parents.

— Je vous l'ai déjà dit. On a loué ces chambres ! Demandez à Kev si vous ne me croyez pas.

— Je connais pas de Kev et j'aime pas qu'on me raconte des bobards, a-t-il répliqué d'un ton mauvais. Il n'y a pas de chambres à louer ici, et le seul qui vit là-haut, c'est moi !

J'ai lorgné vers les clients, dans l'espoir que l'un d'eux se trahirait par un sourire et que le barman mettrait fin à cette plaisanterie. Mais tous les visages sont restés de marbre.

— C'est un Américain, a observé un type à la barbe démesurée. Peut-être un soldat...

— M'étonnerait ! a grogné un autre. Regarde-le. C'est un fœtus !

— Mais son ciré, a repris le barbu en tâtant l'étoffe de ma veste. Tu trouves pas ça dans les boutiques. Ça vient de l'armée, ça !

— Je ne suis pas dans l'armée et je vous jure que je ne vous mens pas ! ai-je protesté. Je veux retrouver mon père, prendre mes affaires, et...

— Américain, mon cul ! a braillé un gros homme.

Il a décollé son énorme derrière du tabouret pour aller se planter devant la porte, me coupant toute retraite.

— Il a un accent. Je vous parie que c'est un espion boche !

— Je ne suis pas un espion, me suis-je défendu faiblement. Je suis juste perdu.

— Ça, on avait compris ! s'est-il esclaffé.

Puis, à ses compères :

— Je propose qu'on lui fasse cracher la vérité à l'ancienne. Au bout d'une corde !

Les types ont approuvé en poussant des râles d'ivrognes. Étaient-ils sérieux ? Je n'avais guère envie de m'attarder pour le vérifier. Un instinct animal me criait de fuir. Et, malgré la confusion de mon cerveau, je pressentais que ce repaire de soûlards n'était pas l'endroit idéal pour tenter de comprendre ce qui m'arrivait. Ma fuite achèverait sans doute de les convaincre de ma culpabilité, mais au point où j'en étais...

J'ai contourné le gros type. Il a voulu m'intercepter, mais il était trop lent et trop soûl pour rivaliser avec un ado mort de frousse. J'ai fait mine de passer à gauche et feinté au dernier moment pour le doubler sur la droite. Il a hurlé de rage. Les autres gars ont bondi de leurs tabourets et foncé sur moi. Je leur ai échappé de justesse et j'ai franchi la porte comme si j'avais le diable aux trousses.

*

*  *

J'ai détalé dans la rue en faisant voler les mottes de terre sous mes semelles. Les voix furieuses s'estompaient progressivement derrière moi. Au premier croisement, j'ai tourné brusquement à gauche pour me soustraire aux regards de mes poursuivants, puis j'ai coupé à travers un pré boueux, effrayant quelques poules au passage. J'ai débouché sur une espèce de place où des femmes faisaient la queue pour tirer de l'eau d'un vieux puits. Elles se sont retournées sur mon passage. Une pensée m'a effleuré : « Où est passée la Femme qui attend ? » Je n'ai pas eu le temps de la ressasser, car j'étais arrivé devant un muret. J'avais besoin de toute ma concentration pour le franchir : « Pose la main, soulève les pieds, balance-toi par-dessus. » J'ai atterri sur un chemin encombré, où j'ai failli me faire renverser par une charrette. Le conducteur a lâché un juron ; son cheval a frôlé ma poitrine et laissé une empreinte de sabot à quelques centimètres de mes orteils.

La situation m'échappait complètement. Je ne comprenais que deux choses : primo, j'étais en train de perdre sérieusement les pédales ; secundo, j'avais intérêt à me tenir à l'écart des gens tant que je ne serais pas fixé sur mon état. Je me suis donc précipité sur un chemin qui serpentait derrière une rangée de cottages, dans l'espoir d'y trouver une cachette. Je l'ai longé jusqu'à la lisière de la ville en marchant d'un bon pas. J'étais déjà assez repérable, couvert de boue et complètement débraillé. Inutile de me faire remarquer davantage en courant comme un dératé.

Le moindre son, le plus petit mouvement me faisaient sursauter. Bravo pour la discrétion ! J'ai salué d'un geste une femme qui étendait son linge ; elle aussi, elle m'a dévisagé avec méfiance. J'ai accéléré.

Alerté par un bruit, je me suis caché sous un appentis. Tout en patientant, accroupi derrière la porte entrebâillée, j'ai parcouru des yeux les murs couverts de graffitis. « Dooley est un pédéraste. » « Quoi, pas de sucre ?[1] »

---

1. L'expression « *Wot, no sugar ?* », une allusion au rationnement, accompagnait souvent un petit personnage de graffiti nommé Mr Chad ou Kilroy, que l'on retrouvait dans les endroits les plus insolites, pendant la Seconde Guerre mondiale.

Un chien est passé dans l'allée, suivi par une portée de chiots. J'ai vidé mes poumons et commencé à me détendre. Puis, rassemblant mon courage, je suis sorti de ma cachette.

C'est alors qu'on m'a saisi par les cheveux. Avant que j'aie pu protester, une main a appliqué un objet coupant contre mon cou.

— Si tu cries, je t'égorge !

Sans décoller la lame de mon cou, mon agresseur m'a poussé contre le mur de l'appentis et s'est planté devant moi. Contre toute attente, ce n'était pas un des hommes du pub, mais la fille. Elle portait une robe toute simple et, malgré son air farouche, son visage était d'une beauté frappante. Cela dit, elle semblait bien décidée à me trancher la jugulaire.

— Qu'est-ce que tu es ? a-t-elle sifflé.

— Un... euh... un Américain, ai-je bredouillé, sans comprendre. Je m'appelle Jacob.

Elle a pressé la lame plus fort contre ma gorge. Sa main tremblait. Elle avait peur et ça la rendait encore plus dangereuse.

— Qu'est-ce que tu faisais dans la maison ? Pourquoi tu m'as poursuivie ?

— Je voulais juste te parler ! Ne me tue pas !

Elle a eu un rictus moqueur.

— Me parler de quoi ?

— De la maison... et des gens qui vivaient là-bas.

— Qui t'a envoyé ?

— Mon grand-père. Abraham Portman.

La surprise l'a laissée bouche bée.

— Tu mens ! a-t-elle hurlé. Tu crois que je ne sais pas qui tu es ? Je ne suis pas née d'hier ! Ouvre les yeux. Montre-moi tes yeux !

J'ai obéi. Elle s'est dressée sur la pointe des pieds et a plongé son regard dans le mien. Puis elle a tapé du pied et crié :

— Non ! Tes vrais yeux ! Ceux-là sont des faux. Ils ne me trompent pas plus que ton mensonge ridicule au sujet d'Abe !

— Ce n'est pas un mensonge. Et ce sont mes vrais yeux !

Elle appuyait si fort sur ma trachée que j'avais du mal à respirer. Heureusement, le couteau était émoussé. Sans quoi, elle m'aurait certainement entaillé la peau.

— Écoute, je ne suis pas celui que tu penses, ai-je croassé. Je peux le prouver !

La pression sur ma gorge s'est légèrement relâchée.

— Alors, prouve-le ! Ou j'arrose l'herbe avec ton sang !

— J'ai quelque chose, ici.

J'ai fouillé dans ma veste.

Elle a bondi en arrière et m'a ordonné d'arrêter. Sa lame est revenue osciller dans l'air, entre mes yeux.

— Ce n'est qu'une lettre ! Calme-toi !

Elle a ramené le couteau contre ma gorge. J'ai sorti lentement de ma veste la lettre de Peregrine Faucon et la photo, avant de les lui présenter.

— C'est à cause de cette lettre que je suis venu ici. Mon grand-père me l'a confiée. Elle vient de l'Oiseau. C'est bien comme ça que vous appelez votre directrice ?

— Ça ne prouve rien ! a-t-elle grommelé après avoir jeté un bref coup d'œil aux documents. Comment en sais-tu autant sur nous ?

— Je te l'ai dit. Mon grand-père...

Elle m'a arraché la lettre des mains :

— Je ne veux plus entendre un mot de ces sottises !

Apparemment, j'avais touché une corde sensible. Elle est restée silencieuse un moment, la mine sévère. Comme si elle réfléchissait à ce qu'elle ferait de mon corps lorsqu'elle aurait mis ses menaces à exécution. Soudain, des cris ont fusé au bout de l'allée. Nous nous sommes retournés brusquement. Les hommes du pub couraient vers nous, armés de fourches et de massues.

— Qu'est-ce que c'est ? Qu'est-ce que tu as fait ?

— Tu n'es pas la seule à vouloir me tuer !

Elle a retiré le couteau de sous ma gorge et l'a pressé contre mon flanc, avant de me saisir par le col.

— À partir de maintenant, tu es mon prisonnier. Fais ce que je dis, ou tu le regretteras !

Je n'ai pas protesté. Je ne savais pas si mes chances de survie étaient meilleures entre les mains de cette folle, ou dans les pattes des ivrognes du pub. Mais au moins, avec elle, je recevrais peut-être des réponses à mes questions.

L'instant d'après, on courait à toutes jambes dans une allée perpendiculaire à la première. À mi-chemin, elle a bifurqué en me tirant derrière elle. Nous nous sommes cachés sous des draps qui séchaient sur un fil, avant d'enjamber le grillage d'un petit jardin jouxtant un cottage.

— Par ici, a-t-elle chuchoté.

Elle a regardé autour de nous pour s'assurer qu'on ne nous avait pas repérés, et m'a poussé dans une masure étroite, qui empestait la fumée de tourbe.

Il n'y avait personne à l'intérieur, seulement un vieux chien endormi sur un divan. Il a ouvert un œil, nous a considérés d'un air inexpressif et s'est rendormi. Nous avons foncé vers la fenêtre donnant sur la rue. Et là, plaqués contre le mur, nous avons attendu, l'oreille aux aguets. La fille avait pris soin de laisser une main sur mon bras, et son couteau contre mes côtes.

Une minute s'est écoulée. Les voix d'hommes se sont éloignées, puis rapprochées. Leur position était difficile à déterminer. J'ai promené un regard dans la petite pièce. Son décor était incroyablement rustique, même pour Cairnholm. Une pile de paniers se dressait dans un coin. Une chaise couverte de toile de jute trônait devant une énorme cuisinière en fonte. Un calendrier était accroché au mur d'en face. J'étais trop loin pour distinguer les lettres dans la pénombre, mais sa vue m'a donné une drôle d'idée.

— On est en quelle année ?

La fille m'a ordonné de me taire.

— Je suis sérieux, ai-je chuchoté.

Elle m'a regardé d'un air bizarre.

— Je ne sais pas à quoi tu joues, mais va voir toi-même ! a-t-elle dit en me poussant vers le calendrier.

La moitié supérieure était occupée par une photographie en noir et blanc : des jeunes femmes bien en chair, vêtues de maillots de bain vintage, qui souriaient sur une plage des tropiques. Sous la pliure, on pouvait lire : *septembre 1940*, en caractères d'imprimerie. Le premier et le deuxième jour du mois avaient été barrés.

Un drôle d'engourdissement m'a envahi. J'ai repensé à toutes les choses curieuses de ce matin : le changement de temps, aussi soudain qu'inattendu ; l'île désormais peuplée d'étrangers ; le style vieillot de tout ce qui m'entourait.

Le 3 septembre 1940. Mais comment… ?

Une des dernières phrases de mon grand-père m'est revenue en mémoire : « De l'autre côté de la tombe du vieux. » Les mots que je n'avais jamais été capable de décrypter. À un moment, je m'étais demandé s'il ne parlait pas de fantômes – puisque tous les enfants qu'il avait connus ici étaient morts –, me suggérant d'aller au-delà de leur tombe pour les trouver. Mais c'était trop poétique. Grandpa n'était pas du genre à employer l'allusion ou la métaphore. Ses instructions étaient concrètes. « Le vieux » était le nom que les autochtones donnaient au garçon du marais, et sa tombe, c'était le cairn. Tout à l'heure, j'y étais entré, et j'en étais ressorti dans le passé : le 3 septembre 1940.

J'en avais à peine pris conscience, quand la pièce s'est mise à tourbillonner autour de moi. Mes genoux ont flanché et je me suis enfoncé dans des ténèbres veloutées, où ne résonnaient que les battements de mon cœur.

*
* *

Je me suis réveillé allongé par terre, les mains attachées à la cuisinière. La fille marchait de long en large dans la pièce et semblait entretenir une conversation animée avec elle-même. Je l'ai écoutée, les yeux mi-clos.

— C'est forcément un estre, disait-elle. Sinon, pourquoi serait-il allé fureter dans la vieille maison, comme un voleur ?

— Aucune idée, a répondu une voix masculine. Mais je crois qu'il ne le sait pas non plus.

La fille ne parlait pas seule, en fait. De l'endroit où j'étais allongé, je ne voyais pas son interlocuteur.

— D'après toi, il n'a pas compris qu'il était entré dans une boucle ? a-t-il repris.

La fille m'a montré d'un geste :

— Regarde-le. Tu peux imaginer qu'un parent d'Abe serait aussi naïf ?

— Et un estre ? a objecté le jeune homme.

J'ai tourné légèrement la tête et scruté la pièce ; je ne le distinguais toujours pas.

— Sauf qu'un estre pourrait feindre l'ignorance, a déclaré la fille.

Le chien, tout à fait réveillé à présent, est venu me lécher le visage. J'ai fermé les yeux, mais le contact de sa langue était si répugnant que j'ai fini par m'asseoir pour lui échapper.

— Tiens, regarde qui se réveille ! a fait la fille en frappant dans ses mains.

J'ai perçu le sarcasme dans sa voix.

— Joli numéro. J'ai beaucoup apprécié l'évanouissement. Le théâtre a perdu un excellent acteur quand tu as choisi de te consacrer au meurtre et au cannibalisme.

J'ai ouvert la bouche pour clamer mon innocence, mais je me suis arrêté net en voyant une tasse flotter dans ma direction.

— Bois un peu d'eau, a dit le jeune homme. On ne va quand même pas te laisser mourir de soif avant de te conduire à la directrice.

Sa voix semblait provenir de l'air devant moi. J'ai pris la tasse et bien failli la lâcher quand mon petit doigt a effleuré une main invisible.

— Il est maladroit, a-t-il observé.

— Tu es invisible, ai-je répondu bêtement.

— C'est exact. Millard Nullings, pour vous servir.

— Ne lui dis pas ton nom ! s'est insurgée la fille.

— Et voici Emma, a-t-il continué. Comme tu l'as sûrement remarqué, elle est plutôt paranoïaque.

Elle l'a fusillé du regard — ou, plus exactement, elle a lancé un regard mauvais vers l'endroit qu'il devait occuper. Ma main s'est mise à trembler et de l'eau a débordé de la tasse. J'ai tenté maladroitement de m'expliquer. Cette fois, j'ai été interrompu par des imprécations, juste devant la fenêtre.

— Silence ! a soufflé Emma.

Les pas de Millard se sont éloignés ; peu après, les rideaux se sont écartés de quelques centimètres.

— Que se passe-t-il ? a demandé Emma.

— Ils fouillent les maisons. On ne peut pas rester ici.

— On ne peut pas sortir non plus !

— Si. Laisse-moi consulter mon livre pour m'en assurer...

Les rideaux sont retombés et j'ai vu un petit livre relié de cuir décoller d'une table, puis s'ouvrir dans les airs. Millard l'a feuilleté en fredonnant. Au bout d'une minute, il l'a refermé d'un coup sec.

— C'est bien ce que je pensais ! Dans moins d'une minute, on pourra filer par la porte de devant.

— Tu es fou ? a protesté Emma. Ces attardés vont nous canarder avec des briques !

— Pas s'ils sont distraits par ce qui va bientôt se produire, a-t-il déclaré. Crois-moi, une occasion pareille ne se représentera pas avant plusieurs heures.

Ils m'ont détaché du fourneau et entraîné vers la porte, où nous avons patienté, accroupis dans l'ombre. Soudain, un bruit a retenti dehors, couvrant les cris des hommes. Des moteurs. Des dizaines, à en juger le vacarme.

— Oh, Millard, c'est fantastique ! s'est écriée Emma.

Il a soufflé avec dédain.

— Qui a dit que mes recherches étaient une perte de temps ?

Emma a posé une main sur la poignée et s'est tournée vers moi :

— Prends mon bras. Ne cours pas. Sois le plus naturel possible.

Elle a rangé son couteau, non sans m'avoir menacé de me tuer si j'essayais de m'échapper.

— Comment je peux être sûr que tu ne le feras pas dans tous les cas ?

Elle a réfléchi quelques secondes.

– Tu ne peux pas.

Sur ces mots, elle a ouvert la porte.

*

\*   \*

Dehors, la rue était envahie par la foule. En plus des hommes du pub, que j'ai repérés au premier coup d'œil, des commerçants à la mine sinistre, des femmes et des charretiers avaient cessé leurs activités pour se planter au milieu de la route et regarder vers le ciel, où passait un escadron d'avions de combat nazis. J'avais vu des photos d'avions semblables dans le musée de Martin, dans une vitrine intitulée : *Cairnholm assiégé*. « Ça doit être très étrange, au milieu d'un banal après-midi, de se retrouver soudain menacé par ces machines mortelles », ai-je pensé.

J'ai traversé la rue le plus nonchalamment possible, mon bras coincé sous celui d'Emma. Nous étions presque de l'autre côté, quand un cri a fusé. Un homme s'est élancé à notre poursuite. On a détalé. L'allée était étroite et bordée d'écuries. Millard nous a lancé :

— Je reste en arrière pour les faire trébucher ! Rendez-vous derrière le pub dans cinq minutes et demie exactement !

Arrivée au bout de l'allée, Emma m'a arrêté et s'est retournée. Je l'ai imitée.

Une longueur de corde se déroulait en travers du chemin. Elle s'est tendue à hauteur de chevilles au moment où la clique débarquait. Nos poursuivants se sont pris les pieds dedans et sont tombés les uns sur les autres, en tas informe. Emma a poussé un « hourra ! » et je suis presque certain d'avoir entendu rire Millard.

Nous avons repris notre course. J'ignorais pourquoi Emma avait accepté de retrouver Millard au Priest Hole, vu que c'était à l'opposé de la maison. Mais, comme j'étais incapable d'expliquer comment Millard avait deviné que les avions survoleraient l'île, je n'ai pas pris la peine de l'interroger. J'ai été encore plus surpris quand, au lieu de se faufiler par-derrière, Emma m'a poussé vers la porte du pub. Moi qui espérais passer incognito, c'était raté.

La salle était vide et le tenancier, seul derrière le bar. J'ai avancé de travers, la tête baissée.

— Holà, barman ! a braillé Emma. Qu'est-ce que tu attends pour ouvrir le robinet ? J'ai une soif de sirène !

Il a ri.

— Je n'ai pas l'habitude de servir les petites filles.

Elle a abattu une main sur le bar.

— Sers-moi une quadruple ration de ton meilleur whisky. Et pas l'abominable pisse coupée à la flotte que tu réserves à tes habitués.

J'ai compris qu'elle jouait la comédie pour m'impressionner, afin d'égaler Millard et sa corde.

Le barman s'est penché en travers du zinc avec un sourire lubrique.

— Alors, on veut du costaud, hein ? Seulement, faudra pas le dire à papa et maman. Sans quoi, j'aurai des ennuis avec le prêtre et la police.

Il a pris une bouteille pleine d'un liquide sombre, dont il lui a versé une rasade.

— Et ton ami, là-bas ? Il a déjà eu son compte, je suppose ?

J'ai fait semblant de m'intéresser à la cheminée.

— C'est un timide ? a insisté le barman. Il est d'où ?

— Il raconte qu'il vient du futur, a répondu Emma. Et moi, je dis qu'il est fou à lier.

Le barman a fait une drôle de tête.

— Il raconte quoi ?

Puis il a dû me reconnaître, car il a rugi, abattu la bouteille de whisky sur le bar et s'est précipité vers moi.

Je me préparais à filer mais, avant que l'homme ait pu sortir de derrière son bar, Emma a renversé le verre, recouvrant le zinc de liqueur brune. Puis elle a fait un truc ahurissant. Elle a tendu la main, paume vers le bas, au-dessus du bar trempé d'alcool. Une fraction de seconde plus tard, un mur de flammes haut de trente centimètres crépitait sous le nez du barman.

L'homme a hurlé et battu le feu avec son torchon.

— Par ici, prisonnier ! m'a lancé Emma.

Elle m'a pris par le bras et m'a entraîné vers la cheminée.

— Donne-moi un coup de main ! Fais levier et soulève !

Elle s'est agenouillée pour glisser les doigts dans une fente qui courait sur le sol. J'ai inséré les doigts à côté des siens et, ensemble, nous avons soulevé une petite trappe. Elle recouvrait un trou de la largeur de mes épaules environ : le fameux « trou du prêtre ». Tandis que la pièce s'emplissait de fumée, nous sommes descendus l'un après l'autre dans le boyau, laissant le barman combattre l'incendie.

Le trou du prêtre était une espèce de puits aux dimensions réduites, qui plongeait d'un bon mètre cinquante sous terre pour aboutir dans un espace minuscule et sombre. Une lumière orange l'a bientôt éclairé. Emma avait fait apparaître une petite boule de flamme au-dessus de sa paume. Je l'ai dévisagée, bouche bée, oubliant tout le reste.

— Bouge ! a-t-elle ordonné. Il y a une porte juste devant.

J'ai avancé en hésitant jusqu'à ce que je tombe sur un mur. Emma m'a écarté du passage. Elle s'est assise et a poussé la paroi des deux pieds. Celle-ci a cédé et basculé vers l'extérieur. Un flot de lumière est entré dans le réduit, d'où nous nous sommes extirpés à quatre pattes.

— Pas trop tôt, a fait la voix de Millard. Tu ne résistes pas à l'envie de donner un spectacle, hein ?

— De quoi tu parles ? a répliqué Emma, jouant l'innocence.

Elle paraissait très contente d'elle.

Millard nous a conduits à une charrette à cheval qui semblait là exprès pour nous. Nous nous sommes cachés sous la bâche, à l'arrière. Peu après, un homme est apparu. Il s'est installé sur le siège du cocher, a secoué les rênes, et l'attelage s'est ébranlé.

Nous avons cheminé un moment en silence. J'ai deviné aux bruits qu'on quittait la ville. J'ai enfin trouvé le courage d'interroger Millard :

— Comment tu as su pour la charrette ? Et pour les avions ? Tu es médium, ou quoi ?

Emma a gloussé :

— Presque.

— Parce que tout est déjà arrivé hier, a répondu Millard, et la veille aussi. Ça ne se passe pas comme ça, dans ta boucle ?

— Dans ma quoi ?

— Il ne vient pas d'une boucle, a chuchoté Emma. Je me tue à te le répéter. C'est un estre.

— Non, je ne crois pas. Un estre ne se serait jamais laissé prendre vivant.

— Tu vois ! ai-je soufflé. Je ne suis pas ce que tu dis. Je suis Jacob.

— On le saura bientôt. En attendant, tais-toi.

Elle a soulevé la bâche, révélant un pan de ciel bleu.

# CHAPITRE SIX

*A*près avoir laissé derrière nous les derniers cottages, nous sommes sortis discrètement de la charrette pour finir de monter vers la crête à pied. Emma marchait à ma gauche, silencieuse et morose, sans lâcher mon bras. À ma droite, Millard fredonnait et donnait des coups de pied dans les cailloux. J'étais à la fois inquiet, perplexe et surexcité. J'avais l'impression que quelque chose de monumental allait se produire. Et, en même temps, je m'attendais à quitter ce rêve fébrile à tout moment pour me réveiller dans la salle de repos de Smart Aid, et renouer avec ma bonne vieille vie ennuyeuse.

Mais j'ai continué à avancer entre mes guides. Nous avons traversé le bois, où le sentier était aussi large et bien dessiné qu'un chemin de grande randonnée, et atteint une vaste étendue de gazon constellée de fleurs. Nous étions arrivés à la maison.

Je l'ai regardée avec stupéfaction ; elle était splendide, métamorphosée. Il n'y avait pas un bardeau déplacé, pas une vitre brisée. Les tourelles et les cheminées que j'avais connues effondrées pointaient résolument vers le ciel. La forêt, qui dévorait ses murs le matin même, se tenait désormais à une distance respectueuse.

Mes guides ont emprunté une allée pavée et m'ont invité à monter une volée de marches fraîchement repeintes, jusqu'au perron. Emma ne semblait plus me trouver aussi menaçant. Elle m'a quand même attaché les mains dans le dos pour sauver les apparences. Elle jouait le rôle du chasseur qui rentre à la maison avec sa proie. J'étais son trophée. Elle s'apprêtait à me faire entrer, quand Millard l'a arrêtée :

— Ses chaussures sont couvertes de terre. S'il met de la boue partout, l'Oiseau va nous faire une attaque.

Mes ravisseurs m'ont aidé à retirer mes baskets et mes chaussettes. Millard a roulé le bas de mon jean pour éviter qu'il salisse le tapis. Puis Emma, qui trépignait d'impatience, m'a traîné dans le vestibule.

Nous avons longé un couloir, que je n'avais pas pu emprunter le matin, parce qu'il était encombré de meubles cassés, puis dépassé l'escalier verni et traversé la salle à manger. À l'endroit où j'avais reçu une douche de plâtre, trônait une immense table en chêne entourée de chaises. Les murs peints de couleurs vives ne portaient aucune trace de moisissures. Il y avait des bouquets de fleurs çà et là. Des sofas et des fauteuils élégants remplaçaient les tas de bois et de tissu pourri. Le soleil filtrait par les grandes fenêtres, si crasseuses auparavant que je les avais crues condamnées.

Nous avons abouti dans une petite pièce donnant sur l'arrière de la maison.

— Tiens-le pendant que je vais chercher la directrice, a commandé Emma à Millard.

J'ai senti une main m'empoigner le coude. Dès qu'Emma a disparu, il m'a lâché.

— Tu n'as pas peur que je te dévore le cerveau ? ai-je ironisé.

— Pas spécialement.

Je me suis tourné vers la fenêtre, et ce que j'ai vu dehors m'a émerveillé. Le jardin était plein d'enfants. Certains paressaient à l'ombre des arbres ; d'autres jouaient au ballon, ou à chat, devant des plates-bandes de fleurs aux couleurs éclatantes. C'était le paradis que mon grand-père m'avait décrit. L'île enchantée, les enfants magiques... Si je rêvais, je n'avais plus aucune envie de me réveiller. Du moins, pas avant longtemps.

Toute une série d'arbustes en forme d'animaux montait la garde devant la forêt : des créatures fantastiques aussi hautes que la maison. J'ai reconnu un griffon ailé, un centaure cabré et une sirène. Sur la pelouse, quelqu'un a tapé dans le ballon, qui est allé se coincer dans un animal en buis géant. Deux adolescents se sont approchés du centaure, suivis par une petite fille : celle qui lévitait sur les photos de Grandpa. Sauf que, là, elle ne lévitait pas. Elle marchait lentement, et chacun de ses pas semblait lui coûter un effort, comme si elle était ancrée dans le sol.

Arrivée à la hauteur des garçons, elle a levé les bras. Ils lui ont fixé une corde autour de la taille ; puis elle a ôté ses chaussures et s'est élevée dans l'air, tel un ballon de baudruche. C'était stupéfiant. Elle est montée jusqu'à ce que la corde se tende, et s'est mise à flotter à trois mètres du sol. Les garçons ont donné du mou pour lui permettre de longer le flanc du centaure. Parvenue au niveau de son torse, elle a farfouillé dans les branches, mais le ballon était hors d'atteinte. Elle a secoué la tête. Ses camarades l'ont redescendue. Elle a remis ses chaussures lestées et détaché la corde.

— Le spectacle t'a plu ? m'a demandé Millard.

J'ai acquiescé en silence.

— Il y aurait des moyens plus simples de récupérer ce ballon, a-t-il ajouté. Seulement, ils savent qu'ils ont un public…

Dehors, une deuxième fille s'est approchée du centaure. Elle avait dans les dix-huit ans, et ses cheveux en brous-saille lui donnaient un air sauvage. Ils étaient tellement emmêlés qu'on aurait dit des dreadlocks. Elle s'est penchée en avant, a soulevé la longue queue de la créature en buis et l'a enroulée autour de son bras, avant de fermer les yeux. Elle se concentrait. Quelques secondes plus tard, j'ai vu bouger la main du centaure. J'ai d'abord cru que c'était le vent, jusqu'à ce qu'il remue les doigts, comme pour se dégourdir les articulations. Après quoi, il a plié son énorme bras pour aller farfouiller dans sa poitrine feuillue. Il en a extrait le ballon et l'a lancé aux enfants, qui l'ont applaudi à tout rompre. Le jeu a repris ; la fille aux cheveux ébouriffés a lâché la queue, et la créature s'est de nouveau immobilisée.

Le souffle de Millard embuait la vitre devant moi. Je me suis tourné vers lui, sidéré.

— Ne le prends pas mal, ai-je dit, mais vous êtes quoi ?

— On est particuliers, a-t-il répondu, l'air perplexe. Pas toi ?

— Je ne sais pas. Je ne crois pas.

— Dommage.

— Je t'avais demandé de le tenir, a fait une voix derrière nous.

Emma était sur le seuil. Elle s'est approchée pour saisir la corde qui entravait mes poignets.

— Bon, tant pis... Viens ! La directrice veut te voir.

*
* *

Nous avons traversé la maison sous les yeux de petits curieux qui nous épiaient dans l'embrasure des portes, et atteint un salon ensoleillé, garni d'un somptueux tapis persan. Assise dans un fauteuil à haut dossier, une dame distinguée tricotait. Elle était vêtue de noir de la tête aux pieds, et ses cheveux étaient réunis dans un chignon parfaitement rond, au sommet de sa tête. Des gants en dentelle et une blouse au col montant lui donnaient un air aussi soigné que la maison. J'ai deviné son identité au premier coup d'œil. C'était Peregrine Faucon.

Emma m'a poussé vers elle et s'est éclairci la gorge. Le cliquetis régulier des aiguilles à tricoter s'est interrompu. La dame a levé les yeux et m'a salué :

— Bonjour. Vous êtes Jacob, je présume...

Emma l'a dévisagée, bouche bée.

— Comment savez-vous son...

La dame a réclamé le silence d'un geste, puis s'est présentée :

— Je suis Peregrine Faucon, la directrice de cet établissement. Enchantée de faire enfin votre connaissance.

Elle m'a tendu une main gantée. Comme je ne la prenais pas, elle a remarqué la corde qui entravait mes poignets.

— Miss Bloom ! Que signifie ceci ? Est-ce une manière convenable de traiter un invité ? Libérez-le sur-le-champ !

— Mais, directrice, c'est un fouineur et un menteur, et allez savoir quoi d'autre !

Elle m'a lorgné avec méfiance, puis elle a chuchoté quelque chose à l'oreille de Miss Peregrine, qui a éclaté de rire.

— Quel ramassis de sottises ! Voyons, Miss Bloom ! Si ce garçon était un estre, vous seriez déjà en train de mijoter dans sa marmite. Bien sûr que c'est le petit-fils d'Abraham Portman. Il suffit de le regarder !

Le soulagement m'a envahi. Je ne serais peut-être pas obligé de m'expliquer, tout compte fait. Elle m'attendait !

Emma a protesté. Miss Peregrine l'a fait taire d'un regard glacial.

— Bon, très bien, a soupiré Emma. Vous ne direz pas que je ne vous ai pas prévenue...

Elle a tiré sur le nœud et la corde est tombée par terre. Miss Peregrine m'a vu frotter mes poignets endoloris.

— Excusez Miss Bloom. Elle a tendance à dramatiser...

— J'avais remarqué.

Emma s'est renfrognée.

— S'il est celui qu'il prétend, pourquoi il n'a jamais entendu parler de boucle, et pourquoi il ne sait pas en quelle année on est ? Allez-y, interrogez-le !

— Pourquoi *n'a-t-il*, *ne sait-il*, a corrigé Miss Peregrine. Et la seule personne que je vais soumettre à un interrogatoire, c'est vous. Demain après-midi, au sujet du bon usage de la syntaxe !

Emma a grogné.

— Et maintenant, Miss Bloom, si cela ne vous ennuie pas, j'aimerais échanger quelques mots en privé avec M. Portman, a conclu la directrice.

Comprenant qu'il était inutile de protester, Emma a rejoint la porte en soupirant. Avant de sortir, elle s'est retournée pour me regarder une dernière fois par-dessus son épaule. Son visage exprimait un sentiment nouveau : de l'inquiétude.

— Vous aussi, Millard Nullings ! a crié Miss Peregrine. Les personnes bien élevées n'écoutent pas les conversations des autres !

— J'allais vous proposer une tasse de thé, s'est défendu Millard, un rien lèche-bottes.

— Non, merci, a répondu la directrice d'un ton courtois.

J'ai entendu les pieds nus de Millard s'éloigner sur le plancher et la porte se refermer derrière lui.

— Je vous inviterais bien à vous asseoir, m'a dit Miss Peregrine, en indiquant une chaise capitonnée derrière moi, mais vous êtes trop crotté.

Comprenant le message, je me suis agenouillé sur le sol. J'avais l'impression d'être un pèlerin venu demander conseil à un oracle.

— Vous êtes sur l'île depuis plusieurs jours, a repris mon interlocutrice. Pourquoi avez-vous attendu aussi longtemps pour nous rendre visite ?

— Je ne savais pas que vous étiez ici. Et vous, comment saviez-vous que j'étais là ?

— Je vous ai observé. J'avais emprunté mon autre apparence.

Elle a ôté une grande plume grise de ses cheveux.

— Il est préférable de prendre la forme d'un oiseau lorsqu'on observe les humains, a-t-elle expliqué.

Je l'ai regardée avec stupéfaction.

— C'était donc vous dans ma chambre, ce matin ? Le vautour ?

— Le faucon, a-t-elle rectifié. Un faucon pèlerin.

— Alors, c'est vrai ! Vous êtes vraiment l'Oiseau !

— C'est un sobriquet que je tolère, mais que je n'encourage pas. Maintenant, à vous de répondre à mes questions. Que cherchiez-vous dans cette maison en ruine ?

— Vous.

Elle a arrondi les yeux.

— J'ai appris seulement hier que vous étiez tous...

J'ai hésité à poursuivre, pressentant que la suite allait paraître étrange.

— Je n'avais pas compris que vous étiez morts.

Elle m'a gratifié d'un petit sourire pincé.

— Mon Dieu. Votre grand-père ne vous a-t-il rien raconté sur ses vieux amis ?

— Certaines choses. Mais pendant longtemps j'ai cru à des contes de fées.

— Je vois...

— Je ne voulais pas vous vexer...

— C'est un peu surprenant, voilà tout. En général, nous préférons être considérés ainsi. Ça nous met à l'abri des visiteurs indésirables. De moins en moins de personnes croient aux fées, aux gobelins et à toutes ces fadaises. Par conséquent, les gens ordinaires ne prennent plus la peine de nous chercher. Cela nous simplifie considérablement la vie. Les histoires de fantômes et de maisons hantées nous ont bien rendu service aussi... Encore que, dans votre cas, ce soit discutable...

Elle a souri.

— Le courage doit être une qualité héréditaire.

— Ouais, sûrement, ai-je répondu avec un rire nerveux, même si j'étais au bord de l'évanouissement.

— Du moins, pour ce qui concerne cette maison, a-t-elle précisé en embrassant la pièce d'un geste ample. Quand vous étiez enfant, vous avez cru que votre grand-père vous racontait des mensonges. Je me trompe ?

— Pas exactement des mensonges, mais...

— Des fables, des histoires inventées, de la fiction, appelez cela comme vous voulez. À quel moment avez-vous compris qu'Abraham vous disait la vérité ?

J'ai fixé les motifs du tapis.

– Euh... Je le comprends seulement maintenant.

L'enthousiasme de Miss Peregrine a faibli.

– Oh, je vois...

Son visage s'est assombri. Comme si elle avait deviné quelle terrible nouvelle j'étais venu lui apprendre. Pourtant, je ne l'avais toujours pas formulée à haute voix.

– Il voulait tout m'expliquer, ai-je dit. Mais il a trop attendu. Et finalement il m'a envoyé ici vous rencontrer.

J'ai sorti de ma veste la lettre chiffonnée.

– Tenez, c'est pour vous. C'est elle qui m'a décidé à venir ici.

Miss Peregrine a lissé le papier sur le bras de son fauteuil. Puis elle s'est mise à lire en remuant les lèvres.

– Comme c'est maladroit ! s'est-elle exclamée. Je le supplie presque de me répondre...

Elle a secoué la tête, pensive.

– Nous attendions désespérément des nouvelles d'Abe. Un jour, je lui ai même demandé s'il voulait me faire mourir d'inquiétude. Quelle idée de vivre à l'extérieur ! Mais il était tellement têtu...

Elle a replié la lettre et l'a rangée dans son enveloppe. Un nuage sombre flottait au-dessus d'elle.

– Il est parti, n'est-ce pas ?

J'ai acquiescé. Puis je lui ai donné la version de la police, celle que j'avais fini par croire après avoir passé des heures sur le divan de mon psy. Pour éviter de pleurer, je me suis contenté de lui dresser les grandes lignes : Grandpa habitait en banlieue, dans une zone rurale. On était en pleine sécheresse et des hordes d'animaux affamés rôdaient dans les bois ; il s'était trouvé au mauvais endroit au mauvais moment.

— Il n'aurait jamais dû vivre seul, ai-je déclaré. Mais vous l'avez dit vous-même : il était têtu.

— C'est ce que je craignais, a-t-elle murmuré. Je l'avais pourtant prévenu.

Elle a refermé les poings sur ses aiguilles à tricoter, comme si elle cherchait à poignarder quelqu'un.

— Et ensuite il charge son petit-fils, le pauvre, de nous délivrer l'affreuse nouvelle !

Je comprenais sa colère. Je l'avais éprouvée, moi aussi. J'ai essayé de la réconforter en lui récitant toutes les salades que mes parents et le docteur Golan m'avaient servies à l'automne dernier, au plus profond de ma déprime :

— Il était temps qu'il parte. Il était seul. Ma grand-mère était décédée depuis de nombreuses années et il commençait à perdre la tête. Il oubliait tout, se mélangeait les pinceaux. C'est à cause de cela qu'il s'est aventuré dans le sous-bois...

Miss Peregrine a hoché tristement la tête :

— Il s'est laissé vieillir.

— Il a eu de la chance, d'une certaine manière. Ça a été rapide. Certains passent des mois à l'hôpital, reliés à des machines...

C'était ridicule, bien sûr. Sa mort avait été absurde, atroce. Mais je crois que mes paroles nous ont un peu réconfortés, malgré tout.

Miss Peregrine a posé son tricot. Elle s'est levée et s'est approchée de la fenêtre. Sa démarche était raide et elle boitait légèrement. Elle a observé les enfants dans le jardin.

– Il ne faut pas qu'ils l'apprennent, a-t-elle murmuré. Pas encore. Cela les affecterait trop.

– D'accord. C'est vous qui voyez...

La directrice est restée un long moment devant la fenêtre, les épaules tremblantes. Quand elle s'est enfin retournée, elle s'était ressaisie.

– Bien, monsieur Portman, a-t-elle dit d'un ton énergique. Je pense vous avoir assez interrogé. Vous devez avoir des questions à me poser, vous aussi.

– Oh, quelques milliers seulement...

Elle a sorti une montre de sa poche et l'a consultée.

– On a un peu de temps avant le dîner. J'espère que ce sera suffisant.

Miss Peregrine s'est tue. Elle a incliné la tête et s'est précipitée vers la porte du salon, qu'elle a ouverte à la volée. Emma était accroupie de l'autre côté, le visage rouge et strié de larmes. Elle avait tout entendu.

– Miss Bloom ! Vous écoutez aux portes ?

Emma s'est relevée péniblement. Elle a étouffé un sanglot.

– Les personnes bien élevées n'écoutent pas les conversations qui ne leur sont pas...

Miss Peregrine s'est interrompue, agacée : la jeune fille s'était déjà sauvée en courant.

– C'est regrettable. Elle est particulièrement sensible à ce qui touche votre grand-père.

— Oui, j'ai remarqué. Est-ce qu'ils étaient… ?

— Quand Abraham est parti pour la guerre, il a emporté tous nos cœurs avec lui. Mais surtout celui de Miss Bloom. Oui, ils étaient amoureux, compagnons, amis de cœur…

Je comprenais maintenant pourquoi Emma n'avait pas voulu me croire ; ma venue était synonyme de mauvaises nouvelles.

Miss Peregrine a frappé dans ses mains, comme pour rompre un sortilège.

— Bon ! C'est ainsi. Nous n'y pouvons rien.

Elle m'a invité à la suivre à l'étage. Elle gravissait l'escalier avec une résolution sinistre, agrippant la rambarde à deux mains, refusant mon aide. Arrivée sur le palier, elle m'a guidé jusqu'à la bibliothèque. C'était une véritable salle de classe, équipée de plusieurs rangées de pupitres d'écolier. Un tableau noir trônait dans un angle et les livres étaient alignés sur les étagères, sans un grain de poussière.

— Asseyez-vous ! m'a-t-elle commandé en me désignant un pupitre.

J'ai obéi. Elle s'est installée face à moi, devant le tableau.

— Permettez-moi de vous faire un bref exposé. Vous y trouverez beaucoup de réponses à vos questions.

— D'accord.

— L'espèce humaine est infiniment plus diverse que ne le soupçonnent la plupart des individus, a-t-elle commencé. La véritable classification des *Homo sapiens* est un secret. À la base, l'espèce se divise en deux branches : les *coerfolcs*, la majorité de l'humanité, et la branche cachée des esprits particuliers, que l'on nomme *syndrigast* dans le vénérable langage de mes ancêtres. Vous l'avez sûrement deviné : ici, nous appartenons à la seconde catégorie.

J'ai hoché la tête comme si je comprenais, alors que j'étais déjà largué :

— Pourquoi les gens ne connaissent pas votre existence ?

— Il y a des particuliers sur tous les continents, mais notre nombre a beaucoup diminué. Ceux qui restent vivent cachés.

Sa voix était douce, pleine de nostalgie :

— Il fut un temps où nous pouvions vivre parmi les gens ordinaires. Dans certaines parties du monde, nous étions considérés comme des chamans et des mystiques ; on nous consultait pendant les périodes troublées. Aujourd'hui, rares sont les endroits où ces relations harmonieuses perdurent. C'est le cas sur l'île d'Ambrym, aux Nouvelles-Hébrides, où l'on pratique la magie noire... Ailleurs, les populations se sont dressées contre nous. Les musulmans nous ont chassés. Les chrétiens nous ont brûlés comme des sorcières. Et même les païens du pays de Galles et d'Irlande ont fini par décréter que nous étions des fées malveillantes, ou des fantômes aux formes changeantes.

— Pourquoi n'avez-vous pas créé votre propre pays quelque part ?

Miss Peregrine a soupiré :

— Si seulement c'était aussi simple. Les enfants particuliers ne naissent pas toujours de parents particuliers. Et ces derniers n'enfantent pas toujours – ni même régulièrement – des enfants particuliers. Cela saute une génération, parfois dix. Pouvez-vous imaginer, dans un monde gouverné par la peur de l'étranger, quel danger cela représente pour nous ?

— Les parents normaux s'affoleraient de voir leur progéniture... euh... lancer du feu, par exemple ?

— Absolument, monsieur Portman. Les enfants particuliers nés dans des familles ordinaires sont souvent négligés, voire maltraités. Il n'y a pas si longtemps, des parents se persuadaient que leur « véritable » petit avait été enlevé et remplacé par un changelin, un « enfant-fée », doté de pouvoirs magiques et malveillant. En des temps plus obscurs, ils abandonnaient les pauvres créatures, quand ils ne les tuaient pas sur-le-champ.

— C'est affreux.

— Affreux, en effet. Il fallait réagir. C'est pourquoi des gens comme moi ont créé des lieux où les jeunes particuliers pouvaient vivre à l'abri, des sortes d'enclaves physiques et temporelles, comme celle-ci, dont je suis très fière.

— Des gens comme vous ? Que voulez-vous dire ?

— Nous, les particuliers, nous possédons des talents, dont la combinaison est aussi infinie et variée que la couleur de la peau, ou les traits du visage. Certains sont assez communs ; par exemple, la possibilité de lire dans les pensées ; d'autres sont rares, comme ma capacité de manipuler le temps.

— Le temps ? Je pensais que vous vous changiez en oiseau...

— C'est exact, et c'est la clé de mon talent. Seuls les particuliers capables de prendre une forme d'oiseau peuvent manipuler le temps.

Il m'a fallu un moment pour digérer l'information.

— Vous voulez dire que les oiseaux... voyagent dans le temps ? ai-je traduit, avec un sourire idiot.

Miss Peregrine a hoché la tête.

— La plupart le font par inadvertance. Ceux qui, comme moi, manipulent le temps de façon consciente – pas seulement pour eux-mêmes, mais aussi pour les autres – portent le nom d'ombrunes. Nous créons des boucles temporelles, dans lesquelles les gens particuliers vivent indéfiniment.

Je me suis rappelé la consigne de mon grand-père : « Trouve l'oiseau, dans la boucle. »

— Est-ce qu'on est dans une boucle, là ?

— Oui. Celle du 3 septembre 1940.

Je me suis affalé sur le petit pupitre.

— Comment ça ? C'est juste ce jour-là ? Il se répète ?

— À l'infini. Cependant, nous avons l'impression d'y vivre en continu. Sans quoi, nous n'aurions aucun souvenir des soixante-dix dernières années que nous avons passées ici.

— C'est incroyable !

— Nous nous sommes installés à Cairnholm une bonne dizaine d'années avant le 3 septembre 1940. La géographie de l'île nous permettait d'être coupés du monde. C'est seulement à partir de cette date que nous avons dû nous isoler aussi de façon temporelle.

— Pourquoi ?

— Parce qu'autrement nous aurions tous péri.

— À cause de la bombe.

— En effet.

J'ai fixé le pupitre, pensif. Je commençais à y voir un peu plus clair. Un tout petit peu...

— Existe-t-il d'autres boucles ?

— Oui. Elles sont nombreuses. Et les ombrunes qui veillent dessus sont mes amies. Voyons voir : il y a Miss Fou de Bassan en Irlande, en juin 1770 ; Miss Engoulevent à Swansea, le 3 avril 1901 ; Miss Avocette et Miss Bruant, dans le Derbyshire, le jour de la Saint-Swithin, en 1867 ; Miss Grimpereau, je ne sais plus exactement où... Ah, et cette chère Miss Pinson ! J'ai une superbe photo d'elle quelque part.

Miss Peregrine a descendu un gros album d'une étagère et l'a posé devant moi. Elle s'est penchée par-dessus mon épaule pour tourner les pages rigides, s'attardant pour commenter certains clichés, la voix pleine de nostalgie. J'ai reconnu au passage des photos que j'avais vues dans la malle éventrée, et d'autres que Grandpa gardait dans sa boîte à cigares. C'était étrange de penser que Miss Peregrine les avait montrées à mon grand-père, assis à ce même bureau.

Finalement, elle a trouvé une photo d'une femme aux cheveux blancs, un petit oiseau dodu perché sur la main :

— Voici Miss Pinson et sa tante, Miss Pinson.

La femme et l'oiseau semblaient communiquer.

— Comment faisiez-vous pour les différencier ?

— La vieille Miss Pinson conservait sa forme d'oiseau la plupart du temps. C'était d'ailleurs préférable. Elle n'a jamais eu beaucoup de conversation.

Miss Peregrine a tourné quelques pages et s'est arrêtée sur un portrait de groupe : des femmes et des enfants rassemblés autour d'une lune de papier, la mine grave.

— Ah, tenez...

Elle a sorti la photo de l'album et me l'a présentée avec respect :

— La dame, là, au premier rang, c'est Miss Avocette. Elle est une sorte de reine pour les particuliers. Pendant cinquante ans, on a tenté de l'élire chef du conseil des ombrunes, sans succès. Elle n'a jamais voulu cesser d'enseigner à l'académie qu'elle a fondée avec Miss Bruant. Toutes les ombrunes dignes de ce nom ont été les élèves de Miss Avocette à un moment de leur vie. Moi aussi. D'ailleurs, si vous regardez bien la photo, vous reconnaîtrez la jeune fille aux lunettes.

J'ai plissé les yeux. Le visage était flou.

— C'est vous ?

— J'étais l'une des plus jeunes élèves de Miss Avocette, a-t-elle déclaré fièrement.

— Et les garçons sur la photo ? Ils ont l'air encore plus jeunes que vous.

Miss Peregrine s'est rembrunie.

— Vous faites allusion à mes écervelés de frères. Pour éviter que nous soyons séparés, ils m'ont accompagnée à l'académie, où ils ont été choyés tels deux petits princes. Cela leur a gâté le caractère...

— Ce n'étaient pas des ombrunes ?

— Oh non ! s'est-elle insurgée. Seules les femmes naissent ombrunes, Dieu soit loué ! Les hommes n'ont pas le sérieux nécessaire pour assumer de telles responsabilités. Nous sillonnons la campagne pour repérer les enfants particuliers en détresse, tout en nous cachant de ceux qui nous veulent du mal. Nous nous assurons aussi que nos pupilles sont bien nourris, bien vêtus, bien cachés, et leur transmettons les coutumes de notre peuple. Enfin, nous veillons à renouveler nos boucles chaque jour, comme on remonte une horloge.

— Que se passerait-il autrement ?

Miss Peregrine a porté une main à son front et fait un pas chancelant en arrière.

— Catastrophe, cataclysme, désastre ! Je n'ose y penser. Heureusement, renouveler des boucles est très simple. Il suffit que l'un de nous franchisse le seuil de temps à autre, afin de lui conserver sa souplesse, voyez-vous... C'est un peu comme un trou dans de la pâte à pain ; si vous n'y enfoncez pas un doigt régulièrement, il se referme tout seul. Et lorsqu'il n'y a ni entrée ni sortie – aucune valve permettant d'évacuer les pressions qui augmentent dans un système clos...

Elle a fait un petit *pouf !* accompagné d'un geste mimant une explosion.

— L'ensemble devient très instable, a-t-elle conclu.

Elle s'est remise à feuilleter l'album.

— J'ai peut-être une photo... Oui, tenez. Un seuil exceptionnel !

Elle m'a tendu un autre cliché :

— Voici Miss Pinson et l'un de ses pupilles, dans la superbe entrée de leur boucle : une portion peu fréquentée du métro londonien. Chaque fois qu'elle se renouvelle, le tunnel s'emplit d'une lueur extraordinaire. Notre boucle est assez modeste en comparaison, a-t-elle avoué, un soupçon d'envie dans la voix.

— Si j'ai bien compris, aujourd'hui, nous sommes le 3 septembre 1940 et, demain, nous serons... aussi le 3 septembre ?

— Une partie des vingt-quatre heures de la boucle appartient au 2 septembre, mais oui, c'est essentiellement le 3.

— Donc, demain n'arrive jamais.

— D'une certaine façon, non.

Un coup de tonnerre a retenti dans le lointain et la fenêtre a vibré. Miss Peregrine a de nouveau consulté sa montre.

— Je crains de ne pouvoir vous consacrer davantage de temps pour le moment. J'espère que vous resterez dîner.

J'ai accepté l'invitation sans penser une seconde que mon père se demanderait où j'étais passé. Je me suis levé du pupitre, tandis que Miss Peregrine ouvrait la porte. J'allais la suivre dans le couloir, quand une question m'est revenue. Elle me turlupinait depuis longtemps.

— Est-ce que mon grand-père fuyait vraiment les nazis quand il est arrivé ici ?

— Oui. Un grand nombre d'enfants sont venus nous rejoindre durant ces années d'effroi, qui ont culminé avec la guerre. Ils étaient particulièrement menacés.

Elle a paru peinée, comme si ses souvenirs étaient encore frais.

— J'ai trouvé Abraham sur le continent, dans un camp pour les personnes déplacées. C'était un garçon pauvre et tourmenté, mais si solide... J'ai deviné tout de suite qu'il était des nôtres.

Cette réponse m'a soulagé. Au moins, une partie de sa vie était bien telle que je l'avais imaginée. Une dernière question me brûlait les lèvres, mais je ne savais pas comment la formuler.

— Était-il... Mon grand-père était-il comme...

— Comme nous ?

J'ai hoché la tête.

Miss Peregrine a eu un sourire énigmatique.

— Il était comme vous, Jacob.

Sur ces mots, elle s'est retournée et s'est éloignée en boitant vers l'escalier.

*
* *

Miss Peregrine, qui voulait que je me débarrasse de la boue du marais avant de m'asseoir à la table du dîner, avait demandé à Emma de me préparer un bain. Elle espérait que la jeune fille trouverait du réconfort dans le fait de s'entretenir avec moi, mais celle-ci fuyait obstinément mon regard. Je l'ai regardée verser de l'eau froide dans la baignoire, puis la réchauffer en y plongeant ses mains nues. Elle les a agitées jusqu'à ce que de la vapeur s'élève du bain.

— C'est merveilleux ! ai-je commenté.

Elle est partie sans avoir prononcé un mot.

Après avoir sali l'eau, je me suis séché et j'ai trouvé des vêtements de rechange accrochés à la porte : un pantalon en flanelle trop large, une chemise et une paire de bretelles trop courtes, que je n'ai pas réussi à régler. J'avais le choix entre porter le pantalon tombant sur les chevilles, ou remonté jusqu'au nombril. La seconde solution m'a paru préférable. Je suis donc descendu prendre le repas le plus étrange de ma vie, attifé tel un clown sans maquillage.

Le dîner m'a fait l'effet d'un défilé vertigineux de noms et de visages. J'ai vaguement reconnu la plupart des pensionnaires : je les avais vus en photo, ou j'en avais entendu parler autrefois, dans les histoires de mon grand-père.

Quand je suis entré dans la salle à manger, les enfants se disputaient bruyamment leurs places. Ils se sont tus et m'ont dévisagé en silence. Ils ne devaient pas avoir souvent d'invités à dîner. Miss Peregrine, assise à l'extrémité de la table, s'est levée. Elle a profité du calme pour me présenter :

— Pour ceux d'entre vous qui n'ont pas encore eu le plaisir de le rencontrer, voici Jacob, le petit-fils d'Abraham. C'est un invité d'honneur, et il vient de très loin. Je vous prie de l'accueillir comme il se doit.

Elle m'a ensuite désigné une à une toutes les personnes présentes dans la pièce en prononçant leur nom, que j'ai instantanément oublié. Les présentations ont été suivies par une avalanche de questions. Miss Peregrine y répondait du tac au tac.

— Est-ce que Jacob va vivre avec nous ?

— Pas à ma connaissance.

— Où est Abe ?

— Il est très occupé en Amérique.

— Pourquoi Jacob porte-t-il le pantalon de Victor ?

— Victor n'en a plus besoin, et celui de M. Portman est en train de sécher.

— Que fait Abe en Amérique ?

À cette question, j'ai vu Emma, qui broyait du noir dans un coin, se lever et sortir à la hâte. Ses camarades, apparemment habitués à ses sautes d'humeur, n'y ont prêté aucune attention.

— Ce qu'il fait est sans importance, a répondu sèchement Miss Peregrine.

— Quand reviendra-t-il ?

— Cela aussi, c'est sans importance. Maintenant, mangeons !

Tout le monde s'est rué vers sa chaise. Croyant avoir trouvé une place libre, je me suis assis et j'ai senti une fourchette se planter dans ma cuisse.

— Excuse-moi ! a crié Millard.

Miss Peregrine a réglé le différend en l'envoyant s'habiller.

— Combien de fois faudra-t-il vous dire que les gens bien élevés ne prennent pas leur souper dans le plus simple appareil ? lui a-t-elle lancé.

Les enfants qui officiaient en cuisine sont arrivés avec des plateaux recouverts de cloches d'argent étincelantes. Comme on ne voyait pas au travers, chacun s'est mis à spéculer sur le menu.

— Des loutres de mer Wellington ! a annoncé un garçon.

— Des chatons salés et du foie de musaraigne ! a tenté un autre.

Les plus petits ont mimé des haut-le-cœur.

Lorsqu'on a soulevé les cloches, un festin digne d'un roi est apparu : une oie rôtie à la peau brun doré ; un saumon et une morue entiers, entourés de citrons, d'aneth frais et de morceaux de beurre fondant ; un grand saladier de moules marinières ; des plateaux de légumes grillés ; des tranches de pain encore tièdes, et toutes sortes de gelées et de sauces que je n'ai pas reconnues. Tout cela était terriblement appétissant. À des années-lumière des ragoûts graisseux que j'avais avalés au Priest Hole. Je n'avais rien mangé depuis le petit déjeuner, et je me suis bien rattrapé.

Je n'aurais pas dû être surpris que des enfants particuliers aient des habitudes alimentaires particulières. Entre deux bouchées, j'ai observé autour de moi. Olive, la fille qui lévitait, était attachée à une chaise vissée au sol. Afin que ses camarades ne soient pas importunés par les insectes, Hugh – le garçon aux abeilles – dînait à une table individuelle, sous une moustiquaire. Claire, une fillette au visage de poupée encadré d'anglaises dorées, ne touchait pas à sa nourriture.

— Tu n'as pas faim ? lui ai-je demandé.

— Claire ne mange pas avec nous, m'a informé Hugh, laissant une abeille s'échapper de sa bouche. Elle a honte.

— C'est faux ! a-t-elle protesté.

— Vraiment ? Alors, mange quelque chose !

— Personne ici n'a honte de son don, a déclaré Miss Peregrine. Miss Densmore préfère dîner seule. N'est-ce pas, Miss Densmore ?

La fillette regardait droit devant elle, embarrassée d'être le point de mire.

— Claire a une bouche à l'arrière de la tête, m'a expliqué Millard, revenu s'asseoir près de moi en veste de smoking (et rien d'autre).

— Une quoi ?

— Vas-y, montre-lui ! a suggéré quelqu'un.

Bientôt, tout le monde pressait Claire de manger. Elle a fini par céder pour avoir la paix.

Une cuisse d'oie refroidissait devant elle. Elle s'est installée à l'envers sur sa chaise, a empoigné les accoudoirs et s'est penchée en arrière, plongeant le crâne dans l'assiette. J'ai entendu un bruit de mastication. Quand elle a relevé la tête, un gros morceau de viande avait disparu. Les cheveux blonds de la fillette cachaient des mâchoires acérées. Soudain, j'ai compris l'étrange photographie que j'avais vue dans l'album de Miss Peregrine. Le photographe avait réalisé deux prises de vue de Claire : l'une de son visage délicat ; l'autre, des boucles qui masquaient soigneusement l'arrière de sa tête.

Claire
a des
boucles d'or

Claire s'est rassise à l'endroit, contrariée d'avoir dû se plier à cette démonstration humiliante. Elle s'est mise à bouder, les bras croisés, pendant que ses camarades m'assaillaient de questions. Comme Miss Peregrine éludait toutes celles qui concernaient mon grand-père, ils se sont rabattus sur d'autres sujets. Ils semblaient particulièrement intéressés par les détails de la vie au XXI$^e$ siècle.

— Est-ce que vous avez des automobiles volantes ? m'a demandé un adolescent prénommé Horace, vêtu d'un costume noir de croque-mort.

— Non. Enfin, pas encore.

— Est-ce qu'ils ont construit des villes sur la Lune ? a voulu savoir un autre.

— On a laissé un drapeau et quelques détritus là-haut dans les années 1960, mais c'est à peu près tout...

— Est-ce que la Grande-Bretagne domine toujours le monde ?

— Euh... pas vraiment.

Ils ont paru déçus. Miss Peregrine a sauté sur l'occasion :

— Vous voyez, les enfants ! Le futur n'est pas si extraordinaire, finalement. Ce n'est pas mieux qu'ici et maintenant !

J'ai deviné qu'elle devait leur servir souvent cette rengaine, sans réussir à les convaincre. Ce qui m'a amené à m'interroger : depuis combien de temps étaient-ils « ici et maintenant » ?

— Je peux vous demander votre âge ? ai-je lancé à la cantonade.

— J'ai quatre-vingt-trois ans, a répondu Horace.

Olive a levé une main, tout excitée :

— J'aurai soixante-quinze ans et demi la semaine prochaine !

Une telle précision m'a surpris. Comment faisaient-ils pour garder le compte des mois et des années, si les jours se ressemblaient tous ?

— J'ai cent dix-sept ou cent dix-huit ans, m'a dit un garçon aux paupières tombantes qui en paraissait à peine treize. J'ai vécu dans une autre boucle avant celle-ci.

— J'ai presque quatre-vingt-sept ans, a enchaîné Millard, tout barbouillé de graisse d'oie.

Une petite boule de nourriture déchiquetée allait et venait entre ses mâchoires invisibles. Ses camarades ont grogné et se sont couvert la bouche avant de se détourner.

Mon tour est venu de parler. Plusieurs enfants ont ouvert de grands yeux quand je leur ai appris que j'avais seize ans. Olive a éclaté de rire. Ils trouvaient étrange que je sois aussi jeune. Quant à moi, j'étais stupéfait qu'ils *paraissent* aussi jeunes. Je connaissais de nombreux octogénaires en Floride. Ces enfants n'avaient rien de commun avec eux, surtout pas leur comportement. La vie ici, cette succession de jours semblables, cet été perpétuel, à l'abri de la mort, avait affecté leurs émotions autant que leurs corps, les figeant dans l'enfance, comme Peter Pan et les enfants perdus.

Une explosion, dehors, m'a arraché à mes réflexions. C'était la seconde de la soirée ; elle était plus forte et plus proche que la première. Assez pour faire tinter les couverts et les assiettes.

— Dépêchez-vous de finir ! a chantonné Miss Peregrine.

À peine avait-elle prononcé ces mots qu'une nouvelle explosion secouait la maison, décrochant un tableau du mur derrière moi.

— Qu'est-ce que c'est ? ai-je demandé.

Olive a abattu son petit poing sur la table.

— Encore ces maudits Boches ! a-t-elle grondé.

Une sirène a retenti dans le lointain et j'ai enfin compris ce qui se passait. Nous étions le soir du 3 septembre 1940. Dans un instant, une bombe allait tomber du ciel et percer un trou géant dans la maison. La sirène était une alarme antiaérienne. La panique m'a serré la gorge.

— Il faut partir d'ici, me suis-je écrié. Vite, avant que la bombe...

— Il ne sait pas ! a pouffé Olive. Il croit qu'on va mourir !

Millard a haussé les épaules de sa veste de smoking.

— Inutile de te mettre la rate au court-bouillon. C'est juste la phase de changement.

— Ça arrive chaque soir ?

Miss Peregrine a hoché la tête :

— Chaque soir.

Je n'étais pas complètement rassuré.

— Si on allait voir le spectacle avec Jacob ? a proposé Hugh.

— Oh oui ! On peut sortir, s'il vous plaît ? a imploré Claire, qui ne boudait plus. C'est un moment magnifique !

Miss Peregrine a d'abord refusé, au prétexte que nous n'avions pas fini de dîner. Ses pupilles l'ont suppliée jusqu'à ce qu'elle cède...

— Très bien. À condition de mettre vos masques...

Les enfants ont bondi de leurs sièges et ont filé, abandonnant la pauvre Olive sanglée sur sa chaise. Finalement, l'un d'eux, la prenant en pitié, est revenu la détacher. Dans l'entrée, ils ont saisi quelque chose dans un placard, avant de foncer vers la sortie. Miss Peregrine m'a tendu un objet, que j'ai tourné et retourné entre mes mains. On aurait dit un visage en caoutchouc noir, avec de larges hublots de verre, pareils à des yeux figés par l'horreur, et une espèce de groin terminé par une boîte métallique perforée. Un masque à gaz !

— Allez-y, enfilez-le ! m'a-t-elle commandé.

J'ai obéi. Dehors, les enfants, éparpillés sur la pelouse, m'ont évoqué des pièces sur un échiquier. Méconnaissables derrière leurs masques, ils fixaient le ciel encombré de fumée noire. Au loin, les cimes des arbres brûlaient. Des avions invisibles vrombissaient au-dessus de nous.

De temps à autre, une explosion assourdie résonnait jusque dans ma cage thoracique, tel le battement d'un second cœur. Elle s'accompagnait d'une soudaine vague de chaleur, comme si l'on ouvrait et refermait la porte d'un four.

Je me recroquevillais à chaque déflagration, tandis que les enfants tressaillaient à peine. Ils ont même entonné une chanson, rythmée par les explosions :

*Cours, lapin, cours, lapin, cours, cours, cours !*
*Pan, pan, pan, fait le fusil du chasseur.*
*Il repartira bredouille,*
*Cours, lapin, cours, lapin, cours !*

Des balles traçantes ont zébré le ciel au moment où la chanson se terminait. Les enfants ont applaudi. Des éclairs colorés se réfléchissaient sur les hublots de leurs masques. Cette attaque nocturne s'était si souvent reproduite qu'elle avait perdu son caractère terrifiant. Pour preuve, la photographie du bombardement que j'avais vue dans l'album de Miss Peregrine, intitulée *Notre magnifique feu d'artifice*. C'est vrai qu'il était éblouissant, tout morbide qu'il était.

notre magnifique feu d'artifice

Il s'est mis à bruiner, comme si les avions avaient percé des trous dans les nuages. Les explosions s'espaçaient. L'offensive prenait fin.

Les spectateurs se sont dirigés vers la porte. J'ai cru qu'ils voulaient rentrer, mais ils l'ont dépassée pour rejoindre une autre partie du jardin.

— Où allons-nous ? ai-je demandé à deux enfants masqués.

Ils ne m'ont pas répondu. En revanche, ils ont dû sentir mon anxiété, car ils m'ont saisi doucement par les mains. Nous avons contourné la maison jusqu'à un angle reculé, où les enfants étaient assemblés autour d'un arbuste sculpté géant. Celui-ci ne représentait pas une créature mythique, mais un homme allongé dans l'herbe. Un bras soutenait son buste, tandis que l'autre pointait vers le ciel. C'était une réplique végétale de la fresque de Michel-Ange *La Création d'Adam*, dans la chapelle Sixtine. La ressemblance était étonnante, vu le matériau utilisé. On retrouvait presque l'expression placide d'Adam, qui avait des fleurs de gardénia en guise d'yeux.

La fille aux cheveux en broussaille se tenait tout près de moi. Sa robe imprimée était si rapiécée qu'on aurait dit un patchwork. Après avoir attiré son attention, je lui ai montré Adam du doigt :

— C'est toi qui as fait ça ?

Elle a hoché la tête.

— Comment ?

Elle s'est accroupie, une paume au-dessus de l'herbe. Quelques secondes plus tard, les tiges se sont dressées, allongées, reproduisant la forme d'une main sur le sol, jusqu'à venir chatouiller la sienne.

— C-c'est géant ! ai-je articulé.

On m'a fait taire. Remarquant que tous les enfants, le cou tendu, fixaient en silence la même portion du ciel, j'ai levé les yeux à mon tour. Je n'ai rien distingué de spécial, hormis des nuages de fumée teintés d'orange par la lumière des feux.

Puis j'ai entendu un moteur d'avion. L'appareil était tout proche. J'ai paniqué. « C'est la nuit où ils ont été tués. Pas seulement la nuit : le moment exact ! » Se pouvait-il que ces enfants meurent chaque soir pour être ressuscités par la boucle ?

Une petite forme grise a percé les nuages et foncé sur nous. « Un rocher », ai-je pensé. Sauf que les rochers ne sifflent pas en tombant.

« Cours, lapin, cours, lapin, cours. » Je l'aurais fait volontiers, mais je n'avais plus le temps. Je me suis donc contenté de hurler avant de plonger au sol, les bras sur la tête.

J'ai serré les dents, fermé les yeux et retenu ma respiration. Mais, au lieu de l'explosion assourdissante à laquelle je me préparais, un silence profond s'est abattu sur nous. Le vrombissement du moteur et le fracas des bombes se sont tus soudainement, comme si le monde était privé de son.

Est-ce que j'étais mort ?

Je me suis découvert la tête et j'ai regardé derrière moi. Les cimes des arbres, inclinées par le vent, semblaient figées sur place. Le ciel embrasé était immobile, lui aussi. Des gouttes de pluie étaient suspendues devant mes yeux. Et, au milieu du cercle d'enfants, une bombe, la pointe vers le bas, flottait en équilibre sur le doigt tendu d'Adam.

Presque aussitôt, comme au cinéma, quand la pellicule brûle dans le projecteur, une fleur blanche a troué le ciel et s'est élargie à une vitesse fulgurante, avalant tout sur son passage.

*

* *

La première chose que j'ai entendue quand le son est revenu, ce sont des rires. Le blanc s'est estompé petit à petit et j'ai vu que nous étions tous en cercle autour d'Adam, comme avant. Sauf que la bombe avait disparu. La nuit était calme, et seule la pleine lune éclairait le ciel sans nuage. Miss Peregrine est apparue au-dessus de moi, une main tendue. Je l'ai prise et je me suis relevé, hébété.

— Je vous prie d'accepter mes excuses, a-t-elle dit. J'aurais dû mieux vous préparer.

Cependant, comme les enfants qui ôtaient leurs masques, elle avait du mal à dissimuler son sourire. Ils m'avaient bien eu !

Je me sentais tout bizarre, en proie à un léger vertige.

— Je vais rentrer me coucher, ai-je annoncé. Mon père risque de s'inquiéter...

Puis, pris d'un doute :

— Je peux rentrer chez moi, n'est-ce pas ?

— Bien sûr ! m'a assuré Miss Peregrine.

D'une voix forte, elle a demandé qui était volontaire pour m'escorter jusqu'au cairn. À ma grande surprise, Emma a fait un pas en avant. La directrice a paru satisfaite.

— Vous lui faites confiance ? ai-je chuchoté. Il y a encore quelques heures, elle était prête à me couper la gorge.

— Miss Bloom s'emporte facilement, mais c'est ma pupille la plus fiable. De plus, cela vous donnera l'occasion de discuter à l'abri des oreilles curieuses...

Cinq minutes plus tard, je cheminais donc de nouveau aux côtés d'Emma. Cette fois, je n'avais pas les mains attachées, et elle ne me picotait pas le dos avec la pointe d'un couteau. Plusieurs enfants nous ont escortés jusqu'à la lisière du jardin. Ils voulaient savoir si je reviendrais le lendemain. Je leur ai fait de vagues promesses. J'avais trop de mal à digérer le présent pour pouvoir envisager l'avenir.

Nous nous sommes engouffrés dans la pénombre du sous-bois. Lorsque les lumières de la maison ont disparu derrière nous, Emma a présenté une paume vers le ciel. Il lui a suffi d'un léger geste du poignet pour faire jaillir une petite flamme dans sa main. Elle l'a tendue devant elle, tel un serveur portant un plateau, afin d'éclairer le sentier.

— C'est vraiment cool ! ai-je observé pour briser le silence, qui devenait pesant.

— Tu trouves ?

Elle m'a collé la flamme sous le nez, assez près pour que je sente sa chaleur. J'ai fait un bond en arrière.

Elle s'est immobilisée. Nous sommes restés face à face, à une distance prudente.

— Tu n'as aucune raison d'avoir peur de moi, a-t-elle déclaré.

— Ah bon ? Qui me dit que tu ne t'es pas arrangée pour te retrouver seule avec moi, afin de me tuer ? Depuis le début, tu me soupçonnes d'être une créature maléfique...

— Ne sois pas stupide. Tu as débarqué sans prévenir. Un inconnu... Et tu m'as couru après comme un dément. Qu'est-ce que j'étais censée penser ?

— OK, je comprends.

Elle a baissé les yeux et creusé un petit trou dans la terre avec la pointe de sa botte. La flamme dans sa main a changé de couleur, passant de l'orange à l'indigo.

— Ce n'est pas vrai, a-t-elle fini par avouer. En fait, j'ai su tout de suite qui tu étais...

Elle a de nouveau levé les yeux vers moi.

— Tu lui ressembles tellement...

— On me l'a souvent dit.

— Excuse-moi d'avoir été aussi odieuse avec toi. Je ne voulais pas croire que tu étais le petit-fils d'Abe. Je savais trop bien ce que ça signifiait.

J'ai secoué la tête.

— Je ne t'en veux pas. Quand j'étais enfant, je rêvais de vous rencontrer tous. Ça arrive enfin... et je suis désolé que ce soit dans de telles circonstances.

Emma s'est précipitée vers moi et s'est pendue à mon cou. La flamme dans sa main s'est éteinte juste avant de toucher ma peau, mais sa paume était encore chaude.

Je suis resté un long moment immobile, dans l'obscurité, contre cette vieille femme adolescente. Cette fille si belle qui avait aimé mon grand-père quand il avait mon âge. Et soudain j'ai eu envie de l'enlacer, moi aussi. J'ai cédé à mon impulsion. Peu après, je crois que nous nous sommes mis à pleurer tous les deux.

Emma a inspiré profondément, puis elle a repris ses distances. Le feu s'est ranimé dans sa main.

— Excuse-moi, a-t-elle dit. En général, je ne suis pas aussi…

— Ne t'inquiète pas.

— On devrait continuer.

— Passe devant, ai-je suggéré.

Nous avons traversé le bois sans parler, mais le silence ne me dérangeait plus. Il avait quelque chose de confortable. Une fois au marais, Emma m'a conseillé :

— Marche dans mes pas.

J'ai obéi, m'appliquant à poser les pieds dans ses empreintes. Par endroits, des gaz formaient des feux follets en s'échappant de la boue, comme des clins d'œil à la petite flamme d'Emma.

Je me suis engouffré dans le cairn derrière elle et j'ai rampé jusqu'à la grotte, pour ressortir dans la brume. Sur le sentier, Emma a glissé les doigts entre les miens et m'a serré les mains, sans rien dire. Puis elle a fait demi-tour et elle est repartie. Le brouillard l'a avalée si vite qu'un bref instant, je me suis demandé si je ne l'avais pas rêvée.

En rejoignant la ville, je m'attendais presque à voir des attelages sillonner les rues, mais j'ai été accueilli par le bourdonnement des groupes électrogènes et la lueur des écrans de télévision derrière les fenêtres des cottages.

J'étais de retour chez moi – ou presque.

Kev était de nouveau derrière le bar ; il m'a salué en levant un verre. Aucun des clients du pub n'a jailli de son siège pour me faire la peau. Tout semblait normal.

À l'étage, j'ai trouvé papa endormi devant son ordinateur. Il s'est réveillé en sursaut quand j'ai fermé la porte.

— Salut ! Tu rentres tard. Quelle heure est-il ?

— Aucune idée. Moins de dix heures, je suppose. Les groupes électrogènes fonctionnent encore.

Il s'est étiré et s'est frotté les yeux.

— Qu'est-ce que tu as fait aujourd'hui ? J'espérais te voir au dîner.

— Je suis retourné explorer la vieille maison.

— Tu as découvert quelque chose d'intéressant ?

— Euh... Pas vraiment.

J'aurais dû préparer une histoire, car il m'a fixé d'un air bizarre.

— Où as-tu déniché ça ?

— Ça quoi ?

— Tes vêtements.

J'ai baissé les yeux. J'avais complètement oublié le pantalon de flanelle et les bretelles.

— Dans la maison, ai-je répondu, pris de court. Ils sont super, non ?

Papa a grimacé.

— Tu enfiles des vêtements trouvés ? Jake, ce n'est pas très hygiénique. Et où sont passés ton jean et ta veste ?

Aïe. Il était urgent de changer de sujet.

— Ils étaient sales, alors, je...

J'ai fait mine de m'intéresser à son écran.

— C'est ton livre ? Ça avance ?

Il a refermé l'ordinateur d'un coup sec.

— Ce n'est pas le propos pour l'instant. Ce qui m'importe, c'est ta thérapie. Je ne suis pas certain que le docteur Golan serait ravi d'apprendre que tu passes tes journées seul dans cette vieille maison. Ce n'est sûrement pas ce qu'il avait en tête quand il a donné son feu vert pour ce voyage.

— Waouh, tu as battu un record !

— Pardon ?

— Le record de la plus longue durée sans mentionner mon psy.

J'ai consulté une montre inexistante à mon poignet.

— Quatre jours, cinq heures et vingt-six minutes, ai-je soupiré. Dommage que ça soit terminé.

— Cet homme t'a beaucoup aidé, s'est défendu mon père. Je n'ose pas imaginer dans quel état tu serais aujourd'hui si on n'avait pas fait appel à lui.

— Tu as raison, papa. Mais ça ne veut pas dire que le docteur Golan doit contrôler le moindre aspect de ma vie. Sérieux ! Maman et toi, vous devriez me faire imprimer un de ces petits bracelets à message : *Que ferait Golan ?* Comme ça, je pourrais m'interroger systématiquement avant d'agir. Avant d'aller aux chiottes, par exemple : « Comment Golan voudrait-il que je fasse ce caca ? Plutôt sur le côté, ou pile au milieu ? Quel caca me ferait le plus de bien, psychologiquement ? »

Papa est resté silencieux quelques secondes. Il a repris la parole d'une voix rauque pour m'annoncer que, le lendemain, j'irais observer les oiseaux avec lui, que ça me plaise ou non. Quand je lui ai répondu qu'il se mettait le doigt dans l'œil, il s'est levé et est descendu au pub. Croyant qu'il était parti boire un verre, je suis allé retirer mes vêtements de clown dans ma chambre. Deux minutes plus tard, il a frappé à ma porte : on me demandait au téléphone.

C'était sûrement maman. J'ai serré les dents et je l'ai suivi jusqu'à la cabine téléphonique. Il m'a tendu le récepteur avant d'aller s'asseoir à une table. J'ai tiré la porte coulissante.

— Allô ?

— Je viens de parler avec ton père, a fait une voix d'homme, légèrement contrariée.

C'était le docteur Golan.

J'avais une envie terrible de l'envoyer balader, mais je me suis retenu en me rappelant que la situation exigeait un certain tact. Si je me mettais Golan à dos, je pouvais faire une croix sur mon séjour. Or, je ne voulais pas partir déjà. Je venais juste de rencontrer Miss Peregrine et ses pupilles, et je pressentais qu'ils avaient encore beaucoup à m'apprendre. Alors, j'ai joué le jeu. Je lui ai expliqué en détail ce que j'avais découvert – sans mentionner les enfants ni la boucle, bien sûr. D'après moi, cette île n'avait rien de spécial, pas plus que mon grand-père. Une mini-séance, au téléphone.

— J'espère que tu ne me dis pas ce que j'ai envie d'entendre, a-t-il répondu.

Cette phrase était devenue son leitmotiv.

— Je devrais peut-être venir m'assurer que tu vas bien. Ça me ferait des vacances... Qu'est-ce que tu en penses ?

« Au secours ! Faites que ce soit une plaisanterie. »

— Je vais bien. Sérieux, ai-je protesté.

— Détends-toi, Jacob. Je plaisante, même si j'ai effectivement grand besoin de vacances. En plus, je te crois. Tu as l'air en forme. Je viens de conseiller à ton père de te laisser respirer un peu. Tu dois pouvoir régler certaines choses tout seul.

— C'est vrai ?

— Tu nous as sur le dos depuis un moment, tes parents et moi. Au bout d'un certain temps, ça devient contre-productif.

— Waouh, j'apprécie vraiment !

Il a ajouté quelque chose que je n'ai pas entendu ; il y avait beaucoup de bruit de fond.

— Je vous reçois mal. Vous êtes dans un centre commercial, ou quoi ?

— À l'aéroport. Je viens chercher ma sœur. Je te conseillais juste d'en profiter. Explore autant que tu voudras et ne t'inquiète pas trop. On se voit bientôt, d'accord ?

— D'accord ! Merci encore, docteur.

En raccrochant, j'ai culpabilisé d'avoir dit du mal de Golan. C'était la deuxième fois qu'il prenait ma défense.

Mon père buvait une bière. Je me suis arrêté à côté de sa table.

— Pour demain..., ai-je commencé.

— Fais ce que tu veux.

— Tu es sûr ?

Il a haussé les épaules, l'air maussade :

— Ordre du docteur.

— Je serai de retour à l'heure du dîner. C'est promis !

Il s'est contenté de hocher la tête. Je l'ai laissé à sa bière et je suis monté me coucher.

En m'endormant, j'ai repensé aux enfants particuliers et à la première question qu'ils m'avaient posée lorsque Miss Peregrine m'avait présenté : « Est-ce que Jacob va vivre avec nous ? » Sur le moment, j'avais pensé : « Bien sûr que non ! » Mais pourquoi pas, après tout ? Si je ne rentrais jamais chez moi, à Englewood, qu'est-ce que je manquerais ? J'ai songé à ma maison immense et froide, à cette ville pleine de mauvais souvenirs, où je n'avais pas un seul ami ; à la vie affreusement banale qu'on avait planifiée pour moi. L'idée ne m'avait encore jamais effleuré que je pouvais lui tourner le dos.

# CHAPITRE SEPT

*L*e matin a apporté de la pluie, du vent et du brouillard. Avec ce temps maussade, j'étais encore plus enclin à croire que les évènements de la veille appartenaient à un rêve étrange et merveilleux, plutôt qu'à la réalité. J'ai englouti mon petit déjeuner et annoncé à mon père que je sortais. Il m'a regardé comme si j'avais perdu la boule.

— Par ce temps ? Pour quoi faire ?

— Pour aller retrouver…, ai-je commencé sans réfléchir.

Prenant conscience de ma gaffe, j'ai fait semblant de m'étrangler avec un morceau de viande. Peine perdue.

— Retrouver qui ? Pas ces vauriens de rappeurs, j'espère.

— Non. Tu ne les as jamais vus. Ils habitent de l'autre côté de… euh… de l'île, et…

— Ah bon ? Je pensais que personne ne vivait là-bas.

— Ouais, pas grand monde. Juste des bergers, mais ils sont sympas... Ils veillent sur moi pendant que je suis dans la maison.

Des amis et de la sécurité. Deux choses qui auraient dû le rassurer.

— Je veux les rencontrer ! a-t-il déclaré, péremptoire.

— D'accord ! Sauf que, ce matin, on a rendez-vous là-haut. Une autre fois...

Il a hoché la tête et mordu dans son toast.

— Je t'attends pour le dîner.

— Reçu cinq sur cinq.

J'ai quasiment couru jusqu'au marais. Alors que je pataugeais dans la boue, à la recherche du chemin d'herbe quasi invisible qu'Emma avait emprunté la veille, une pensée inquiétante m'a effleuré. Et si je ne découvrais, de l'autre côté, que davantage de pluie et une maison en ruine ? C'est dire mon soulagement quand j'ai émergé dans le soleil éblouissant du 3 septembre 1940. L'air était chaud et les nuages qui s'effilochaient dans le ciel bleu avaient des formes familières, rassurantes. Mieux encore : Emma, assise sur le tertre, s'amusait à jeter des pierres dans le marais.

— Pas trop tôt ! m'a-t-elle lancé en sautant sur ses pieds. Viens, tout le monde t'attend.

— C'est vrai ?

— Oui ! a-t-elle répondu en roulant les yeux.

Impatiente, elle m'a pris la main et m'a entraîné derrière elle.

Je frémissais d'excitation à son contact, et aussi à la pensée de la journée pleine de promesses qui s'annonçait. Par un millier d'aspects, elle serait identique à la précédente : le même vent soufflerait dans les mêmes feuilles, qui tomberaient au même endroit... Mais, pour moi, elle serait forcément différente de la veille. Pareil pour les enfants particuliers. Ils étaient les dieux de cet étrange petit paradis, et j'étais leur invité.

Nous avons traversé le marais et la forêt en courant jusqu'au jardin derrière la maison, où trônait une scène improvisée. Les enfants, en pleine effervescence, entraient et sortaient de l'édifice chargés d'accessoires, boutonnaient leurs vestes de smoking ou remontaient les fermetures éclair de leurs robes à paillettes. Un petit orchestre s'échauffait : un accordéon, un trombone cabossé et une scie musicale, dont Horace maniait l'archet.

— Que se passe-t-il ? ai-je demandé à Emma. Vous allez jouer une pièce ?

— Tu vas voir...

— Qui sont les acteurs ?

— Tu vas voir...

— De quoi ça parle ?

Elle m'a pincé.

Un coup de sifflet a déchiré l'air et les enfants se sont dépêchés de prendre place sur des chaises pliantes, face à l'estrade. Emma et moi nous sommes assis au moment où le rideau se levait. Sur la scène, un canotier en paille flottait au-dessus d'un affreux costume à rayures rouge et blanc. J'ai compris que c'était Millard seulement quand j'ai entendu sa voix.

— Mesdames, mesdemoiselles, messieurs ! a-t-il claironné, j'ai l'immense plaisir de vous présenter un spectacle sans précédent dans l'histoire ! Un spectacle de magie d'avant-garde, si extraordinaire que vous n'en croirez pas vos yeux ! Chers amis, je vous prie d'accueillir Miss Peregrine et les enfants particuliers !

Le public est parti d'un tonnerre d'applaudissements. Millard a soulevé son chapeau.

— Pour notre première illusion, j'appelle Miss Peregrine en personne !

Il a disparu derrière le rideau et reparu un instant plus tard, un drap sur un bras, un faucon pèlerin perché sur l'autre. L'orchestre a commencé par une musique de carnaval.

Emma m'a donné un coup de coude.

— Regarde ça !

Millard a posé le faucon par terre et déployé le drap pour le cacher à la vue du public, avant d'entamer un compte à rebours :

— Trois, deux, un !

À « un », j'ai entendu un battement d'ailes et vu la tête de Miss Peregrine — sa tête humaine — jaillir au-dessus du tissu, causant une nouvelle salve d'applaudissements. Ses cheveux étaient ébouriffés et elle avait les épaules nues. Le reste de son corps était masqué. Était-elle entièrement dévêtue ? Elle s'est pudiquement enroulée dans le drap, puis s'est adressée à moi :

— Monsieur Portman, je suis très heureuse que vous soyez revenu. Nous avons répété le petit spectacle que nous présentions sur le continent, autrefois, en temps de paix. J'ai pensé que vous le trouveriez instructif...

Sur ces mots, elle a salué le public et quitté la scène. Elle est rentrée dans la maison pour se rhabiller.

Les enfants sont montés sur les planches à tour de rôle. Chacun avait son propre numéro. Millard a retiré son costume. Devenu invisible, il s'est mis à jongler avec des bouteilles en verre. Olive a ôté ses chaussures lestées et nous a régalés d'un spectacle de gymnaste sur des barres parallèles, défiant la gravité. Emma a fait du feu, l'a avalé, puis recraché sans se brûler. J'ai applaudi à tout rompre.

Quand elle a regagné son siège, je l'ai interrogée :

— Je ne comprends pas. Vous faisiez ce spectacle pour des gens ?

— Bien sûr.

— Des gens normaux ?

— Mais oui. Quel particulier paierait pour voir des choses qu'il sait faire lui-même ?

— Vous ne risquiez pas de vous trahir ?

— Personne n'a jamais rien soupçonné, a-t-elle gloussé. Les gens payent pour voir des numéros extraordinaires, des tours de magie, et c'est ce qu'on leur montrait.

— C'était une autre façon de vous cacher, c'est ça ?

— La plupart d'entre nous gagnaient leur vie ainsi.

— Et les gens n'y voyaient que du feu ?

— De temps à autre, un abruti fouinait dans les coulisses, posait des questions... Heureusement, on avait toujours un grand costaud sous la main pour le chasser à coups de pied dans le derrière. D'ailleurs, quand on parle du loup...

Une fille aux allures de garçon manqué venait d'entrer sur scène en traînant un rocher de la taille d'un petit réfrigérateur.

— Bronwyn n'a peut-être pas inventé la poudre, a chuchoté Emma, mais elle a un cœur d'or et elle ferait n'importe quoi pour ses amis. On s'entend comme larrons en foire, toutes les deux.

Une série de cartes postales circulait dans le rang. C'était les images que Miss Peregrine utilisait autrefois pour faire la publicité du spectacle. Lorsque le paquet est arrivé entre mes mains, la photo de Bronwyn était sur le dessus. On la voyait pieds nus, fixant l'objectif d'un air de défi. Au dos de la carte figurait l'inscription : *L'extraordinaire hercule de Swansea !*

— Pourquoi ne soulève-t-elle pas de rocher, si c'est son numéro ? me suis-je étonné.

— Elle était de très mauvaise humeur ce jour-là parce que l'Oiseau l'avait obligée à « s'habiller comme une dame » pour la photo. Elle a refusé de porter quoi que ce soit.

— Même pas des chaussures, ai-je observé.

— D'habitude, elle en met.

Bronwyn a traîné le rocher jusqu'au milieu de la scène. Elle s'est contentée de fixer la foule un moment, les bras ballants, comme si le metteur en scène lui avait recommandé de marquer une pause pour plus d'effet. Puis elle s'est penchée en avant, a pris le rocher entre ses grosses mains et l'a lentement soulevé au-dessus de sa tête. Le public a applaudi et poussé des cris de joie. Les enfants avaient dû voir ce numéro des centaines de fois, mais leur enthousiasme était intact.

Bronwyn a bâillé et quitté la scène, le rocher sous un bras, laissant place à la fille aux cheveux en bataille. Emma m'a appris qu'elle se prénommait Fiona. Elle s'est plantée face au public, les mains flottant au-dessus d'un pot plein de terre. L'orchestre a entamé *Le vol du bourdon* (assez maladroitement) et Fiona a agité les mains au-dessus du pot, tel un chef d'orchestre, le visage crispé de concentration. Alors que la musique allait crescendo, une rangée de marguerites a jailli de terre et dressé ses tiges en ondulant. On aurait dit une de ces vidéos en accéléré où l'on voit les plantes pousser. Sauf que Fiona semblait commander les mouvements des fleurs grâce à des fils invisibles. Les enfants ont sauté de leurs sièges pour l'acclamer.

Emma a feuilleté le tas de cartes postales jusqu'à ce qu'elle trouve celle de Fiona.

— C'est ma préférée. On a travaillé pendant des jours à son costume.

Je l'ai regardée. Fiona, vêtue comme une mendiante, portait un poulet dans les bras.

— Qu'est-ce qu'elle est censée représenter ? Une fermière sans abri ?

Emma m'a pincé.

— Une femme à l'état sauvage. On l'appelait « Jill de la jungle ».

— Elle vient vraiment de la jungle ?

— Elle vient d'Irlande.

— Il y a beaucoup de poulets dans la jungle ?

J'ai eu droit à un nouveau pincement. Pendant qu'on discutait à voix basse, Hugh avait rejoint Fiona sur scène. Des abeilles sortaient de sa bouche ouverte pour polliniser les fleurs.

— Fiona fait-elle pousser autre chose, à part des arbustes et des fleurs ?

Emma m'a indiqué les plates-bandes du potager :

— Tous ces légumes. Et des arbres aussi, quelquefois.

— Des arbres entiers ?

Elle s'est remise à feuilleter les cartes postales.

— Notre jeu préféré s'appelle « Jill et le haricot magique ». L'un de nous s'agrippe à un arbuste, à la lisière de la forêt, et le chevauche le plus longtemps possible pendant que Fiona le fait grandir.

Elle avait trouvé la photo qu'elle cherchait ; elle l'a tapotée du doigt.

— C'est notre record ! a-t-elle annoncé fièrement. Vingt mètres.

— Vous devez vraiment vous ennuyer ici, non ?

Elle a voulu me pincer, mais j'ai intercepté son geste. Sans être un expert en la matière, je commençais à me dire que ça ressemblait à du flirt.

Plusieurs numéros ont suivi celui de Fiona et Hugh. Puis les enfants se sont impatientés, et bientôt le public s'est dispersé. La douceur de cette journée d'été invitait à la paresse. Nous avons siroté de la limonade, allongés au soleil, joué au croquet, choisi le menu du déjeuner, entretenu le jardin – qui, grâce à Fiona, demandait peu de soins. J'aurais aimé interroger plus longuement Miss Peregrine sur mon grand-père, mais la directrice donnait une leçon aux petits dans la salle de classe. Je préférais éviter le sujet avec Emma, qui se rembrunissait à la seule évocation de son nom. Cela dit, j'avais tout mon temps, et la chaleur de midi me rendait languide. Je me suis donc contenté de flâner dans le jardin en promenant des regards rêveurs autour de moi.

Après un festin de sandwiches aux rillettes d'oie et de pudding au chocolat, Emma a proposé aux aînés d'aller se baigner.

— Pas question ! a refusé Millard, qui avait ouvert le bouton de son pantalon. Je suis farci comme une dinde de Noël.

Nous étions affalés sur les fauteuils en velours du salon, prêts à exploser. Bronwyn, allongée sur le sofa, avait la tête entre deux coussins.

— Impossible, je coulerais au fond de l'eau, a-t-elle fait d'une voix assourdie.

Emma a insisté. Après dix minutes de cajoleries, elle a réussi à convaincre Hugh, Fiona et Horace d'interrompre leur sieste, et Bronwyn de faire une course à la nage. Apparemment, celle-ci avait le sens de la compétition. En nous voyant tous ensemble, Millard nous a reproché d'avoir voulu l'exclure.

L'endroit idéal pour se baigner était situé près du port. Seulement, pour s'y rendre, il fallait traverser la ville.

— Et les ivrognes qui m'ont pris pour un espion allemand ? ai-je objecté. Je ne me sens pas assez en forme pour échapper à des types armés de gourdins.

— Mais non, idiot ! s'est moquée Emma. C'était aujourd'hui. Ils n'en auront aucun souvenir.

— Enroule-toi dans une serviette, a suggéré Horace. Ainsi, ils ne remarqueront pas tes habits... euh... « du futur ».

J'étais en jean et en T-shirt, ma tenue habituelle. Quant à Horace, il portait son éternel costume noir. Il partageait les goûts vestimentaires de Miss Peregrine : ultra-classiques, pour ne pas dire morbides. Sur la photo que j'avais dénichée dans la malle éventrée, il avait même un chapeau haut de forme, une canne et un monocle... La grande classe !

— Tu as raison, lui ai-je répondu avec un clin d'œil. Je ne voudrais pas que les gens me trouvent bizarrement habillé.

— Si tu fais allusion à ma redingote, a-t-il lâché avec dédain, sache que je suis vêtu à la dernière mode.

Les autres ont gloussé.

— Allez-y, riez à mes dépens ! Traitez-moi de dandy si ça vous chante. Ce n'est pas parce que les villageois ne se rappellent rien que cela vous autorise à vous attifer comme des vagabonds !

Sur ces mots, il a redressé le col de sa veste, déclenchant un éclat de rire général. Vexé, il a pointé un doigt accusateur sur mes vêtements.

— Si c'est la seule garde-robe que l'avenir nous réserve, je suis ravi d'y échapper !

Après que les rires se sont tus, j'ai entraîné Emma à l'écart et chuchoté :

— Quel est le talent d'Horace ? Je veux dire : qu'est-ce qui le rend particulier ? À part ses habits...

— Il fait des rêves prémonitoires. Des sortes de cauchemars, qui ont une fâcheuse tendance à se réaliser.

— Ça lui arrive souvent ?

— Tu n'as qu'à le lui demander.

Horace n'était pas d'humeur à répondre à mes questions. J'ai décidé de remettre ce projet à plus tard.

Avant d'entrer en ville, j'ai enroulé un drap de bain autour de ma taille et recouvert mes épaules d'une seconde serviette. Même si cela n'avait rien de prémonitoire, Horace avait raison sur un point : personne ne me reconnaissait. Nous nous sommes juste attiré quelques regards curieux dans la rue principale. Nous avons croisé le gros type qui avait causé un esclandre au bar. Il bourrait une pipe devant l'échoppe du vendeur de tabac en parlant de politique à une femme qui l'écoutait à peine. Je n'ai pas pu m'empêcher de le dévisager en passant. Il m'a regardé sans me voir.

C'était étrange. Comme si quelqu'un avait appuyé sur un bouton « Effacer ». J'avais déjà remarqué la veille cette charrette dévalant le sentier, sa roue arrière laissant une trace dans le gravillon. Ces femmes qui faisaient la queue près du puits. L'homme qui goudronnait le fond d'une barque n'était pas plus avancé que vingt-quatre heures plus tôt. Je m'attendais presque à voir mon double poursuivi par une foule hostile. Mais, apparemment, ça ne fonctionnait pas ainsi.

— Vous devez savoir à l'avance tout ce qui se passe ici, ai-je dit à mes camarades. Comme hier, avec les avions et la charrette…

— C'est Millard qui sait tout, a répondu Hugh.

— C'est vrai, a admis l'intéressé. Je travaille au premier compte rendu intégral d'une journée dans une ville. Je recense chaque action, chaque conversation, le moindre bruit émis par chacun des cent cinquante-neuf humains et des trois cent trente-deux animaux résidant à Cairnholm, minute par minute, du lever au coucher du soleil.

— C'est incroyable !

— Je partage ton avis. En seulement vingt-sept ans, j'ai observé la moitié des animaux et presque tous les humains.

J'en suis resté bouche bée.

— Vingt-sept ans ?

— Il a passé trois ans rien que sur les porcs ! s'est moqué Hugh. Imagine, toute la journée, pendant trois ans, il a pris des notes sur les cochons ! « Celui-là a lâché un paquet de crottes ! Cet autre a fait "grouf-grouf" avant de s'endormir dans ses excréments ! »

— Ces notes sont absolument essentielles, a expliqué Millard avec patience. Mais je comprends ta jalousie, Hugh. Ce travail est sans précédent dans l'histoire.

— Il n'y a pas de quoi se vanter, est intervenue Emma. Ce sera le livre le plus stupide jamais écrit.

Au lieu de lui répondre, Millard a commencé à annoncer les évènements juste avant qu'ils surviennent :

— Mme Higgins va avoir une quinte de toux.

Aussitôt, une femme s'est mise à tousser et cracher, puis est devenue toute rouge.

— Un pêcheur va se plaindre des conditions de pêche en temps de guerre.

Un homme allongé sur une charrette pleine de filets s'est alors tourné vers un autre et lui a dit : « Les eaux sont truffées de ces maudits sous-marins ! On ne peut plus relever ses lignes sans risquer sa peau ! »

J'étais très impressionné. J'ai félicité Millard.

— Je suis heureux que quelqu'un apprécie mon travail, a-t-il répondu.

Nous avons longé le port, puis la côte rocheuse pour rejoindre une petite crique au pied des falaises. Les garçons se sont mis en caleçon (sauf Horace, qui s'est contenté de retirer ses chaussures et sa cravate), tandis que les filles enfilaient des maillots de bain à l'ancienne mode. Bronwyn et Emma ont disputé une course à la nage pendant que les autres barbotaient. Ensuite, on a tous fait une sieste sur la plage. Lorsque le soleil a commencé à nous brûler, nous sommes retournés dans l'eau. Nous avons fait plusieurs allées et venues entre la mer et le sable, jusqu'à ce que nos ombres s'allongent.

On a aussi beaucoup discuté. Mes camarades avaient des milliers de questions à me poser et, loin des oreilles de Miss Peregrine, je pouvais leur répondre franchement. Ils voulaient savoir à quoi ressemblait mon monde : que mangeaient les gens, que buvaient-ils, que portaient-ils ? Quand la science vaincrait-elle la maladie et la mort ?

Ils vivaient dans un écrin de beauté, mais ils étaient avides de nouveaux visages, de nouvelles histoires. Je leur ai raconté tout ce qui me venait à l'esprit, me creusant la tête pour me rappeler des bribes d'histoire du XX$^e$ siècle, maigres souvenirs de mes cours de lycée. Les premiers pas de l'homme sur la Lune. Le mur de Berlin. La guerre du Vietnam. Hélas, j'étais incapable d'entrer dans les détails.

Ce qui les amusait le plus, c'était la technologie et les modes de vie de mon époque. Ainsi, nous avions de l'air conditionné dans les maisons ? Ils avaient entendu parler des téléviseurs, mais n'en avaient jamais vu. Ils ont appris avec stupéfaction que, chez moi, on avait une de ces boîtes parlantes dans chaque pièce, ou presque. Que les voyages en avion étaient aussi communs et abordables pour nous que l'était le chemin de fer pour eux. Que nos armées combattaient à l'aide de drones télécommandés. Que nous transportions des téléphones dans nos poches... Le mien ne fonctionnait pas dans la boucle, mais je l'ai exhibé pour leur montrer son aspect lisse et brillant.

Enfin, nous avons pris le chemin du retour. Le crépuscule tombait. Emma marchait tout près de moi, sa main effleurant la mienne. En passant devant un pommier, à la sortie de la ville, elle a voulu cueillir un fruit. Même dressée sur la pointe des pieds, elle n'était pas assez grande pour atteindre la pomme la plus basse. Alors, comme l'aurait fait n'importe quel gentleman, je l'ai aidée. Je lui ai enlacé la taille et je l'ai soulevée en étouffant un grognement. Quand je l'ai reposée, elle m'a donné un petit baiser sur la joue et m'a tendu la pomme.

— Tiens, tu l'as bien mérité.

— La pomme, ou le baiser ?

Elle a ri et filé rejoindre les autres. J'étais incapable de définir ce qui se passait entre nous, mais ça me plaisait. C'était à la fois idiot, fragile et agréable. J'ai mis la pomme dans ma poche et couru derrière elle.

Arrivé au marais, j'ai dit que je devais rentrer. Emma a pris un air boudeur.

— Laisse-moi au moins t'accompagner.

Cette fois, je me suis appliqué à mémoriser le chemin qu'elle empruntait. Au pied du cairn, je lui ai proposé :

— Viens de l'autre côté. Juste une minute.

— Je ne peux pas. Il faut que je rentre, ou l'Oiseau va nous soupçonner de...

— Nous soupçonner de quoi ?

Elle m'a fait un sourire plein de coquetterie.

— De... quelque chose.

— Mais encore ?

— Elle est toujours à l'affût de quelque chose, a-t-elle ajouté en riant.

J'ai changé de tactique :

— Dans ce cas, demain, c'est toi qui viens me voir !

— Te voir ? Là-bas ?

— Pourquoi pas ? Miss Peregrine ne sera pas là pour nous surveiller. Tu pourras rencontrer mon père. On ne lui dira pas qui tu es, évidemment. Peut-être que ça le rassurera un peu. Il n'arrête pas de me demander où je vais, ce que je fais... Découvrir que son fils passe du temps avec une jolie fille, c'est le rêve de tout père, non ?

Je pensais la faire sourire avec mon histoire de jolie fille. Elle est devenue très sérieuse, au contraire.

— L'Oiseau ne nous autorise à sortir que quelques minutes d'affilée. Pour garder la boucle ouverte, tu sais...

— Tu n'es pas obligée de le lui dire.

Elle a soupiré.

— J'aimerais bien. Mais ce n'est pas une bonne idée.

— Elle te tient en laisse...

— Tu ne sais pas de quoi tu parles, a-t-elle répliqué avec une grimace. Et merci de me comparer à un chien. C'est très flatteur.

Comment étions-nous passés aussi rapidement du flirt à la querelle ? Mystère.

— Tu as mal interprété mes paroles.

— Ce n'est pas l'envie qui me manque, a-t-elle repris. Seulement, je ne peux pas.

— D'accord. Alors, je te propose un marché : tu viens juste une minute, tout de suite.

— Qu'est-ce qu'on peut faire en une minute ?

J'ai souri de toutes mes dents.

— Surprise !

— Dis-moi ! a-t-elle insisté en me poussant.

— Je veux te prendre en photo.

Son sourire s'est évanoui.

— Je ne suis pas coiffée !

— Tu es très belle. Vraiment.

— Juste une minute ? Tu me le promets ?

Je l'ai laissée entrer la première dans le cairn. Quand nous sommes ressortis, l'atmosphère était froide et brumeuse, mais heureusement la pluie avait cessé. J'ai sorti mon téléphone et constaté avec plaisir que je ne m'étais pas trompé. De ce côté-ci, les appareils électroniques fonctionnaient parfaitement.

— Où est ton appareil photo ? m'a-t-elle demandé en frissonnant. Qu'on en finisse !

J'ai levé le téléphone et pris une première photo. Elle a secoué la tête, l'air blasé, puis elle s'est sauvée. Je l'ai poursuivie autour du tertre en riant. Emma ne cessait de se cacher, pour réapparaître et adopter une pose de vamp devant l'objectif. Une minute plus tard, la mémoire de mon téléphone était saturée.

Emma a couru vers l'entrée du cairn et m'a soufflé un baiser.

— À demain, garçon du futur !

Je lui ai fait un signe d'adieu et elle s'est engouffrée dans le tunnel.

*
\* \*

Je suis rentré en ville trempé et frigorifié, en souriant jusqu'aux oreilles. J'étais encore loin du pub quand j'ai entendu des cris fuser, couvrant le bourdonnement des groupes électrogènes. Quelqu'un m'appelait. En me guidant à la voix, j'ai trouvé mon père au milieu de la rue, le pull mouillé. Son souffle formait un nuage de buée, comme un pot d'échappement par un matin froid.

— Jacob ! Je te cherchais !

— Tu m'as demandé de rentrer pour le dîner. Me voilà !

— Oublie le dîner. Viens avec moi.

Mon père ne manquait jamais un repas. C'était mauvais signe.

— Que se passe-t-il ?

— Je t'expliquerai en chemin, a-t-il répondu en prenant la direction du pub.

Il m'a enfin regardé.

— Tu es trempé ! Est-ce que tu as perdu aussi ton autre veste ?.

— Je... euh...

— Et pourquoi tu es tout rouge ? On dirait que tu as attrapé un coup de soleil.

Aïe ! Tout un après-midi à la plage sans crème solaire...

— J'ai super chaud parce que j'ai couru, ai-je prétexté. Quelqu'un est mort, ou quoi ?

— Non, non, non, a-t-il dit. Enfin, si. Des moutons.

— Quel rapport avec nous ?

— Ils soupçonnent des gamins de les avoir tués. Un acte de vandalisme...

— Qui ça, ils ? La police des moutons ?

— Les fermiers. Ils ont interrogé tous les jeunes de moins de vingt ans. Ils sont très curieux de savoir où tu as passé la journée.

Mon estomac s'est noué. Je n'avais pas le moindre alibi, et j'ai eu beau réfléchir à toute vitesse, je n'ai rien trouvé de valable avant d'arriver au Priest Hole.

Une petite troupe était assemblée devant le pub, autour d'un groupe de fermiers à l'air furieux. L'un d'eux, vêtu d'une salopette maculée de boue, s'appuyait de façon menaçante sur une fourche. Un autre tenait Worm par le col. Le jeune rappeur portait un pantalon de jogging fluo et un T-shirt où l'on pouvait lire : *Love it when they call me Big Poppa*[1]. Un reste de morve formait une bulle sur sa lèvre supérieure, signe qu'il avait pleuré.

Un troisième fermier, maigre comme un clou et affublé d'un bonnet de laine, m'a montré du doigt :

— Le v'là ! T'étais passé où, gamin ?

Papa m'a tapoté le dos.

— Dis-leur, m'a-t-il recommandé, confiant.

J'ai pris l'air de celui qui n'a rien à se reprocher.

— J'explorais l'autre côté de l'île. La grande maison...

Bonnet de Laine a paru perplexe.

— Quelle grande maison ?

— La vieille ruine hantée, là-bas, dans la forêt, a précisé La Fourche. Faut être dingue pour y mettre les pieds.

Bonnet de Laine m'a dévisagé en louchant.

— Dans la grande maison, avec qui ?

— Personne.

Papa m'a regardé bizarrement.

— Mensonges ! a grondé l'homme qui tenait Worm. Moi, je dis que t'étais avec celui-là.

— J'ai jamais tué de moutons ! s'est défendu Worm.

---

1. « J'adore quand ils m'appellent Big Poppa. » C'est le refrain d'une chanson du rappeur américain Notorious B.I.G.

— La ferme ! a rugi l'homme.

— Jake ? est intervenu mon père. Et tes amis ?

— Laisse tomber, papa...

Bonnet de Laine s'est tourné vers moi :

— Sale petit menteur ! Je m'en vais te corriger ici, devant tout le monde.

— Vous ne vous approchez pas de lui ! a fait mon père, de son ton le plus sévère.

Bonnet de Laine a poussé un juron et avancé d'un pas dans sa direction. Mon père a bombé le torse. Ça sentait le pugilat. Puis une voix familière s'est élevée :

— Minute, Dennis ! On va régler ça.

Martin est sorti de la foule pour s'interposer entre les adversaires.

— Dites-nous d'abord ce que votre gamin vous a raconté, a-t-il proposé à mon père.

Papa m'a fusillé du regard.

— Il m'a dit qu'il allait retrouver des amis...

— Quels amis ? a demandé La Fourche.

On s'aventurait sur une pente glissante, il était temps que je reprenne les choses en main. Je ne pouvais pas leur parler des enfants – de toute manière, ils ne m'auraient pas cru. Alors, j'ai pris un risque calculé.

— Personne, ai-je avoué en baissant les yeux. Ce sont des amis imaginaires.

— Qu'est-ce qu'il a dit ?

— Il a dit que ses amis sont imaginaires, a répété mon père, l'air très inquiet.

Les fermiers ont échangé des regards ahuris.

— Vous voyez ! a fait Worm, une étincelle d'espoir dans les yeux. Ce mec est un psychopathe ! C'est forcément lui !

— Je ne les ai pas touchés, ai-je protesté, même si personne ne m'écoutait.

— C'est pas l'Américain, a déclaré le fermier qui tenait Worm.

Il a tiré sur la chemise du gamin.

— Celui-là, on le connaît. Il y a quelques années, je l'ai surpris en train de balancer un agneau d'une falaise. Je ne l'aurais pas cru, si je ne l'avais pas vu de mes propres yeux. Et vous savez ce qu'il m'a répondu quand je lui ai demandé pourquoi il avait fait ça ? « Pour voir s'il pouvait voler. » C'est un malade, ce gosse !

Les gens ont grommelé avec dégoût. Worm a paru mal à l'aise, mais il s'est bien gardé de démentir.

— Où est passé son petit copain le poissonnier ? a voulu savoir La Fourche. Si celui-là est coupable, vous pouvez parier que l'autre aussi.

Un homme a dit qu'il avait aperçu Dylan près du port. Une petite troupe est partie à sa recherche.

— Et si c'était un loup, ou un chien sauvage ? a suggéré papa. Mon père a été tué par des chiens.

— À Cairnholm, on n'a que des chiens de berger, a répondu Bonnet de Laine. C'est pas dans leur nature de tuer des moutons.

J'aurais préféré que mon père renonce à élucider l'affaire et que nous nous en allions pendant qu'il était encore temps. Mais cet idiot se prenait pour Sherlock Holmes.

— Combien de moutons ont péri ? s'est-il informé.

— Cinq. Tous à moi, a fait le quatrième fermier, un petit homme au visage anguleux qui ne s'était pas exprimé jusque-là. Ils ont été tués dans leur enclos. Les pauvres n'ont même pas pu s'enfuir.

— Cinq moutons ! Ça fait beaucoup de sang, ça...

— Une baignoire, a estimé La Fourche.

— Dans ce cas, le coupable devrait être couvert de sang, non ?

Les fermiers ont échangé un regard. Ils nous ont dévisagés à tour de rôle, Worm et moi. Puis ils ont haussé les épaules et se sont gratté la tête.

— Ça pourrait être des renards, a admis Bonnet de Laine.

— Une meute de renards, peut-être, a enchaîné La Fourche, dubitatif. En admettant qu'il y en ait autant sur l'île...

Le gars qui tenait Worm a grimacé.

— Les coupures sont trop propres. Elles ont été faites avec un couteau.

— Je n'arrive pas à le croire, a affirmé mon père.

— Venez voir vous-même, a proposé Bonnet de Laine.

Tandis que la foule s'éparpillait, les fermiers nous ont emmenés sur les lieux du crime. Nous avons gravi une petite pente et traversé un pré jusqu'à une cabane jouxtant un enclos rectangulaire. Je me suis approché avec précaution pour jeter un coup d'œil.

Ce que j'ai découvert m'a évoqué une scène de dessin animé. C'était le carnage. L'herbe piétinée était imbibée de sang, ainsi que les poteaux de l'enclos et les corps sans vie des moutons, figés dans des poses de souffrance.

L'un d'eux avait essayé de sauter par-dessus la clôture. Ses pattes arrière s'étaient coincées entre les planches. Il pendait devant moi, le ventre ouvert de la gorge jusqu'à l'entrejambe, comme si on avait descendu une fermeture éclair.

Je me suis détourné, horrifié. Les hommes marmonnaient en secouant la tête. L'un d'eux a lâché un sifflement grave. Worm a hoqueté et s'est mis à pleurer. Les adultes y ont vu un aveu de culpabilité. Un criminel incapable d'affronter son propre crime. On l'a emmené dans le musée de Martin pour l'enfermer dans l'ancienne sacristie, qui lui servirait de cellule jusqu'à ce que les policiers du continent viennent le chercher.

Laissant le fermier méditer sur ses moutons égorgés, nous avons repris le chemin de la ville dans le crépuscule gris ardoise. De retour dans la chambre, j'ai compris que je ne couperais pas à une conversation sérieuse avec mon père. J'ai anticipé, histoire de le désarmer :

— Excuse-moi, papa. Je t'ai menti.

— Ah ouais ? a-t-il fait, sarcastique, en retirant son pull trempé. Ça m'étonne de toi. De quels mensonges me parles-tu ? J'ai du mal à garder le fil...

— Il n'y a pas d'autres jeunes de mon âge sur l'île. J'ai tout inventé pour éviter que tu t'inquiètes en me sachant seul là-haut.

— Eh bien, je m'inquiète, figure-toi ! Même si ton psy me dit que je n'ai aucune raison de le faire.

— Je sais.

— Et ces amis imaginaires, tu en as parlé à Golan ?

— Ça aussi, c'était un mensonge. Je voulais juste que ces types me fichent la paix.

Papa a croisé les bras, dubitatif.

— Vraiment ?

— Il valait mieux qu'ils me prennent pour un dingue que pour un tueur de moutons, non ?

Je me suis assis à la table. Papa m'a regardé longuement. Impossible de dire s'il me croyait ou pas. Puis il est allé s'asperger le visage à l'évier. À son retour, j'ai deviné qu'il avait décidé de me faire confiance. C'était moins fatigant, j'imagine.

— Tu es sûr que tu ne veux pas rappeler le docteur Golan ? Avoir une petite conversation avec lui...

— Si tu veux. Mais je vais bien.

— Tu comprends pourquoi je ne voulais pas que tu traînes avec ces rappeurs ? m'a-t-il lancé.

Une façon de conclure sur une note autoritaire.

— Tu avais raison, ai-je admis, même si je doutais fort de la culpabilité des deux lascars.

Pour moi, Worm et Dylan étaient des grandes gueules, rien de plus.

Papa s'est installé en face de moi. Il avait l'air épuisé.

— J'aimerais quand même savoir comment on attrape un coup de soleil par un temps pareil.

Exact. Le coup de soleil.

— Je dois avoir la peau sensible...

— Tu peux répéter ? a-t-il dit sèchement.

Il m'a laissé partir. Je suis allé prendre une douche en pensant à Emma. Puis je me suis brossé les dents et débarbouillé en pensant à Emma. Après quoi, j'ai gagné ma chambre, j'ai sorti de ma poche la pomme qu'elle m'avait donnée et je l'ai posée sur ma table de nuit. Enfin, comme pour me convaincre qu'elle existait vraiment, j'ai sorti mon téléphone et fait défiler les photos.

J'étais toujours en train de les regarder quand j'ai entendu mon père se coucher dans la chambre voisine. Plus tard aussi, quand les groupes électrogènes se sont arrêtés. Après que toutes les lumières se furent éteintes, je suis resté longtemps allongé dans le noir, à contempler son visage sur mon petit écran.

# CHAPITRE HUIT

*J*e me suis levé de bonne heure pour partir avant le réveil de papa, afin d'éviter un autre sermon.

Après avoir glissé un mot sous sa porte, j'ai voulu récupérer la pomme d'Emma sur ma table de chevet, mais elle avait disparu. J'ai regardé par terre, où j'ai découvert des moutons de poussière et un curieux objet en cuir, gros comme une balle de golf. Je commençais à me demander qui avait bien pu me la voler, quand j'ai réalisé que le truc en cuir était la pomme, qui avait pourri pendant la nuit.

Elle s'était flétrie et desséchée à un point ahurissant, à croire qu'elle avait passé un an dans une machine à déshydrater. Quand j'ai voulu la ramasser, elle s'est désintégrée entre mes doigts comme une petite motte de terre.

Je me suis frotté les mains et je suis sorti, pensif. Dehors, il pleuvait des cordes. Heureusement, j'ai rapidement laissé le ciel gris derrière moi pour rejoindre le soleil de la boucle. Cette fois, aucune jolie fille ne m'attendait à la sortie du cairn, ni personne d'ailleurs. J'étais déçu, mais j'ai tenté de me raisonner.

En arrivant dans la maison, j'ai cherché Emma du regard. Miss Peregrine m'a intercepté dans le hall d'entrée :

— J'aimerais vous dire un mot, monsieur Portman...

Elle m'a précédé dans la cuisine, où j'ai découvert les restes du petit déjeuner somptueux que j'avais manqué. J'avais l'impression d'être convoqué dans le bureau du proviseur, au lycée.

Miss Peregrine s'est adossée contre la grosse cuisinière.

— Est-ce que vous appréciez notre compagnie ?

J'ai répondu par l'affirmative.

— Très bien.

Son sourire a disparu.

— J'ai appris que vous aviez passé un après-midi agréable avec plusieurs de mes pupilles hier et que vous avez eu une conversation animée.

— C'était génial ! Ils sont tous très sympas.

J'essayais de garder un ton détaché, mais je devinais qu'elle m'attendait au tournant.

— Comment décririez-vous votre discussion ? a-t-elle enchaîné.

J'ai rassemblé mes souvenirs.

— Je ne sais pas... On a parlé de nombreux sujets. De la vie ici, et là d'où je viens.

— Là d'où vous venez.

— Oui.

— Trouvez-vous judicieux de discuter des évènements du futur avec des enfants du passé ?

— Les enfants ? Vous les considérez vraiment ainsi ?

J'ai regretté mes paroles à la seconde où elles franchissaient mes lèvres.

— C'est ainsi qu'ils se considèrent eux-mêmes, a-t-elle rétorqué. Comment les définiriez-vous ?

Vu son humeur, j'ai décidé de ne pas jouer sur les mots.

— Ben… euh… Comme des enfants.

— Effectivement. Et donc, pour en revenir à ma question, trouvez-vous judicieux de discuter de l'avenir avec des enfants du passé ?

Elle avait ponctué sa phrase en tapotant la cuisinière de la main.

— Non ? ai-je hasardé.

— Apparemment, vous le pensez ! Je le sais, car hier soir, au dîner, Hugh nous a régalés d'un exposé fascinant sur la technologie des télécommunications au XXI$^e$ siècle.

Sa voix dégoulinait de sarcasme.

— Savez-vous qu'au XXI$^e$ siècle, les lettres que vous envoyez peuvent être reçues presque instantanément ?

— Vous devez parler des e-mails.

— Eh bien, Hugh n'ignorait rien de la question.

— Je ne comprends pas. Est-ce que ça pose un problème ?

Elle s'est décollée de la cuisinière et s'est avancée vers moi en boitant. Elle avait beau mesurer presque trente centimètres de moins que moi, elle était quand même très intimidante.

— En tant qu'ombrune, j'ai fait le serment de veiller sur la sécurité de ces enfants. Pour cela, je dois avant tout m'assurer qu'ils restent ici, dans cette boucle, sur cette île.

— Je vois...

— Votre monde leur sera à jamais inaccessible, monsieur Portman. À quoi bon leur remplir la tête de grands discours sur les merveilles du futur ? Maintenant, la moitié des enfants me supplient de les laisser prendre un avion pour les États-Unis, et l'autre moitié d'entre eux rêvent du jour où ils posséderont un téléphone comme le vôtre.

— Je suis désolé. Je n'y avais pas pensé.

— Ici, c'est leur foyer. J'ai essayé d'en faire l'endroit le plus accueillant possible. Et la réalité, c'est qu'ils ne peuvent pas le quitter. Évitez donc de leur en donner l'envie...

— D'accord. Mais pourquoi ne peuvent-ils pas partir ?

Elle m'a regardé un moment, les yeux plissés, puis elle a secoué la tête.

— Pardonnez-moi. Je continue à sous-estimer votre ignorance.

Miss Peregrine, incapable de rester inactive, a pris une marmite sur le fourneau et entrepris de la récurer. Je me suis demandé si elle éludait ma question, ou si elle réfléchissait à la façon de formuler sa réponse, pour la mettre à la portée de mon esprit borné.

Lorsque la casserole a été propre, elle l'a reposée vigoureusement, avant de lâcher :

— Mes pupilles ne peuvent pas s'attarder dans votre monde, monsieur Portman, parce qu'en très peu de temps, ils vieilliraient et mourraient.

— Comment ça, ils mourraient ?

— Je ne sais pas comment être plus claire. Ils mourraient, Jacob.

Elle parlait d'une voix précipitée, comme si elle espérait clore le sujet le plus rapidement possible.

— Vous avez peut-être l'impression que nous avons trouvé un moyen de tromper la mort. Mais ce n'est qu'une illusion. Si les enfants restaient trop longtemps hors de la boucle, le temps les rattraperait. Toutes ces années durant lesquelles ils n'ont pas vieilli... Ce ne serait qu'une question d'heures.

J'ai imaginé une personne se desséchant, puis se changeant en poussière, telle la pomme sur ma table de nuit. J'ai frissonné.

— C'est affreux.

— En effet. Les quelques fois où j'ai été confrontée à ce phénomène m'ont laissé les souvenirs les plus terribles de ma vie. Et croyez-moi, j'ai vécu assez longtemps pour voir des choses abominables.

— C'est donc déjà arrivé ?

— Hélas, oui. Notamment à une de mes pupilles, il y a des années de cela. Elle se prénommait Charlotte. Pour la première — et la dernière fois —, j'étais partie rendre visite à l'une de mes sœurs ombrunes. Pendant ma brève absence, Charlotte a réussi à fausser compagnie aux autres enfants et à sortir de la boucle. Elle s'est retrouvée en 1985 ou 1986. Charlotte se promenait avec insouciance dans le village, quand un agent de police l'a interpellée. Comme elle était incapable de décliner son identité et d'expliquer d'où elle venait – du moins, pas de manière convaincante pour l'agent –, la pauvre petite a été expédiée dans un foyer pour enfants, sur le continent. J'ai mis deux jours à la retrouver. Entre-temps, elle avait pris trente-cinq ans.

– Je crois que j'ai vu sa photo. Une femme adulte avec des vêtements de fillette…

Miss Peregrine a acquiescé, la mine sombre.

– Elle n'a plus jamais été la même, après. Elle n'avait plus toute sa tête.

– Qu'est-elle devenue ?

– Elle vit avec Miss Engoulevent. Miss Engoulevent et Miss Grive s'occupent des cas les plus difficiles.

— Mais les enfants ne sont pas confinés sur l'île, n'est-ce pas ? Ils pourraient très bien partir ailleurs *maintenant*, en 1940 ?

— Oui, en effet, et ils vieilliraient normalement. Mais dans quel but ? Pour se retrouver dans la tourmente d'une guerre meurtrière ? Confrontés à des gens qui les craignent et ne les comprennent pas ? Sans parler des autres dangers… Pour leur sécurité, mieux vaut qu'ils restent ici.

— Quels autres dangers ?

Le visage de Miss Peregrine s'est rembruni, comme si elle regrettait d'avoir abordé le sujet.

— Vous n'avez pas lieu de vous en inquiéter. Du moins pas encore.

Sur ces mots, elle m'a chassé dans le jardin. Je lui ai redemandé ce qu'elle entendait par « autres dangers », mais elle m'a fermé la porte grillagée au nez.

— Profitez bien de la matinée, m'a-t-elle lancé avec un sourire forcé. Allez retrouver Miss Bloom, je suis sûre qu'elle meurt d'envie de vous voir.

Sur ces mots, elle a disparu dans la maison.

J'ai erré dans le jardin en m'efforçant de chasser de mes pensées l'image de la pomme desséchée. J'y suis arrivé assez facilement. Je ne l'avais pas occultée, mais elle ne me dérangeait plus. C'était très curieux.

Emma était introuvable. Hugh m'a appris qu'elle était partie faire des courses au village, et je me suis installé à l'ombre d'un arbre pour l'attendre. Un quart d'heure plus tard, je somnolais dans l'herbe, un sourire placide aux lèvres, en essayant de prévoir le menu du déjeuner.

Cette boucle avait un effet apaisant sur moi ; tel un médicament, une improbable combinaison d'euphorisant et de sédatif. Mais gare à l'accoutumance : si je m'attardais trop longtemps ici, je risquais de ne plus vouloir retourner dans l'autre monde.

« Si c'est vraiment une drogue, ai-je songé, cela explique beaucoup de choses. Par exemple, comment des gens peuvent revivre le même jour pendant des décennies sans devenir dingues. » Certes, le cadre était magnifique et on y vivait bien. Mais, si chaque jour était exactement semblable au précédent et si, comme l'avait affirmé Miss Peregrine, les enfants ne pouvaient pas partir, cet endroit n'était pas seulement un paradis. C'était aussi une prison. Ce confort avait quelque chose d'hypnotisant. On pouvait mettre des années avant de se sentir captif. Et alors c'était trop tard. Le quitter devenait trop dangereux.

En fait, ce n'était même pas une question de choix. On restait, et c'est plus tard, des années plus tard, qu'on commençait à se demander ce qui serait arrivé si l'on s'était enfui.

*
*  *

J'ai dû m'endormir pour de bon, parce que je me suis réveillé au milieu de la matinée en sentant quelque chose me pousser le pied. J'ai ouvert un œil et découvert une petite créature humanoïde, qui essayait de se cacher dans ma chaussure. Le pauvre s'était emmêlé dans mes lacets. Il était haut comme la moitié d'un enjoliveur, avait les membres raides et portait une tenue de camouflage militaire. Je l'ai regardé se débattre pendant un moment, puis devenir rigide, tel un jouet mécanique en fin de course. Après avoir délacé ma chaussure pour libérer le soldat miniature, je l'ai soulevé et retourné, cherchant la clé pour remonter son ressort. Il n'y en avait aucune. De près, il était encore plus étrange : une grossière forme d'argile, avec une empreinte de pouce à la place du visage.

— Apporte-le-moi ! m'a crié quelqu'un.

Un garçon assis sur une souche d'arbre, à la lisière de la forêt, me faisait des signes de main.

Comme je n'avais pas d'occupation plus urgente, j'ai ramassé le soldat d'argile et je suis allé rejoindre son propriétaire. Une armée de ces hommes minuscules titubait autour de lui, pareils à des robots mal en point. Alors que j'approchais, celui que je tenais s'est soudain ranimé. Il s'est tortillé pour s'échapper. Je l'ai posé près des autres et j'ai essuyé mes mains pleines d'argile sur mon pantalon.

— Je m'appelle Enoch, m'a appris le garçon. C'est de toi qu'ils parlent tous ?

— Euh, oui, je suppose...

Il a remis le soldat dans le rang.

— Désolé s'il t'a dérangé. Ils ne sont pas encore bien entraînés, ils prennent des initiatives. Je les ai faits seulement la semaine dernière.

Il s'exprimait avec un léger accent cockney. Des cernes noirs entouraient ses yeux, semblables à ceux d'un raton laveur, et sa salopette était maculée d'argile. S'il avait eu le visage moins rond, on l'aurait pris pour un ramoneur tout droit sorti d'*Oliver Twist*.

— C'est toi qui les as créés ? ai-je demandé, impressionné. Comment ?

— Ce sont des homoncules. Je leur mets quelquefois des têtes de poupées mais, là, j'étais pressé.

— C'est quoi, des homoncules ?

— Des humains miniatures, a-t-il répondu sur un ton dédaigneux, sous-entendant que seul un idiot pouvait l'ignorer.

Le soldat d'argile que j'avais rapporté s'est remis à vagabonder. Enoch l'a repoussé du pied vers le groupe. Ses semblables paraissaient détraqués. Ils se cognaient les uns dans les autres, tels des atomes excités.

— Allez, battez-vous, bande de lavettes ! leur a-t-il commandé.

J'ai soudain compris qu'ils échangeaient des coups de pied et de poing. L'homme errant ne semblait pas disposé à combattre. Voyant qu'il désertait une nouvelle fois, Enoch s'est emparé de lui et lui a arraché les jambes.

— Voilà ce qu'on fait aux insoumis, dans mon armée !

Il a balancé le petit soldat infirme dans l'herbe, où il s'est tortillé de façon grotesque, tandis que les autres se jetaient sur lui.

— Tu traites tous tes jouets comme ça ?

— Pourquoi ? Tu les plains ?

— Je ne sais pas. Je devrais ?

— Non. Sans moi, ils ne seraient pas vivants.

J'ai ri. Enoch m'a étudié en fronçant les sourcils.

— Qu'est-ce qu'il y a de drôle ?

— Tu viens de faire une plaisanterie.

— Tu n'es pas très futé, hein ? a-t-il observé. Regarde ça.

Il a capturé un des soldats et lui a arraché ses vêtements. Puis il l'a sectionné en plein milieu et a ôté de son torse poisseux un cœur minuscule. Le soldat est aussitôt devenu tout mou. Enoch a saisi l'organe entre le pouce et l'index pour me le présenter :

— C'est un cœur de souris. Je suis capable de prendre la vie d'une créature pour l'offrir à une autre. Un être d'argile, comme ce soldat, ou une créature qui a été vivante autrefois, mais qui ne l'est plus.

Il a glissé le cœur dans une poche de sa salopette et m'a indiqué du menton les autres soldats :

— Quand j'aurai trouvé comment les entraîner, j'en ferai toute une armée. En beaucoup plus grands...

Il a levé un bras au-dessus de sa tête pour me donner une idée de leur taille, puis m'a interrogé :

— Et toi, qu'est-ce que tu sais faire ?

— Moi ? Rien de spécial. Je veux dire : rien d'aussi extraordinaire que toi.

— Dommage. Et tu vas quand même venir vivre avec nous ?

À l'entendre, il ne le souhaitait pas particulièrement. C'était de la simple curiosité.

— Je ne sais pas. Je n'y ai pas réfléchi.

C'était un mensonge, bien sûr. J'y avais pensé, plutôt sous forme de rêverie.

Il m'a observé d'un air méfiant.

— Tu n'en as pas envie ?

— Je ne sais pas encore.

Il a hoché lentement la tête, comme s'il venait juste de me comprendre. Puis il s'est penché vers moi et m'a dit à voix basse :

— Emma t'a parlé de « Carnage au village » ?

— « Carnage quoi » ?

Enoch s'est détourné.

— Non, rien. C'est un jeu auquel on joue... à quelques-uns.

Je me suis senti vaguement manipulé.

— Elle ne m'en a pas parlé.

Enoch s'est rapproché de moi.

— Ça ne m'étonne pas. Je parie qu'il y a beaucoup de choses qu'elle préfère que tu ignores sur cet endroit.

— Ah bon ? Pourquoi ?

— Parce qu'alors tu verrais que ce n'est pas aussi génial qu'on essaie de te le faire croire. Et tu ne resterais pas.

— Quel genre de choses ?

— Je ne peux pas te le dire, s'est-il défendu avec un sourire diabolique. Ça pourrait me valoir de gros ennuis.

— Comme tu voudras.

Je me suis levé pour partir. Il m'a retenu par la manche.

— Attends !

— À quoi bon attendre, si tu ne veux rien me dire ?

Il s'est frotté le menton.

— Je n'ai pas le droit de parler, mais je ne peux pas t'empêcher de monter au premier étage et de jeter un coup d'œil dans la chambre, au fond du couloir...

— Qu'y a-t-il à l'intérieur ?

— Mon ami Victor, et il a très envie de te rencontrer. Tu devrais aller discuter avec lui.

— Entendu. J'y vais.

J'ai pris la direction de la maison. Enoch a sifflé pour attirer mon attention. Il a mimé le geste de passer la main sur le chambranle d'une porte et articulé en silence : « la clé ».

— Pourquoi j'aurais besoin d'une clé, s'il y a quelqu'un dans la chambre ?

Il s'est détourné sans répondre.

Je suis entré dans la maison d'un pas nonchalant et j'ai monté l'escalier l'air de rien, comme si j'avais à faire là-haut. J'ai atteint le palier sans avoir rencontré personne et emprunté le couloir jusqu'à la dernière porte. Elle était fermée à clé. J'ai frappé, mais n'ai reçu aucune réponse. Après avoir vérifié si personne ne m'avait vu, j'ai tâtonné au-dessus du chambranle. Et j'ai effectivement trouvé une clé.

La pièce ressemblait à n'importe quelle chambre à coucher, avec une armoire, une commode... Un vase de fleurs fraîchement coupées trônait sur la table de chevet. Le soleil filtrait à travers des rideaux couleur moutarde, baignant la pièce d'une lumière ambrée. J'ai mis un petit moment à remarquer le jeune homme allongé dans le lit, les yeux fermés et la bouche entrouverte, à moitié caché par un rideau de dentelle.

Je me suis figé, craignant de l'avoir réveillé. J'ai reconnu son visage : sa photo figurait dans l'album de Miss Peregrine, mais je ne l'avais jamais croisé aux repas ni ailleurs dans la maison. Sur le cliché, il dormait dans un lit, exactement comme maintenant. Était-il en quarantaine parce qu'il souffrait de la maladie du sommeil ? Enoch essayait-il de me la faire contracter ?

— Bonjour ? ai-je chuchoté. Tu es réveillé ?

Le garçon n'a pas bronché. J'ai posé une main sur son bras et je l'ai secoué doucement. Sa tête a roulé sur le côté.

Une pensée terrible m'a traversé. J'ai approché une main devant sa bouche. Je n'ai pas senti sa respiration. J'ai effleuré ses lèvres ; elles étaient froides comme de la glace. Choqué, j'ai retiré précipitamment la main.

Un bruit de pas derrière moi m'a alerté. J'ai fait volte-face et découvert Bronwyn dans l'embrasure de la porte.

— Tu n'as rien à faire ici ! a-t-elle sifflé.

— Il est mort.

Elle a contemplé le garçon et fait une moue.

— C'est Victor.

Je me suis brusquement rappelé où j'avais vu son visage. C'était le garçon qui soulevait le rocher sur les photos de mon grand-père. Victor était le frère de Bronwyn. Depuis combien de temps était-il mort ? C'était impossible à dire. Dans cette boucle, cinquante ans pouvaient s'écouler, et paraître une seule journée.

— Que lui est-il arrivé ?

— Et si je réveillais ce bon vieux Victor ? a fait une voix derrière nous. Tu pourrais l'interroger directement.

Enoch est entré dans la chambre ; il a refermé la porte derrière lui. Bronwyn l'a regardé avec des yeux pleins d'espoir, les joues baignées de larmes.

— Tu voudrais bien ? Oh, s'il te plaît, Enoch !

— Je ne devrais pas. Je commence à être à court de cœurs, et il en faut un paquet pour réveiller un être humain, même une minute.

Bronwyn est allée caresser du bout des doigts les cheveux du garçon mort.

— S'il te plaît ! a-t-elle imploré. Ça fait une éternité qu'on ne lui a pas parlé.

Enoch a fait mine de réfléchir.

— J'ai bien quelques cœurs de vache en conserve, à la cave... Mais je déteste utiliser des ingrédients de mauvaise qualité. C'est toujours mieux quand ils sont frais.

Bronwyn s'est mise à pleurer pour de bon. Une larme est tombée sur la veste du garçon ; elle s'est empressée de l'essuyer avec sa manche.

— Arrête de chialer ! l'a rabrouée Enoch. Tu sais bien que je ne supporte pas ça. D'ailleurs, c'est cruel de réveiller Victor. Il est bien là où il est.

— Où est-il ? me suis-je informé.

— Qui sait ? À chaque fois qu'on le réveille pour discuter, il est affreusement pressé de repartir.

— Ce qui est cruel, c'est de manipuler Bronwyn ainsi, et de m'avoir fait marcher, ai-je dit. Et, si Victor est mort, pourquoi ne l'enterrez-vous pas, tout simplement ?

Bronwyn m'a toisé avec ironie.

— Parce qu'on ne le verrait plus.

— Ne sois pas dur, l'ami, s'est défendu Enoch. Je t'ai suggéré de monter ici parce que je voulais que tu aies toutes les cartes en main. Je suis de ton côté.

— Ouais ? Et alors... comment Victor est-il mort ?

Bronwyn a levé les yeux.

— Il a été tué par un... Aïe !

Enoch venait de lui pincer le bras.

— Chut ! Ce n'est pas à toi de le dire !

— C'est ridicule ! me suis-je insurgé. Si vous refusez de me répondre, j'irai poser la question à Miss Peregrine.

Enoch a paru effrayé.

— Non, ne fais pas ça !

— Ah bon ? Pourquoi ?

— L'Oiseau n'aime pas qu'on parle de Victor. C'est à cause de lui qu'elle porte du noir en permanence, tu sais... Mais, surtout, elle ne doit pas apprendre qu'on est venus ici. Elle nous pendrait par les orteils !

Comme par hasard, le pas de Miss Peregrine a résonné dans l'escalier. Bronwyn a pâli et est sortie en coup de vent. Enoch allait filer aussi. Je lui ai barré le passage.

— Pousse-toi ! a-t-il sifflé.

— Dis-moi ce qui est arrivé à Victor !

— Je ne peux pas !

— Alors, parle-moi de « Carnage au village ».

— Ça non plus, je ne peux pas.

Il a fait une nouvelle tentative pour me contourner, avant de capituler :

— Bon, d'accord, mais ferme la porte.

J'ai obéi au moment où Miss Peregrine atteignait le palier. Nous sommes restés debout, l'oreille collée au battant, pour vérifier si elle ne nous avait pas entendus. Les pas de la directrice se sont approchés, puis arrêtés à la moitié du couloir. Une porte s'est ouverte en grinçant, et refermée.

— Elle est entrée dans sa chambre, a chuchoté Enoch.

— Alors, « Carnage au village ? »

Enoch a pris un air vaincu et m'a fait signe de m'éloigner de la porte. Je l'ai suivi dans la chambre et me suis penché pour qu'il puisse tout me raconter.

— Comme je te l'ai dit, c'est un de nos jeux. Son nom est assez parlant.

— Vous faites réellement un carnage au village ?

— On écrase tout, on poursuit les gens, on vole ce qui nous plaît, on met le feu. C'est très amusant.

— Mais c'est odieux !

— Il faut bien qu'on exerce nos talents d'une manière ou d'une autre... Au cas où on aurait besoin un jour de se défendre. Sinon, on se rouille. En plus, il y a des règles : on n'est pas autorisé à tuer qui que ce soit. On peut juste leur faire un peu peur. Et, si quelqu'un est blessé, le lendemain il est sur pied et c'est oublié.

— Est-ce qu'Emma joue avec vous ?

— Non. Elle est comme toi. Elle dit que c'est mal.

— Parfaitement !

Il a roulé les yeux.

— Vous vous êtes bien trouvés, tous les deux.

— Qu'est-ce que tu entends par là ?

Il s'est dressé de toute sa hauteur – un mètre soixante – pour m'enfoncer un doigt dans la poitrine.

— N'essaie pas de me donner des leçons. Si on ne se défoulait pas sur ce satané village de temps en temps, on aurait quasiment tous perdu les pédales depuis des lustres.

Il a regagné la porte et posé une main sur la poignée avant de se retourner vers moi :

— Et si tu nous trouves mauvais, attends un peu de voir les autres...

— Qui ça, les autres ? Mais enfin, de qui vous parlez tous ?

Il a mis un doigt sur ses lèvres pour me faire taire, puis il est sorti. De nouveau seul, je me suis approché du corps allongé sur le lit. « Que t'est-il arrivé, Victor ? »

Peut-être était-il devenu fou et s'était-il suicidé. Peut-être était-il tellement écœuré par cette éternité sans avenir qu'il avait avalé de la mort aux rats ou sauté d'une falaise... À moins que ce ne soient « eux », les responsables. « Eux », c'est-à-dire ces autres dangers auxquels Miss Peregrine avait fait allusion.

J'ai quitté la chambre. Je me dirigeais vers l'escalier quand j'ai entendu la voix de Miss Peregrine derrière une porte entrebâillée. Je me suis faufilé dans la pièce voisine, où je suis resté caché jusqu'à ce qu'elle passe devant moi. Alors, j'ai remarqué une paire de bottes posées au pied du lit. Les bottes d'Emma. J'étais dans sa chambre.

Une commode surmontée d'un miroir était adossée à un mur. En face, un secrétaire jouxtait une penderie. C'était la chambre d'une jeune fille ordonnée, qui n'avait rien à dissimuler. Du moins, c'est ce qu'il me semblait, jusqu'à ce que je découvre un carton à chapeau dans la penderie. Il était fermé avec de la ficelle et portait l'inscription suivante, au crayon gras :

Personnel
Correspondance
d'Emma Bloom.
Ne pas ouvrir.

Autant agiter des dessous rouges sous le mufle d'un taureau ! Je me suis assis avec la boîte sur les genoux et j'ai tiré sur la ficelle. Le carton contenait une bonne centaine de lettres, toutes écrites par mon grand-père.

Mon cœur s'est emballé. C'était le genre de trésor que j'espérais trouver lorsque j'avais exploré la ruine de l'orphelinat. Bien sûr, je me reprochais mon indiscrétion. Mais, puisque les habitants de cette maison s'obstinaient à me faire des cachotteries, j'étais bien obligé de chercher la vérité par moi-même.

J'aurais voulu lire toutes les lettres, mais j'avais peur de me faire surprendre. Je me suis donc contenté de les feuilleter, pour avoir une vue d'ensemble. La plupart dataient du début des années 1940, quand Grandpa était soldat. J'en ai déchiffré une au hasard. Elle était longue et assez gnangnan, pleine de serments d'amour et d'allusions embarrassantes à la beauté d'Emma, dans un anglais maladroit (« Tu es belle comme fleur, tu as bonne odeur aussi. Je peux te cueillir ? »).

Dans une autre, je suis tombé sur une photo de lui. Il posait sur une bombe, une cigarette aux lèvres.

Au fil du temps, ses lettres devenaient plus courtes et moins fréquentes. Dans les années 1950, il n'y en avait plus qu'une par an. La dernière était datée d'avril 1963 ; l'enveloppe ne contenait pas de lettre, seulement quelques photos. Deux instantanés d'Emma, qu'il lui renvoyait. Sur la première, la plus ancienne, on la voyait éplucher des pommes de terre en fumant la pipe de Miss Peregrine, visiblement en réponse au cliché de la bombe. La suivante était plus triste. Emma avait dû l'envoyer à Grandpa après être restée un long moment sans nouvelles de lui. La troisième photo – le dernier message qu'il lui ait jamais adressé – montrait mon grand-père adulte, une petite fille dans les bras.

PFFF-t

Ça te rappelle quelque chose ?

Pour ma bombe — Je t'aime, Abe.

J'épluche des patates en rêvant de toi. Reviens vite.
Je t'aime, Ta patate.

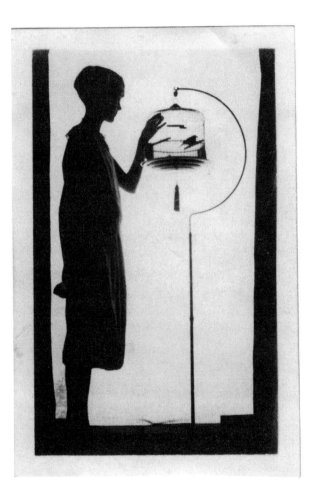

J'ai l'impression d'être en cage sans toi.
Pourquoi ne m'écris-tu pas ?
Je m'inquiète tellement...

Mille baisers, Emma -

VOILÀ POURQUOI

J'ai fixé la dernière photo une bonne minute avant de comprendre qui était la fillette. C'était ma tante Susie, âgée de quatre ans à l'époque. Il n'y avait pas d'autres lettres.

Je me suis demandé combien de temps Emma avait continué à écrire à mon grand-père sans recevoir de réponse, et ce qu'il avait fait de ses missives. Les avait-il jetées ? Rangées quelque part ? C'était sûrement l'une d'elles que mon père et ma tante avaient trouvée quand ils étaient enfants. Ils avaient alors cru, à tort, que leur père était un menteur et un mari infidèle.

J'ai entendu quelqu'un se racler la gorge derrière moi. Je me suis retourné brusquement : Emma, sur le seuil, me fusillait du regard. J'ai piqué un fard et rangé précipitamment les lettres, mais c'était trop tard. J'étais fait comme un rat.

— Je suis désolé. Je ne devrais pas être là.

— À qui le dis-tu ! a-t-elle répondu d'une voix glaciale. Mais je t'en prie, continue ta lecture. Je ne voudrais pas t'interrompre…

Elle s'est approchée de la commode en tapant des pieds, a tiré brutalement un tiroir, qui s'est écrasé par terre.

— Pendant que tu y es, tu n'as qu'à fouiller aussi dans mes sous-vêtements !

— Je suis vraiment désolé ! ai-je répété. Je ne fais jamais ce genre de chose, d'habitude.

— Bien sûr ! Tu es trop occupé à épier les dames derrière leurs fenêtres, je suppose !

Elle est venue se camper devant moi, blême de rage, tandis que je me débattais pour remettre les lettres dans la boîte.

— Il y a une façon de les ranger. Passe-moi ça, tu fais n'importe quoi !

Elle m'a poussé sur le côté pour s'asseoir sur le lit. Puis elle a vidé la boîte par terre et s'est mise à organiser les lettres en tas, à la vitesse d'une employée du tri postal. Je l'ai regardée faire en silence. De toute façon, je n'avais rien à dire pour ma défense.

Lorsque sa colère est un peu retombée, elle m'a lancé :

— Si j'ai bien compris, tu te demandes ce qu'il y avait entre Abe et moi. Tu aurais pu m'interroger, tu sais.

— Je ne voulais pas mettre mon nez dans tes affaires.

— C'est réussi.

— Ouais.

— Alors ? Qu'est-ce que tu veux savoir ?

J'ai réfléchi. Par où commencer ?

— Ben, juste... ce qui s'est passé.

— C'est ça. On tire un trait sur tous les moments agréables, et on va directement à la fin. C'est tout simple, en fait. Il est parti. Il m'a dit qu'il m'aimait et m'a promis de revenir un jour. Mais il n'est jamais revenu.

— Il était obligé, non ? Pour se battre ?

— Obligé ? Je ne sais pas. Il ne supportait pas l'idée de rester là, à l'abri, pendant que son peuple se faisait massacrer. Il prétendait que c'était son devoir d'aller combattre aux côtés des siens. J'en ai déduit que, pour lui, le devoir comptait davantage que moi. Bref, j'ai attendu. J'ai attendu et je me suis fait un sang d'encre pendant toute cette fichue guerre. Je tremblais chaque fois que je recevais une lettre, de peur que ce soit un avis de décès. Quand la guerre s'est enfin terminée, il m'a annoncé qu'il ne pouvait pas revenir, qu'il deviendrait fou à lier. Il prétendait qu'il avait appris à se défendre et qu'il n'avait plus besoin d'une nounou comme l'Oiseau pour veiller sur lui. Il a fui vers l'Amérique, affirmant qu'il allait nous trouver une maison là-bas et qu'ensuite il viendrait me chercher. Alors, j'ai encore attendu. Tellement que, si j'étais partie le rejoindre, j'aurais eu quarante ans. Mais entre-temps, il a rencontré une femme ordinaire, et il l'a épousée. Fin de l'histoire...

— Je suis désolé. Je n'en savais rien.

— Ça fait longtemps. J'y pense à peine.

— Tu lui en veux d'être coincée ici ?

Elle m'a lancé un regard acéré.

— Qui te dit que je suis coincée ?

Puis elle a soupiré.

— Non, je ne lui en veux pas. Il me manque, c'est tout.

— Encore maintenant ?

— Chaque jour.

Elle a terminé de trier les lettres et refermé la boîte.

— Voilà, tu sais tout. Toute ma vie amoureuse tient dans ce carton poussiéreux...

Elle a pris une profonde inspiration, fermé les yeux et pincé l'arête de son nez. Une fraction de seconde, j'ai entrevu la vieille femme dissimulée derrière ses traits délicats. Mon grand-père lui avait brisé le cœur et, après toutes ces années, la blessure n'avait toujours pas cicatrisé.

J'ai eu envie de lui passer un bras autour des épaules, mais quelque chose m'a retenu. J'avais fait la connaissance d'une jeune femme belle, drôle et fascinante, qui – ô miracle ! – semblait m'apprécier. Mais je venais de comprendre que ce n'était pas moi qui lui plaisais. Je n'étais que la doublure de mon grand-père. Cela suffisait à calmer mes ardeurs. Certains mecs prétendent qu'ils seraient incapables de sortir avec l'ex d'un copain ; ils trouvent ça choquant. Selon leurs critères, sortir avec l'ex de son grand-père friserait probablement l'inceste.

L'instant d'après, Emma a posé une main sur mon bras, la tête sur mon épaule, et j'ai senti son menton avancer vers le mien. Même si je n'étais pas un expert en langage corporel, le message était assez clair : « Embrasse-moi. » Dans quelques secondes, je devrais faire un choix : lui donner un baiser ou la vexer en reculant. Or, je l'avais déjà blessée une fois. Ce n'est pas que je ne voulais pas l'embrasser. En fait, j'en avais très envie… mais pas à quelques centimètres des lettres d'amour que lui avait envoyées mon grand-père, et qu'elle conservait telles des reliques.

Quand sa joue a effleuré la mienne, j'ai dit le premier truc qui m'est passé par la tête :

– Il y a quelque chose entre Enoch et toi ?

Elle s'est écartée brusquement et m'a regardé comme si je lui avais suggéré de cuisiner des chiots pour le dîner.

– Quoi ? Certainement pas ! D'où sors-tu cette idée saugrenue ?

— De lui. Il est plein de rancœur quand il parle de toi, et j'ai l'impression de m'incruster dans son jeu. Il n'est pas content de me voir traîner dans les parages.

— Primo, il n'a pas de « jeu » où tu pourrais t'« incruster ». Et, secundo, c'est un idiot jaloux et un menteur.

— Vraiment ?

— Vraiment quoi ?

— C'est vraiment un menteur ?

Elle a plissé les yeux.

— Pourquoi ? Quelles sottises a-t-il bien pu te raconter ?

— Emma, qu'est-il arrivé à Victor ?

Elle a paru ébranlée. Puis elle a secoué la tête et murmuré :

— Quel imbécile égoïste !

— Il y a une chose dont personne ne veut me parler, ai-je insisté. De quoi s'agit-il ?

— Je ne peux pas te le dire.

— Je n'entends que ça ! Je n'ai pas le droit de parler de l'avenir, on vous interdit de parler du passé. Miss Peregrine nous a tous muselés. Le dernier souhait de mon grand-père était que je vienne ici, pour découvrir la vérité. Est-ce que ça ne signifie rien pour toi ?

Elle m'a pris la main, l'a posée sur ses genoux et l'a contemplée. Elle semblait chercher les mots justes.

— Tu as raison, a-t-elle fini par admettre. Il y a quelque chose...

— Dis-moi.

— Pas maintenant, a-t-elle chuchoté. Ce soir.

Nous avons convenu de nous retrouver plus tard dans la soirée, lorsque mon père et Miss Peregrine seraient endormis. Pour Emma, c'était la seule solution : ici, les murs avaient des oreilles, et nous ne pouvions pas nous éclipser ensemble pendant la journée sans éveiller les soupçons. Pour cultiver l'illusion que nous n'avions rien à cacher, nous avons passé le reste de l'après-midi à flâner dans le jardin, à la vue de tous. Au coucher du soleil, j'ai repris seul la direction du marais.

\*

\* \*

Au XXI$^e$ siècle, il continuait à pleuvoir. J'ai retrouvé le pub avec soulagement, heureux de me mettre à l'abri. Mon père était attablé devant une bière, seul. J'ai tiré la chaise face à lui et brodé sur le thème de ma journée, tout en m'essuyant la figure avec des serviettes en papier. Avec un peu d'entraînement, mentir était de plus en plus facile. De toute façon, papa m'écoutait à peine.

— Ouais, c'est intéressant…, disait-il entre deux gorgées de bière, le regard perdu dans le vague.

— Qu'est-ce qui t'arrive ? Tu es encore fâché contre moi ?

— Non, non, ça n'a rien à voir.

Il allait me donner une explication, mais il s'est ravisé :

— Bah… C'est ridicule.

— Allez, papa. S'il te plaît.

— C'est juste... Ce type qui s'est pointé, il y a deux jours. Un autre ornithologue.

— Quelqu'un que tu connais ?

Papa a secoué la tête :

— Je ne l'ai jamais vu. J'ai d'abord pensé à un vulgaire amateur, mais je n'arrête pas de le croiser : on va sur les mêmes sites, dans les mêmes zones de nidation. Il prend des notes. C'est clair qu'il sait ce qu'il fait. Tout à l'heure, il avait une cage et une paire de Predator, preuve que c'est un pro.

— Des Predator ?

— Des jumelles. Des optiques de pro.

Il a chiffonné, puis lissé son set de table en papier à trois reprises. Un tic nerveux.

— Je pensais avoir un *scoop* avec cette population d'oiseaux, tu vois ? Je voulais vraiment faire un livre exceptionnel.

— Et voilà cet abruti qui débarque.

— Jacob !

— Oh, pardon ! Je voulais dire : cet empaffé !

Mon père a éclaté de rire.

— Merci, mon grand. Ça va aller.

— Ton livre sera exceptionnel.

— Je ne sais pas, a-t-il avoué en haussant les épaules. J'espère...

Il n'avait pas l'air très sûr de lui.

Je prévoyais déjà la suite des évènements. Je connaissais trop bien ce cycle dont il était prisonnier. Papa se prenait de passion pour un projet, en parlait non-stop pendant des mois. Puis un obstacle se dressait sur son chemin, mettait du sable dans les rouages. Alors, il se décourageait. Il abandonnait son projet, passait au suivant, et ainsi de suite. C'est pourquoi une dizaine de manuscrits inachevés dormaient dans les tiroirs de son bureau. Pourquoi l'oisellerie qu'il voulait ouvrir avec tante Susie n'avait jamais vu le jour. Et pourquoi il avait un diplôme supérieur en langues asiatiques, sans avoir jamais mis les pieds en Asie. À quarante-six ans, il se cherchait encore, tout en essayant de prouver qu'il n'était pas dépendant financièrement de ma mère.

Il avait clairement besoin d'encouragements. Comme je ne me sentais pas qualifié pour le remotiver, j'ai préféré changer subtilement de sujet :

— Où il loge, ce pot de colle ? Je croyais qu'on occupait les seules chambres disponibles sur l'île.

— Il doit camper.

— Par ce temps ?

— C'est fréquent chez les mordus d'ornithologie. Ils prétendent que vivre à la dure te rapproche de ton sujet d'étude, physiquement et psychologiquement. De pures inepties.

J'ai ri.

— Alors, pourquoi tu n'es pas dehors ? l'ai-je taquiné.

J'ai aussitôt regretté mes paroles.

— Pour la raison qui fait que mon livre ne verra jamais le jour, a répondu mon père, plein d'amertume. Il y a toujours quelqu'un de plus zélé que moi.

Je me suis tortillé sur ma chaise, mal à l'aise.

— Ce n'est pas ce que je voulais dire. Je...

— Chut !

Papa s'est raidi ; il a jeté un coup d'œil furtif vers la porte.

— Regarde discrètement. Il vient d'entrer.

Je me suis caché derrière le menu pour voir sans être vu. Un grand barbu débraillé se tenait sur le seuil, tout dégoulinant de pluie. Il portait un chapeau de marin, des lunettes noires et plusieurs vestes superposées qui lui donnaient une certaine corpulence et accentuaient son allure de clochard.

— J'adore le look Père Noël SDF, ai-je soufflé. Pas facile à porter. Très avant-gardiste.

Papa n'a pas relevé. L'homme s'est approché du bar et le volume des conversations a baissé d'un cran. Kev lui a demandé ce qu'il voulait boire, puis il a disparu dans la cuisine. Le type a attendu, le regard fixé devant lui. Au bout d'une minute, Kev est revenu avec un sac en plastique. L'homme a posé quelques billets sur le comptoir et regagné la porte avec sa commande. Avant de sortir, il s'est retourné pour scruter longuement la salle.

— Qu'est-ce qu'il a commandé ? a crié mon père dès que la porte s'est refermée.

— Des steaks, a répondu Kev. Comme il se fichait de la cuisson, il les a eus bien saignants. Dix secondes de chaque côté. Et qu'il ne vienne pas se plaindre !

Des habitués ont grogné un commentaire, puis les conversations ont repris leur volume normal.

— Du steak cru, ai-je fait remarquer à mon père. C'est un peu bizarre, même pour un ornithologue, non ?

— C'est peut-être un crudivore.

— Ouais, c'est ça. Ou alors il en a marre du sang des agneaux.

Papa a roulé les yeux.

— Il a sûrement un réchaud à gaz. Il préfère cuire ses aliments lui-même.

— Sous la pluie ? Et pourquoi tu le défends, d'abord ? Je croyais que c'était ton ennemi juré.

— Je ne m'attends pas à ce que tu me comprennes, a-t-il soupiré. Mais j'apprécierais que tu ne te moques pas de moi.

Sur ces mots, il s'est levé pour aller au bar.

*
* *

Quelques heures plus tard, mon père est monté à l'étage en titubant, l'haleine empestant l'alcool. Il s'est affalé sur son lit et s'est endormi instantanément. Si son sommeil était aussi profond que le suggéraient ses ronflements, je pouvais filer tranquille. J'ai pris mon manteau et je suis parti rejoindre Emma.

Dans les rues désertes, le silence était tel qu'on entendait presque tomber la rosée. De fins nuages s'étiraient dans le ciel et la lune était juste assez lumineuse pour éclairer le chemin. Alors que je franchissais la crête, j'ai soudain eu une sensation désagréable. J'ai contemplé le paysage. Un homme m'observait, debout dans un pré voisin. Il avait les mains à la hauteur du visage et les coudes écartés, comme s'il tenait des jumelles. Probablement un berger qui montait la garde près de ses moutons.

Mon premier réflexe a été de me dire : « Mince, je suis repéré. » Le guetteur n'a pas bronché. Je l'ai fixé aussi, hésitant.

Puis je me suis fait une raison : que je continue ou que je rebrousse chemin, la nouvelle de mon escapade nocturne parviendrait aux oreilles de mon père. Autant poursuivre. J'ai salué le type d'un geste et je me suis enfoncé dans le brouillard glacé.

De l'autre côté du cairn, le ciel était limpide. La lune, incroyablement lumineuse, ressemblait à un gros ballon jaune. Au bout de quelques minutes, Emma est arrivée en pataugeant dans le marais. Elle s'est excusée pour son retard et m'a noyé sous un flot de paroles :

— Les petits ont mis des siècles à aller au lit ! Au moment où je sortais, j'ai surpris Hugh et Fiona qui se bécotaient dans le jardin. Mais ne t'inquiète pas : ils m'ont promis de ne rien dire, à condition que je garde leur secret.

Elle s'est pendue à mon cou.

— Tu m'as manqué ! Pardon pour tout à l'heure.

Je lui ai tapoté maladroitement le dos.

— Non, c'est moi qui suis désolé. Alors, discutons…

Elle s'est reculée.

— Pas ici. Je connais un meilleur endroit. Un endroit exceptionnel.

— Je ne sais pas...

Elle m'a pris la main.

— Allez... Tu vas adorer, j'en suis sûre ! Et, une fois là-bas, je te dirai tout.

Ça sentait la ruse pour m'inciter à sortir avec elle. Si j'avais été plus vieux, plus expérimenté, ou si j'avais eu l'habitude d'être dragué par des filles aussi craquantes, j'aurais peut-être exigé des explications ici et maintenant. Mais je n'étais rien de tout cela, et le courage m'a manqué. En plus, elle avait cette façon de me dévisager, admirative, avec un sourire rayonnant... Et cette manie de glisser une mèche de cheveux derrière son oreille. J'étais prêt à l'aider, à faire tout ce qu'elle me demanderait... En un mot, j'étais conquis !

« Je l'accompagne, mais je ne l'embrasse pas », ai-je décidé. Je me suis répété cette résolution comme un mantra, tandis qu'elle me guidait à travers le marais. « Je ne l'embrasse pas ! Je ne l'embrasse pas ! » Elle m'a entraîné vers la ville et bifurqué sur le sentier escarpé qui descendait à la petite plage rocheuse, face au phare.

En arrivant au bord de l'eau, elle m'a ordonné de l'attendre et elle est partie en courant chercher quelque chose. J'ai patienté en contemplant le phare, dont le puissant faisceau éclairait par intermittence les colonies d'oiseaux de mer nichées dans les trous de la falaise, de gros rochers découverts par la marée basse, et une embarcation pourrie à demi ensevelie dans le sable.

Emma est réapparue en maillot de bain, équipée d'un masque de plongée. Elle m'en a tendu un second.

— Ah non ! Pas question.

— Tu devrais quand même te déshabiller, a-t-elle insisté en regardant mon jean et mon blouson d'un air dubitatif. Ça ne va pas être pratique pour nager.

— Je n'ai aucune intention de nager ! Si j'ai accepté de te retrouver au milieu de la nuit, c'est seulement pour parler, pas pour...

— On va parler.

— Sous l'eau ? En caleçon ?

Elle m'a balancé du sable du bout du pied et s'est éloignée de quelques pas avant de revenir :

— Je ne vais pas t'agresser, si c'est ce qui t'inquiète. Ne rêve pas.

— Je ne rêve pas.

— Alors, arrête de lambiner et retire ton pantalon !

Après quoi, elle m'a littéralement agressé. Elle m'a jeté par terre et a essayé de me détacher ma ceinture d'une main, tout en me lançant du sable dans le visage de l'autre.

— Bouarf ! Traîtresse !

J'ai riposté, et bientôt la situation a dégénéré en pugilat. Puis nous avons déclaré une trêve, et passé un moment à tenter, en vain, de retirer le sable de nos cheveux.

— Voilà ! Maintenant, tu as besoin d'un bon bain.

— OK, je me rends.

L'eau m'a paru glaciale au début, mais je me suis rapidement habitué à sa température. Nous avons nagé jusqu'aux rochers. Juste derrière, un canoë était arrimé à une bouée. Emma s'est hissée à bord, puis m'a aidé à monter. Elle m'a tendu une rame et nous avons pagayé en direction du phare. La nuit était tiède et la mer calme. Je me suis laissé bercer par le clapotis de l'eau. À une centaine de mètres du phare, Emma a cessé de ramer. Elle s'est levée et a enjambé le bord de l'embarcation. À ma grande surprise, elle n'a pas disparu dans les flots. L'eau lui arrivait aux genoux.

— Tu es sur un banc de sable ?

— Non.

Elle a fouillé au fond du canoë, d'où elle a sorti une petite ancre. Celle-ci a coulé sur environ un mètre avant d'émettre un « clang » métallique. Peu après, le phare a éclairé la mer devant nous. J'ai vu que nous étions sur la coque d'un bateau.

— On est sur une épave !

— Viens, on est presque arrivés. Prends ton masque.

Emma s'est éloignée sur le bateau naufragé. J'ai quitté l'embarcation avec mille précautions pour la rejoindre. Un observateur resté sur la côte aurait pu croire que nous marchions sur l'eau.

— C'est grand comme quoi, ce truc ? ai-je demandé.

— Immense. C'est un vaisseau de guerre allié. Il a sauté sur une mine et coulé ici. Ne regarde pas le phare pendant quelque temps. Laisse tes yeux s'habituer à l'obscurité.

Nous nous sommes tournés face à la côte et nous avons attendu. De petites vagues nous léchaient les cuisses.

— Très bien, a fait Emma au bout d'un moment. Maintenant suis-moi. N'oublie pas de prendre une grande inspiration.

Elle s'est approchée d'un trou sombre dans la coque du bateau, probablement une porte. Elle s'est assise sur le bord et a plongé.

« C'est dingue », ai-je pensé, juste avant d'enfiler le masque et de plonger derrière elle.

En scrutant l'obscurité entre mes pieds, j'ai vu qu'Emma descendait une échelle. J'ai empoigné le premier barreau et je l'ai suivie jusqu'à une surface plane, métallique. J'ai supposé que nous étions dans la soute du cargo, mais il faisait trop sombre pour distinguer ce qui nous entourait. J'ai saisi le coude d'Emma et fait le geste des plongeurs, pour indiquer que j'avais besoin de respirer.

Elle m'a tapoté le bras avec condescendance et a pris un tuyau en plastique qui pendait non loin de là. Il était relié à une canalisation remontant le long de l'échelle, jusqu'à la surface. Emma a mis le tube dans sa bouche et soufflé fort. Puis elle a aspiré une goulée d'air et m'a passé le tuyau. J'ai inspiré à mon tour, sidéré. Nous étions à cinq mètres sous l'eau, dans une vieille épave, et nous respirions !

Emma a désigné une porte en face de nous : un trou noir dans la purée de pois. J'ai secoué la tête pour refuser. Elle m'a pris par la main comme un bambin effrayé et m'a guidé vers le trou en emportant le tube.

De l'autre côté de la porte, l'obscurité était complète. Le silence était profond, troublé seulement par le bruit des bulles, et des coups sourds provenant de l'intérieur du bateau. Sûrement des morceaux de la coque brisée qui cognaient dans le courant. Je me sentais comme un astronaute flottant dans un univers sans étoile.

Et soudain j'ai assisté à un spectacle aussi magnifique que stupéfiant. Une à une, des étoiles se sont allumées dans l'obscurité. De petits éclairs verts, ici et là... J'ai d'abord cru que j'étais victime d'une hallucination. Mais les étoiles étaient de plus en plus nombreuses et, bientôt, une véritable galaxie a surgi, éclairant nos corps et nos masques. Emma a agité le poignet. Au lieu de produire une boule de feu, sa main s'est mise à luire d'un bleu scintillant. Les étoiles vertes se sont rassemblées autour d'elle ; elles reproduisaient ses mouvements. Des poissons !

J'étais tellement émerveillé que j'ai perdu toute notion du temps. Les quelques minutes que nous avons passées dans cette cale obscure m'ont paru des heures. Nous avons rebroussé chemin et remonté l'échelle.

En sortant la tête de l'eau, j'ai vu la Voie lactée, blanche et nette dans le ciel nocturne, et j'ai songé qu'ensemble, poissons et étoiles formaient un système complet : les parties d'un tout ancien et mystérieux.

Nous nous sommes hissés sur l'épave et nous avons retiré nos masques. Puis nous sommes restés longtemps assis dans l'eau, l'un contre l'autre, sans parler.

— Qu'est-ce que c'était ? ai-je fini par lâcher.

— On les appelle des poissons-lanternes, ou étincelles.

— Je n'en avais encore jamais vu.

— La plupart des gens ne les voient pas. Ils se cachent.

— Ils sont magnifiques.

— Oui.

— Et particuliers.

Emma a souri :

— Oui, ça aussi.

Elle m'a posé une main sur le genou. Je l'ai laissée, parce que son contact était chaud et agréable dans l'eau froide. La voix dans ma tête qui me commandait de ne pas l'embrasser s'était tue. Alors, nous nous sommes embrassés. Au contact des lèvres d'Emma, de sa joue blanche et parfaite, j'ai cessé de me demander si c'était bien ou mal. J'ai même oublié la raison pour laquelle je l'avais suivie jusqu'ici. Nous avons échangé un long baiser fougueux. Emma s'est écartée de moi. J'ai suivi son visage avec le mien. Elle m'a posé une main sur la poitrine, à la fois douce et ferme :

— Laisse-moi respirer, idiot.

J'ai ri.

— D'accord.

Elle m'a pris les mains et m'a regardé. Je lui ai rendu son regard. C'était presque plus intense que de s'embrasser. Puis elle a déclaré :

— Tu devrais rester.

— Rester ?

— Ici. Avec nous.

Ses paroles ont cheminé jusqu'à mon cerveau. La magie de l'instant s'est estompée.

— J'aimerais bien, mais je ne peux pas...

— Pourquoi ?

J'ai pesé le pour et le contre. D'un côté, le soleil, les fêtes, les amis... De l'autre, la monotonie de ces journées, toutes parfaitement identiques. On se lasse même des bonnes choses quand on en a trop. J'ai songé à tous ces objets de luxe que ma mère rapportait à la maison et dont elle se désintéressait aussitôt.

Mais Emma. Il y avait Emma. Je pourrais peut-être passer un moment dans la boucle, le temps que durerait notre aventure, et rentrer chez moi ensuite... Non ! Lorsque je voudrais partir, il serait trop tard. Emma était ensorcelante comme une sirène. Je devais être fort.

— C'est Abe que tu veux, pas moi. Je ne peux pas le remplacer.

Elle a détourné le regard, blessée.

— Ce n'est pas pour cela que tu dois rester. Ta place est ici, Jacob.

— Non. Je ne suis pas comme toi.

— Si.

— Non. Je suis ordinaire, comme mon grand-père.

Emma a secoué la tête :

— Tu le crois vraiment ?

— Si j'étais capable de faire quelque chose de spectaculaire, je l'aurais quand même remarqué, à l'heure qu'il est.

— Je ne suis pas censée te l'avouer, mais les gens ordinaires ne peuvent pas entrer dans les boucles temporelles.

J'ai réfléchi à ce qu'elle venait de dire. Sans comprendre.

— Je n'ai rien de particulier. Je suis la personne la plus ordinaire que tu rencontreras jamais.

— Permets-moi d'en douter. Abe avait un talent rare, que presque personne d'autre ne possède.

Elle a attendu de croiser mon regard pour achever :

— Il voyait les monstres.

# CHAPITRE NEUF

« l voyait les monstres. » Au moment où Emma a prononcé ces mots, un flot de souvenirs atroces, que je croyais enfouis au plus profond de moi, a brusquement refait surface. Ainsi, les monstres existaient ! Ils existaient et ils avaient tué mon grand-père.

— Moi aussi, je les vois, ai-je avoué à voix basse, comme si c'était un secret honteux.

Les yeux pleins de larmes, Emma m'a enlacé :

— Dès le début, j'ai su que tu étais particulier. De ma part, tu peux prendre ça pour un immense compliment...

Depuis toujours, je me sentais différent, mais je n'aurais jamais imaginé avoir un quelconque talent. Cela expliquait que Ricky n'ait rien distingué dans la forêt, le soir où Grandpa avait été tué. Et pourquoi tout le monde me croyait fou. Je n'étais pas fou, je n'avais pas de visions, je ne souffrais pas de stress aigu. Cette sensation de panique qui me tordait le ventre lorsqu'ils étaient dans les parages, et la faculté de voir ces êtres de cauchemar... C'était cela, mon talent.

— Vous ne les voyez pas du tout ? me suis-je étonné.

— Seulement leurs ombres, a répondu Emma. C'est pourquoi ils chassent principalement la nuit.

— Qu'est-ce qui les empêche de s'en prendre à toi, là maintenant ?

Je me suis aussitôt corrigé :

— Je veux dire : de s'en prendre à nous.

— Ils ne savent pas où nous trouver. Et ils ne peuvent pas pénétrer dans les boucles. On est en sécurité sur l'île.

— Mais Victor est parti, n'est-ce pas ?

Elle a hoché tristement la tête.

— Il disait qu'il devenait dingue ici. Qu'il ne pouvait plus supporter cette vie. Pauvre Bronwyn. Mon Abe aussi est parti. Mais, au moins, il n'a pas été assassiné par les monstres.

Je me suis forcé à la regarder.

— Je suis désolé de devoir te révéler ça, mais...

— Quoi ? Oh, non !

— La police a essayé de me convaincre qu'il avait été attaqué par des animaux sauvages. Si ce que tu dis est vrai, ce sont les monstres qui ont tué mon grand-père. La première — et la seule — fois où j'en ai vu un, c'est la nuit où il est mort.

Emma a ramené les genoux contre sa poitrine et fermé les yeux. J'ai passé un bras autour de sa taille. Elle a incliné la tête contre la mienne.

— J'étais sûre qu'ils finiraient par l'avoir, a-t-elle chuchoté. Il m'avait promis qu'il serait en sécurité en Amérique. Qu'il avait les moyens de se protéger. Mais aucun de nous n'est jamais à l'abri. Pas vraiment...

Nous avons continué à discuter, assis sur la coque du navire naufragé, jusqu'à ce que la lune descende dans le ciel. L'eau nous arrivait au cou. Emma s'est mise à frissonner. Alors, main dans la main, nous avons regagné le canoë. En ramant vers la plage, nous avons entendu des cris. On nous appelait. Après avoir contourné les rochers, nous avons aperçu Hugh et Fiona, qui nous faisaient de grands signes depuis la plage. Même de loin, il était évident que quelque chose clochait.

Nous avons arrimé notre embarcation et couru à leur rencontre. Hugh était hors d'haleine. La nuée d'abeilles qui l'entourait reflétait son agitation.

— Vite ! Il s'est passé quelque chose de grave.

L'heure n'était pas aux questions. Emma a enfilé ses vêtements par-dessus son maillot de bain et j'ai sauté dans mon pantalon plein de sable. Hugh m'a lancé un coup d'œil dubitatif, avant de lâcher :

— Il ne peut pas nous accompagner. C'est sérieux.

— Si, a fait Emma. L'Oiseau avait raison. Il est des nôtres.

Hugh l'a regardée bouche bée.

— Tu lui as dit ?

— J'étais obligée. De toute manière, il avait déjà presque tout compris.

Hugh a paru désarçonné. Puis il s'est tourné vers moi et m'a donné une poignée de main amicale.

— En ce cas, bienvenue dans la famille !

Je l'ai remercié.

Nous avons couru sur tout le chemin du retour. Quand nous nous sommes arrêtés dans les bois pour reprendre notre souffle, Hugh nous a confié :

— Une des amies ombrunes de l'Oiseau est arrivée à tire-d'aile, il y a une heure environ. Elle était dans un état effroyable. Elle a réveillé tout le monde avec ses cris, mais elle s'est évanouie avant qu'on ait pu la comprendre.

Il s'est tordu les mains, l'air désespéré.

— Je suis sûr qu'il s'est passé quelque chose de terrible.

— J'espère que tu te trompes, a dit Emma.

Nous sommes repartis en courant.

\*

\* \*

Dans le hall, des enfants en pyjama ou chemise de nuit chiffonnés étaient blottis autour d'une lampe à pétrole, devant la porte fermée du salon. Ils discutaient à voix basse.

— Ils ont peut-être oublié de renouveler leur boucle, suggérait Claire.

— Je te parie que c'est des monstres, disait Enoch. Ils les ont tous dévorés !

Claire et Olive se sont pris le visage dans les mains en gémissant. Horace s'est agenouillé près d'elles et leur a dit d'une voix réconfortante :

— Allons, allons ! Ne laissez pas Enoch vous farcir la tête de sottises. Chacun sait que les monstres préfèrent les enfants. Ils ont relâché l'amie de Miss Peregrine parce qu'elle a goût de vieux marc de café.

Olive l'a fixé à travers ses doigts.

— Et les enfants, ils ont quel goût ?

— Ils ont goût d'airelles, a-t-il déclaré sans se démonter.

Les fillettes se sont remises à pleurer.

— Imbécile ! a crié Hugh.

Un essaim de guêpes a fondu sur Horace, qui s'est sauvé en glapissant.

— Que se passe-t-il ? a grondé Miss Peregrine depuis le salon. Monsieur Apiston, est-ce vous que j'entends ? Où sont Miss Bloom et M. Portman ?

Emma a grimacé et regardé Hugh avec inquiétude.

— Elle est au courant ?

— Quand elle s'est aperçue que tu n'étais pas là, elle a paniqué. Elle a cru que tu avais été enlevée par des estres. Désolé, Em. J'ai été obligé de lui dire.

Emma a secoué la tête. Nous n'avions pas d'autre choix que d'entrer dans le salon pour nous faire sonner les cloches. Fiona nous a adressé un signe d'encouragement et nous avons ouvert les portes.

Le salon était éclairé seulement par le feu qui flambait dans la cheminée. Devant l'âtre, Bronwyn s'affairait près d'une vieille femme blottie dans une couverture, qui gisait sur un fauteuil, à demi consciente. Miss Peregrine, assise à son côté, tentait de lui faire avaler un liquide brun à la petite cuillère.

Emma s'est figée en reconnaissant la vieille dame.

— Oh, mon Dieu ! a-t-elle soufflé. C'est Miss Avocette.

À mon tour, j'ai identifié la femme de la photo que m'avait montrée Miss Peregrine. Sur le cliché, Miss Avocette m'avait paru solide ; rien à voir avec la frêle créature affalée devant nous.

Miss Peregrine a porté une flasque d'argent aux lèvres de la vieille ombrune et l'a inclinée. Un bref instant, celle-ci s'est ranimée. Elle s'est assise toute droite sur son fauteuil, les yeux brillants. Mais presque aussitôt son regard s'est éteint. Elle s'est laissée retomber contre le dossier. Miss Peregrine a hélé Bronwyn :

— Miss Bruntley, allez préparer la méridienne pour Miss Avocette. Et rapportez une bouteille de vin de coca et une autre flasque de brandy.

Bronwyn est sortie à la hâte, nous saluant au passage d'un hochement de tête. Puis Miss Peregrine s'est tournée vers nous et a dit d'une voix sourde :

— Vous m'avez déçue, Miss Bloom. Infiniment déçue ! Vous avez bien choisi votre nuit pour vous éclipser.

— Je suis désolée, Miss. Comment aurais-je pu deviner qu'il se passerait quelque chose ?

— Je devrais vous punir. Mais, étant donné les circonstances, je ne prendrai pas cette peine.

Elle a caressé les cheveux blancs de la vieille dame.

— Miss Avocette n'aurait jamais quitté ses pupilles s'il ne s'était pas produit un drame.

La chaleur de la cheminée faisait perler des gouttes de sueur à mon front. Pourtant, Miss Avocette grelottait. Allait-elle mourir ?

Le moment était sans doute très mal choisi pour aborder le sujet, mais j'étais aveuglé par la colère. Je n'ai pas pu me retenir.

— Miss Peregrine ?

Elle a levé les yeux.

— Quand aviez-vous prévu de m'avertir ?

Elle allait me demander de quoi je parlais, quand elle a croisé le regard d'Emma et lu la réponse sur son visage. Elle a d'abord paru fâchée. Puis elle a senti ma fureur et s'est calmée.

— Bientôt, mon garçon. Je vous en prie, essayez de me comprendre. Si je vous avais tout dévoilé dès notre première rencontre, cela vous aurait causé un choc terrible. Votre comportement était imprévisible. Vous auriez pu fuir et ne jamais revenir. Je ne pouvais pas prendre ce risque.

— Vous avez donc préféré me séduire avec de bons repas et une jolie fille, pendant que vous me cachiez tous les mauvais côtés.

Emma a ouvert la bouche en grand.

— Te séduire ? Oh, je t'en prie, Jacob, ne te fais pas cette idée-là de moi. Je ne pourrais pas le supporter.

— Vous vous méprenez sur nos intentions, a enchaîné Miss Peregrine. Nous vous avons simplement invité à partager notre mode de vie. Il n'y a eu aucune tromperie. Je me suis contentée de passer quelques faits sous silence.

— Eh bien, moi aussi, j'ai un « fait » à vous révéler, ai-je riposté. L'une de ces créatures a tué mon grand-père !

Miss Peregrine a fixé les flammes.

— Je suis infiniment désolée de l'apprendre, a-t-elle fini par lâcher.

— Je l'ai vue de mes propres yeux. Quand j'en ai parlé autour de moi, les gens ont essayé de me convaincre que j'étais fou. Sauf que je n'étais pas fou, et mon grand-père non plus. Toute sa vie, il m'a dit la vérité, mais je ne l'ai pas cru.

Soudain, la honte m'étouffait.

— Si je l'avais cru, il serait peut-être encore vivant.

Miss Peregrine a vu que je tremblais ; elle m'a invité à m'asseoir en face de Miss Avocette. J'ai obéi ; Emma s'est accroupie près de moi :

— Abe devait savoir que tu étais particulier. Je suppose qu'il avait une bonne raison de ne pas te le révéler.

— Il le savait, effectivement, a confirmé Miss Peregrine. Il me l'a dit dans une lettre.

— Je ne comprends pas. Pourquoi a-t-il gardé le secret jusqu'à son dernier souffle ?

Miss Peregrine a versé une nouvelle cuillerée de brandy dans la bouche de Miss Avocette. La vieille dame a grogné ; elle s'est redressée légèrement avant de retomber dans le fauteuil.

— J'imagine qu'il voulait vous protéger. La vie des particuliers est une succession d'épreuves et de deuils. Celle d'Abe l'a été à double titre, car il est né Juif à la pire des périodes. Il a été confronté à un double génocide : celui des Juifs par les nazis et celui des particuliers par les sépulcreux – c'est le nom que nous donnons aux monstres. Se cacher ici pendant que ses semblables étaient assassinés lui était insupportable. La guerre a mis fin au règne des nazis, mais les sépulcreux ont gagné en puissance. Alors, nous sommes restés à l'abri. Cependant, le conflit avait transformé Abe. Il était devenu un autre homme, un combattant déterminé à se construire une vie à l'extérieur de la boucle.

– Je l'ai supplié de ne pas aller en Amérique, a dit Emma. Nous l'avons tous imploré.

– Pourquoi a-t-il choisi ce pays ?

– On y trouvait peu de sépulcreux en ce temps-là, a répondu Miss Peregrine. Après la guerre, de nombreux particuliers ont fui vers l'Amérique. La plupart se faisaient passer pour des gens ordinaires, comme votre grand-père. Être ordinaire, mener une vie ordinaire était son vœu le plus cher. Il l'évoquait souvent dans ses lettres. Il voulait vous offrir ce qu'il n'avait jamais pu avoir lui-même.

– La possibilité d'être ordinaire, ai-je complété.

Miss Peregrine a hoché la tête.

– Abe était prisonnier de sa particularité. Son talent si rare, s'ajoutant aux prouesses qu'il avait accomplies pendant la guerre, le rendaient précieux pour ses semblables. On le pressait souvent de reprendre du service pour éliminer des groupuscules de sépulcreux qui semaient le trouble. Et il refusait rarement. Ce n'était pas dans sa nature.

J'ai repensé aux longs voyages de Grandpa. Mon père possédait une photo de lui, prise pendant l'un de ces périples. J'ignore qui l'avait faite. Mais quand j'étais gamin je la trouvais hilarante, parce qu'il portait un costume. « Qui part à la chasse en costume ? » me demandais-je.

À présent, j'avais ma réponse : un homme qui chasse autre chose que des animaux.

J'étais ému par cette nouvelle image que j'avais de mon grand-père. Ce n'était plus ce grand paranoïaque obsédé par les armes, ni ce mystérieux coureur de jupons, jamais là pour sa famille. C'était un chevalier errant qui risquait sa vie pour les autres, dormait dans des voitures ou des motels miteux, traquait des ombres mortelles, revenait chez lui avec quelques balles en moins, couvert d'ecchymoses, et souffrant de cauchemars dont il ne pouvait parler. En récompense de ses nombreux sacrifices, il ne recevait que du mépris et des soupçons de la part de ceux qu'il aimait. C'est sûrement pour cela qu'il avait écrit aussi souvent à Emma et Miss Peregrine. Elles le comprenaient.

Bronwyn a reparu avec une carafe de vin de coca et une flasque de brandy. Miss Peregrine l'a renvoyée et a mélangé les deux breuvages dans une tasse à thé. Puis elle a tapoté doucement la joue veinée de bleu de Miss Avocette :

— Esmeralda ! Esmeralda, essaie de te redresser et de boire ce tonique que je t'ai préparé.

La vieille dame a gémi. Miss Peregrine a porté la tasse à ses lèvres. Miss Avocette a bu quelques gorgées, avant d'être prise d'une violente quinte de toux. Pendant un moment, son regard est resté fixe, comme si elle allait retomber dans sa stupeur. Puis elle s'est assise et sa physionomie s'est éclairée.

— Ça alors ! a-t-elle fait d'une voix grinçante. Est-ce que je me suis endormie ? C'est très indélicat de ma part.

Elle nous a regardés, légèrement étonnée.

— Peregrine ? C'est toi ?

La directrice a pétri les mains osseuses de la vieille femme.

— Esmeralda, tu as fait un long voyage pour venir nous trouver au milieu de la nuit. Tu nous as causé une grande inquiétude.

— Vraiment ?

Miss Avocette a plissé les yeux et fixé le mur, où les flammes projetaient des ombres mouvantes. Et soudain son visage a pris une expression tourmentée.

— Oh oui ! Il faut que tu sois sur tes gardes, Peregrine. Tu ne dois pas te laisser avoir par surprise, comme moi.

Miss Peregrine a cessé de lui masser les mains.

— Qui t'a surprise ?

— Certainement des estres. Ils sont venus à deux, en pleine nuit, déguisés en membres du conseil. Ils ont trompé mes gardes ensommeillés pour les ligoter et les neutraliser.

Miss Peregrine a ouvert la bouche, stupéfaite.

— Oh, Esmeralda…

— Miss Bruant et moi avons été réveillées par leurs cris d'angoisse, mais les intrus nous avaient enfermées dans la maison. Il nous a fallu du temps pour forcer les portes. Une fois dehors, nous avons retrouvé la trace des estres grâce à leur odeur fétide. Hélas, au moment où nous sortions de la boucle, une bande de monstres s'est jetée sur nous en hurlant. Ils nous avaient tendu une embuscade.

Elle s'est interrompue pour ravaler ses larmes.

— Et les enfants ?

Miss Avocette a secoué la tête. Ses yeux étaient éteints.

— Les enfants n'étaient que des appâts, a-t-elle soupiré.

Emma a glissé sa main dans la mienne.

— C'est Miss Bruant et moi qu'ils voulaient. J'ai réussi à leur échapper ; Miss Bruant n'a pas eu cette chance.

— Ils l'ont tuée ?

— Non. Seulement enlevée. Comme Miss Troglodyte et Miss Grimpereau après l'invasion de leurs boucles, voici une quinzaine de jours. Ils capturent les ombrunes. Toutes ces attaques sont liées. Elles ont un but commun, mais lequel ? Je n'ose l'imaginer.

— Ils vont donc s'en prendre à nous aussi, a murmuré Miss Peregrine.

— S'ils vous trouvent. Vous êtes mieux cachés que la plupart d'entre nous, mais tu dois être prête.

Miss Peregrine a hoché la tête. Miss Avocette a regardé ses mains, qui tremblaient sur ses genoux comme un oiseau aux ailes brisées. Sa voix est montée dans les aigus.

— Mes pauvres enfants ! Ils sont seuls, à présent.

Sur ces mots, elle s'est détournée et a fondu en larmes.

Miss Peregrine a tiré la couverture sur les épaules de la vieille dame et s'est redressée. Nous l'avons suivie dans le hall, laissant Miss Avocette à son chagrin.

*
* *

Les enfants étaient toujours blottis les uns contre les autres devant la porte du salon. S'ils n'avaient pas tout entendu, ils avaient du moins capté l'essentiel. Cela se voyait à leurs visages anxieux.

— Pauvre Miss Avocette, a gémi Claire, la lèvre inférieure tremblante.

— Et ses pauvres enfants, a enchaîné Olive.

— Est-ce qu'ils vont s'en prendre à nous, maintenant ? a demandé Horace.

— On aura besoin d'armes ! s'est écrié Millard.

— Des haches ! a ajouté Enoch.

— Des bombes ! a complété Hugh.

— Cessez immédiatement ! a grondé Miss Peregrine en levant les bras pour réclamer le silence. Nous devons rester calmes. Ce qui est arrivé à Miss Avocette ne se répétera pas nécessairement ici. Cependant, il faut être sur nos gardes. Désormais, vous ne sortirez de la maison qu'avec mon autorisation, et par deux. Si vous remarquez une présence inhabituelle, même un particulier, venez tout de suite m'en informer. Nous discuterons des autres précautions à prendre demain matin. En attendant, tous au lit ! Ce n'est pas une heure pour tenir une réunion.

— Mais, Miss…, a commencé Enoch.

— Au lit !

Les enfants ont filé dans leurs chambres.

— Quant à vous, monsieur Portman, je n'aime guère que vous vous déplaciez seul. Vous devriez rester ici, au moins jusqu'à ce que les choses se tassent.

— Je ne peux pas. Mon père serait mort d'inquiétude.

Elle a froncé les sourcils.

— Dans ce cas, j'insiste pour que vous passiez la nuit ici.

— D'accord. Mais seulement si vous me dites tout ce que vous savez sur les créatures qui ont tué mon grand-père.

Elle a incliné la tête et m'a étudié, une lueur amusée dans le regard.

— Très bien, monsieur Portman. Je ne m'opposerai pas à votre soif de connaissances. Installez-vous sur le divan. Nous en discuterons dès demain matin.

— Maintenant.

J'avais attendu dix ans pour entendre la vérité. J'étais incapable de patienter une minute de plus.

— S'il vous plaît…

— Par moments, jeune homme, vos manières oscillent dangereusement entre un entêtement charmant et un odieux caractère.

Elle s'est tournée vers Emma :

— Miss Bloom, voudriez-vous aller me chercher le vin de coca ? Je pense que je ne vais pas dormir cette nuit, et j'aurai grand besoin d'un remontant si je dois rester éveillée.

*
* *

La salle de classe était trop proche des chambres des enfants pour qu'on puisse y tenir une conversation aussi tardive. La directrice m'a donc invité à la suivre dans une petite serre, à la lisière de la forêt. Nous nous sommes assis sur des cache-pots retournés, parmi les rosiers grimpants, une lampe à pétrole posée par terre entre nous. Miss Peregrine a sorti une pipe de sa poche et s'est penchée vers la flamme pour l'allumer. Elle a tiré quelques bouffées d'un air pensif, produisant d'odorantes volutes de fumée bleue. Puis elle a commencé :

— Autrefois, les gens nous prenaient pour des dieux. Cependant, nous, les particuliers, nous ne sommes pas moins mortels que les gens ordinaires. Les boucles temporelles ne font que retarder l'inévitable, et nous payons un prix considérable pour les utiliser. Elles nous imposent de rompre définitivement avec la continuité du présent.

Elle a tiré une nouvelle bouffée de sa pipe avant de reprendre :

— Il y a des années, au tournant du siècle dernier, un groupe de dissidents s'est formé au sein de notre peuple : quelques particuliers insatisfaits, véhiculant des idées dangereuses. Ils croyaient avoir découvert le moyen de détourner les boucles temporelles de leur fonction, afin de rendre leurs utilisateurs immortels. Il ne s'agissait plus seulement de suspendre le temps, mais aussi de l'inverser. Ils promettaient à leurs adeptes une jeunesse éternelle, dont ils pourraient jouir à l'extérieur des boucles. Ils sauteraient du futur au passé — et inversement — sans souffrir des effets délétères qui ont toujours empêché de telles imprudences. En résumé, ils se disaient capables de maîtriser le temps et d'échapper à la mort. C'était de la folie pure, le comble de l'absurdité, la négation des lois empiriques qui gouvernent le monde !

Miss Peregrine a expiré bruyamment, puis marqué une pause.

— Enfin..., a-t-elle repris, une fois ressaisie. Mes deux frères, des garçons brillants, mais dépourvus de bon sens, ont été séduits par l'idée. Ils ont même sollicité mon aide. « Vous aspirez à devenir des dieux, leur ai-je répondu, et c'est impossible. Et, même si c'était possible, cela ne devrait pas être tenté. » Ils n'ont rien voulu entendre. Comme ils avaient grandi dans l'école d'ombrunes de Miss Avocette, ils connaissaient mieux nos talents exceptionnels que la plupart des particuliers. Juste assez, hélas, pour être dangereux. Malgré les avertissements et les menaces du Conseil, durant l'été 1908, mes frères et plusieurs centaines de dissidents — parmi lesquels de puissantes ombrunes — se sont réunis dans la toundra sibérienne pour mener leur odieuse expérience. Ils ont choisi une vieille boucle anonyme, que plus personne n'utilisait depuis des siècles. Nous nous attendions à les voir revenir au bout de quelques jours, la tête basse, après avoir constaté leur échec. Mais leur punition a été autrement plus cruelle. Ils ont causé une explosion catastrophique, qui a brisé les fenêtres jusqu'aux Açores. Dans un rayon de cinq cents kilomètres, les gens ont dû croire que la fin du monde était venue. Nous avons supposé qu'ils étaient tous morts, que cette explosion monstrueuse était l'ultime manifestation de leur folie collective.

— Mais ils ont survécu, ai-je deviné.

— D'une certaine façon, oui. Mais sous une autre forme, que certains assimilent à une véritable damnation. Quelques semaines plus tard, les particuliers ont commencé à subir de violentes agressions. Ils étaient victimes d'abominables créatures, dont on ne percevait que les ombres. Seuls certains particuliers, qui possédaient votre talent, avaient la faculté de les voir. Ce fut le début de nos affrontements avec les sépulcreux. Nous avons mis du temps à comprendre que ces monstres à tentacules étaient en réalité nos frères, sortis en rampant du cratère fumant creusé par leur funeste expérience. Loin de devenir des dieux, ils s'étaient transformés en démons.

— Qu'est-ce qui n'a pas fonctionné ?

— Ils auraient inversé leur âge, remontant jusqu'à une période antérieure à la conception de leurs âmes. C'est pourquoi on les appelle « sépulcreux », ou « creux » : parce que leurs cœurs, leurs âmes, sont creux. Par une cruelle ironie du sort, ils ont acquis l'immortalité à laquelle ils aspiraient. Les creux vivent des milliers d'années, mais une vie de tourment physique perpétuel, de déchéance. Ils vivent dans l'isolement, se nourrissent d'animaux égarés et dévorent avec une faim insatiable la chair des particuliers, car notre sang est leur seul espoir de salut. Un creux qui réussit à se gorger du sang de nombreux particuliers devient un estre.

— La première fois que nous nous sommes rencontrés, Emma m'a soupçonné d'être l'un d'eux.

— J'aurais pu le croire aussi, si je ne vous avais pas observé avant.

— Comment sont-ils ?

— Presque ordinaires. Ils n'ont aucun talent particulier, mais, comme ils peuvent passer pour des humains, leurs frères creux en ont fait leurs esclaves. Ils leur servent d'éclaireurs, d'espions et de pourvoyeurs de nourriture.

Le but ultime de cet asservissement est de transformer tous les creux en estres, et tous les particuliers en cadavres.

— Qu'est-ce qui les en empêche ? ai-je demandé. S'ils ont été particuliers autrefois, ils doivent connaître toutes vos cachettes ?

— Par chance, ils n'ont gardé aucun souvenir de leurs vies passées. Toutefois, si les estres sont moins forts et moins effrayants que les sépulcreux, ils sont tout aussi dangereux. Contrairement aux creux, ils ne fonctionnent pas seulement à l'instinct. Ils sont doués d'intelligence et capables de se fondre dans la population. Il est parfois difficile de les distinguer des gens ordinaires, même s'il existe des indices. Leurs yeux, par exemple. Curieusement, les estres n'ont pas de pupilles.

J'ai frissonné en me rappelant le voisin aux yeux blancs qui arrosait son jardin, la nuit où mon grand-père avait été tué.

— Je crois que j'en ai vu un. Je l'ai pris pour un vieillard aveugle.

— Vous êtes plus observateur que la plupart des gens. Les estres sont des adeptes du camouflage. Ils se glissent dans la peau de personnages invisibles pour la société : l'homme au costume gris dans le train ; le mendiant qui réclame une pièce... De simples visages dans la foule. Cependant, certains prennent parfois le risque d'occuper des positions plus en vue : médecin, homme politique ou homme d'Église... Ils côtoient ainsi de nombreuses personnes, et leur position leur permet d'identifier des particuliers cachés parmi les gens du commun, comme Abe.

Miss Peregrine a feuilleté un album photo qu'elle avait apporté avec elle :

— Ces clichés ont été reproduits et distribués aux particuliers, telles des affiches de chasseurs de primes. Regardez...

Elle m'a montré l'image de deux fillettes chevauchant un faux renne, à côté d'un effrayant Père Noël aux yeux blancs.

— Cet estre a été démasqué alors qu'il travaillait dans un grand magasin, au moment de Noël. L'idéal pour croiser beaucoup d'enfants en peu de temps, les toucher, les interroger, déceler une éventuelle particularité...

À la page suivante, figurait la photo d'un individu à l'air inquiétant.

— Celui-ci officiait comme chirurgien dentiste. Je ne serais pas étonnée d'apprendre que le crâne près duquel il pose a appartenu à l'une de ses victimes.

Elle a tourné une nouvelle page. J'ai découvert une petite fille devant une ombre menaçante.

— Voici Marcie. Elle nous a quittés il y a trente ans pour aller vivre dans une famille de gens ordinaires, à la campagne. Je l'ai implorée de rester, mais elle était déterminée. Peu après son départ, elle a été enlevée par un estre, alors qu'elle attendait le car scolaire. Nous avons trouvé un appareil photo sur les lieux. Il contenait ce cliché.

— Qui l'a pris ?

— L'estre lui-même. Ils adorent laisser des « souvenirs » de leur passage.

Tandis que j'étudiais ces images, une appréhension familière m'a noué le ventre.

Finalement, n'y tenant plus, j'ai refermé l'album.

— Je vous ai confié tout cela parce que c'est votre droit de savoir, a repris Miss Peregrine. Mais aussi parce que j'ai besoin de votre aide. Vous êtes le seul d'entre nous à pouvoir sortir de la boucle sans éveiller les soupçons. Tant que vous êtes parmi nous et que vous souhaitez faire des allées et venues, je vous demanderai de guetter l'arrivée d'étrangers sur l'île. Et de m'en informer.

— Un type a débarqué l'autre jour, ai-je signalé.

Je pensais à l'ornithologue qui avait démoralisé mon père.

— Avez-vous vu ses yeux ?

— Pas vraiment. Il faisait sombre et son chapeau lui cachait en partie le visage.

Miss Peregrine a plissé le front et mordillé l'articulation de sa main.

— Pourquoi ? ai-je voulu savoir. Ce pourrait être l'un d'eux ?

— On ne peut en être certain sans voir ses yeux. Mais je crains que vous n'ayez été suivi jusqu'à cette île.

— Suivi ? Par un estre ?

— Peut-être par celui que vous m'avez décrit. Celui que vous avez vu le soir de la mort de votre grand-père. Cela expliquerait qu'il vous ait laissé en vie. Il espérait que vous le conduiriez dans un lieu plus riche. Ici même.

— Mais comment auraient-ils pu deviner que j'étais particulier ? Je ne le savais pas moi-même !

— S'ils étaient au courant pour votre grand-père, ils savaient pour vous.

J'ai réfléchi à toutes les occasions que les estres avaient eues de me tuer. À toutes les fois où je les avais sentis tout proches, après la mort de Grandpa. M'avaient-ils surveillé en attendant que je fasse exactement ce qu'ils espéraient, c'est-à-dire venir ici ?

Bouleversé, j'ai posé la tête sur mes genoux.

— Est-ce que vous m'autoriseriez à boire une gorgée de vin ?

— Certainement pas !

Ma poitrine s'est serrée à m'étouffer.

— Je ne serai plus jamais en sécurité nulle part…

Miss Peregrine m'a touché l'épaule.

— Vous êtes en sécurité ici. Et vous pouvez vivre avec nous aussi longtemps que vous le désirez.

J'ai voulu répondre, mais je n'ai réussi qu'à bredouiller :

— Je… je ne peux pas… Mes parents.

— Ils auront beau vous aimer, a-t-elle murmuré, ils ne comprendront jamais.

*

* *

Je suis arrivé en ville au lever du soleil. Dans les rues, les ivrognes, contraints de rentrer chez eux, tournaient autour des lampadaires et les pêcheurs, sobres, marchaient d'un pas lourd vers le port, chaussés de leurs grosses bottes noires. Mon père s'étirait après une longue nuit de sommeil. Je me suis glissé dans mon lit alors qu'il sortait du sien, et j'ai tiré la couverture sur mes vêtements pleins de sable quelques secondes seulement avant qu'il entrebâille la porte de ma chambre.

— Ça va ?

Je me suis tourné vers le mur en grognant. Il a refermé la porte. Quand je me suis réveillé, au milieu de l'après-midi, j'ai trouvé un petit mot affectueux et une boîte d'aspirine sur la table de la pièce commune. J'ai souri et brièvement culpabilisé de lui avoir menti. Puis je me suis inquiété à l'idée qu'il errait seul sur les falaises, avec ses jumelles et son cahier, en compagnie d'un possible égorgeur de moutons.

J'ai frotté mes yeux ensommeillés, enfilé un ciré, et je suis allé faire un tour à pied dans le village. J'ai poussé jusqu'aux falaises et aux plages avoisinantes, dans l'espoir de voir mon père ou le mystérieux ornithologue, afin de regarder ses yeux. Je n'ai croisé ni l'un ni l'autre. Au crépuscule, j'ai abandonné mes recherches et regagné le Priest Hole. Papa, accoudé au bar, buvait une bière avec les habitués. À en juger par le nombre de bouteilles vides autour de lui, il était là depuis un moment.

Je me suis assis près de lui et lui ai demandé s'il avait croisé l'ornithologue barbu. Il a répondu par la négative.

— Si tu le vois, fais-moi plaisir, garde tes distances.

Il m'a regardé bizarrement.

— Pourquoi ?

— J'ai un mauvais feeling. Et si c'était un psychopathe ? Et si c'était lui qui avait tué les moutons ?

— D'où sors-tu ces idées sinistres ?

J'avais envie de lui répondre. J'aurais tellement aimé pouvoir tout lui expliquer, l'entendre me dire qu'il me comprenait, recevoir ses conseils. J'aurais voulu que tout redevienne comme avant notre arrivée sur l'île, avant que je découvre la lettre de Miss Peregrine... À l'époque où je n'étais qu'un gamin de banlieue un peu paumé, issu d'une famille aisée.

Je suis resté quelque temps à côté de mon père, à lui parler de tout et de rien, tout en m'efforçant de me rappeler à quoi ressemblait ma vie quatre semaines plus tôt (une éternité), et d'imaginer ce qu'elle serait dans quatre semaines (mission impossible). Finalement, la conversation s'est tarie. Je lui ai souhaité une bonne soirée et je suis monté à l'étage. J'avais besoin d'être seul.

# CHAPITRE DIX

*N*ous étions mardi soir, et je venais juste de réaliser que je m'étais lourdement trompé sur moi. Tout ce que j'avais cru savoir était faux. Le dimanche matin, papa et moi étions censés boucler nos valises pour rentrer à la maison. Je n'avais que quelques jours pour décider si j'allais rester ou partir. Aucune des deux options ne me convenait. Renoncer complètement à ma vie d'avant me semblait impossible. Mais, après ce que je venais d'apprendre, était-il raisonnable de retourner chez moi ?

Le pire, c'est que je ne pouvais en discuter avec personne. Certainement pas avec mon père. Quant à Emma, qui n'était jamais à court d'arguments pour me convaincre de rester, elle refusait d'entendre les miens. Elle trouvait tout naturel que j'abandonne ma vie insignifiante aux

États-Unis, et se souciait peu du chagrin que mes parents éprouveraient si je disparaissais. « Ce serait mieux si tu étais ici », se contentait-elle de répéter.

Miss Peregrine, elle, se fermait à toute discussion, prétextant qu'elle ne pouvait pas prendre la décision à ma place. Cependant, il était clair qu'elle voulait que je demeure ici. Pour ma sécurité, d'abord, mais aussi parce que ma présence dans la boucle leur permettrait à tous de se sentir plus tranquilles. Sauf que l'idée de passer ma vie à leur servir de chien de garde ne me séduisait guère. Je soupçonnais que mon grand-père avait eu les mêmes réticences. Cela aurait expliqué, au moins en partie, qu'il n'ait pas eu envie de revenir après la guerre.

Vivre ici signifierait arrêter le lycée, ne jamais aller en fac, ne faire aucune des choses que font les gens normaux en vieillissant... Cela dit, je ne devais pas oublier que je n'étais pas normal. Traqué par les sépulcreux, j'aurais probablement une espérance de vie très limitée hors de la boucle. Je regarderais sans cesse par-dessus mon épaule, hanté par la peur, et je serais tourmenté par des cauchemars jusqu'à ce qu'ils reviennent me régler mon compte.

Je me suis demandé s'il n'existait pas une troisième option. Ne pourrais-je pas faire comme Grandpa, qui pendant cinquante ans avait vécu à l'extérieur de la boucle, vieilli et combattu les creux ?

La voix de la raison s'est aussitôt élevée dans ma tête, toujours prête à me dénigrer : « Il était entraîné au combat, idiot. C'était un guerrier impitoyable, qui possédait une pleine armoire de fusils. Comparé à toi, c'était Rambo.

— Je pourrais m'inscrire à un cours de tir, protestait mon côté optimiste. Apprendre le karaté. Améliorer ma condition physique.

— Tu plaisantes ? Tu n'étais même pas capable de te défendre au lycée ! Tu as dû soudoyer ce bouseux de Ricky pour en faire ton garde du corps. Et tu mouillerais ton froc si tu devais pointer un flingue sur quelqu'un.

— C'est faux !

— Tu es faible. Un loser. Voilà pourquoi ton grand-père ne t'a jamais révélé sa véritable identité. Il savait que tu ne serais pas à la hauteur.

— Tais-toi. Ta gueule !

J'ai ruminé ainsi pendant plusieurs jours. Rester ou partir ? Je ressassais cette question jusqu'à l'obsession, sans me décider. Entre-temps, papa avait complètement perdu le fil de son livre. Moins il travaillait, plus il était découragé, et plus il était découragé, plus il passait de temps au bar. Je ne l'avais jamais vu boire autant : six, sept bières par soir. Je n'appréciais guère sa compagnie. Il était sombre et, quand il ne boudait pas en silence, il me disait des trucs que j'aurais préféré ne pas entendre.

— Un de ces jours, ta mère va se lasser, m'a-t-il confié un soir. Si je ne fais pas bientôt quelque chose de concret, elle va me quitter.

J'ai fini par l'éviter. Je ne suis même pas sûr qu'il s'en soit aperçu. Je mentais sur mes allées et venues avec une facilité déprimante.

À l'orphelinat, Miss Peregrine avait décrété une véritable loi martiale. La maison était en état de siège. Les petits n'avaient plus le droit de sortir sans escorte et les autres devaient se déplacer par deux. La directrice exigeait de savoir où ils étaient en permanence.

Les enfants se relayaient pour surveiller l'avant et l'arrière de la maison. À toute heure du jour et de la nuit, on voyait des visages accablés d'ennui derrière les carreaux. Si quelqu'un approchait, ils tiraient sur une chaîne qui faisait tinter une cloche dans la chambre de la directrice. Chaque fois que j'arrivais, je trouvais Miss Peregrine derrière la porte, qui s'empressait de m'interroger. Elle voulait savoir ce qui se passait dehors, si j'avais remarqué quelque chose d'étrange, si j'étais sûr de ne pas avoir été suivi...

Comme on pouvait le prévoir, les enfants ont commencé à dérailler. Les petits chahutaient, surexcités, tandis que les autres, moroses, se plaignaient des nouvelles règles à mi-voix, juste assez fort pour être entendus. Des soupirs à fendre l'âme résonnaient dans l'air lorsque Millard entrait dans la pièce. Les abeilles de Hugh, énervées, piquaient tout le monde. Après que Miss Peregrine les a bannies de la maison, Hugh a élu domicile devant la fenêtre pour regarder ses insectes bourdonner derrière la vitre.

Olive, prétextant qu'elle avait égaré ses chaussures de plomb, avait pris l'habitude de ramper au plafond comme une mouche. Elle lâchait des grains de riz sur la tête des gens jusqu'à ce qu'ils la remarquent. Alors, elle explosait de rire. À force de suffoquer, elle perdait son pouvoir et s'agrippait aux lustres pour éviter de tomber. Enoch était le plus inquiétant de tous. Il passait des heures dans son laboratoire, à la cave, et infligeait à ses soldats d'argile des opérations chirurgicales qui auraient fait pâlir d'horreur le docteur Frankenstein. Je l'ai vu amputer deux créatures de leurs membres pour fabriquer un hideux homme-araignée à partir d'une troisième, et fourrer quatre cœurs de poulet dans une seule cavité thoracique, dans l'espoir de créer un surhomme d'argile. Un par un, les petits corps gris tombaient d'épuisement. La cave ressemblait à un hôpital de campagne, lors d'une guerre civile.

Quant à Miss Peregrine, elle ne s'arrêtait jamais. Elle fumait pipe sur pipe et boitait de pièce en pièce pour veiller sur ses protégés, comme s'ils allaient disparaître dès qu'ils auraient quitté son champ visuel. Miss Avocette était toujours parmi nous. Elle sortait parfois de sa torpeur pour errer dans les couloirs en appelant ses pauvres pupilles d'un air hagard, avant de s'effondrer dans les bras de quelqu'un, qui la ramenait dans son lit.

Ces épisodes ravivaient l'inquiétude des enfants. Ils recommençaient à évoquer la terrible épreuve qu'avait subie Miss Avocette, et spéculaient sur les raisons qui poussaient les sépulcreux à enlever les ombrunes. Chacun y allait de sa théorie, si bien que les interprétations les plus angoissantes (« pour créer la plus grande boucle de l'histoire ») côtoyaient les plus farfelues (« afin de leur tenir compagnie, car les creux souffrent cruellement de solitude).

Finalement, un silence morbide s'est abattu sur la maison. Deux jours de confinement avaient plongé tout le monde dans une espèce de léthargie morose. Convaincue que la routine était le meilleur moyen de combattre la déprime, Miss Peregrine essayait d'intéresser ses pupilles à ses leçons quotidiennes, à la préparation des repas et aux tâches ménagères, afin de garder la maison propre comme un sou neuf. Mais, dès qu'ils n'étaient plus occupés à quelque corvée, les enfants s'effondraient dans des fauteuils, fixaient les fenêtres fermées d'un air apathique, feuilletaient des livres cornés qu'ils avaient déjà lus des centaines de fois, ou s'endormaient.

Je n'avais encore jamais vu le talent d'Horace se manifester, jusqu'au soir où il s'est mis à hurler. Nous sommes montés précipitamment au pigeonnier où il était de garde. Il était tout crispé sur sa chaise, en proie à une espèce de cauchemar éveillé. Il battait l'air de ses bras, les yeux écarquillés d'horreur. Au début, ses hurlements étaient de simples cris. Puis il s'est mis à évoquer des mers en ébullition, des pluies de cendres, un nuage de fumée enveloppant la Terre entière... Après quelques minutes de ces prédictions apocalyptiques, épuisé, il a sombré dans un sommeil agité.

Les autres avaient déjà assisté à ce genre de scène – dont on voyait d'ailleurs des photos dans l'album de Miss Peregrine. Ils savaient comment réagir. Obéissant aux ordres de la directrice, ils l'ont transporté par les bras et les jambes jusqu'à son lit. En se réveillant, quelques heures plus tard, il a affirmé qu'il avait oublié son rêve, et ajouté que les songes dont il ne se souvenait pas étaient rarement prémonitoires. Les autres l'ont cru volontiers : ils avaient assez de sujets d'inquiétude comme ça. Quant à moi, je l'ai soupçonné de nous cacher quelque chose.

Dans une petite ville telle que Cairnholm, la disparition d'un habitant ne passe pas inaperçue. C'est pourquoi, le vendredi, quand Martin n'a pas ouvert son musée le matin et n'est pas venu boire son verre au Priest Hole le soir avant d'aller se coucher, les gens se sont demandé s'il n'était pas malade. Et, après que la femme de Kev, envoyée prendre de ses nouvelles, a trouvé sa porte grande ouverte, son portefeuille et ses lunettes sur la table de la cuisine, mais la maison déserte, ils se sont demandé s'il n'était pas mort. Comme il n'avait pas reparu le lendemain, ils ont chargé un petit groupe d'ouvrir les étables, de jeter un coup d'œil sous les bateaux retournés et de fouiller tous les endroits où un célibataire, amateur de whisky, aurait pu cuver une cuite. Ils commençaient à peine, quand quelqu'un a capté un appel radio. On venait de repêcher le cadavre de Martin dans l'océan.

J'étais au pub avec mon père lorsque le pêcheur qui l'a découvert est entré. Il était presque midi, mais on lui a quand même servi une bière, par principe. Quelques minutes plus tard, l'homme racontait son histoire :

— J'étais à Gannet's Point, en train de remonter mes filets. Ils étaient sacrément lourds. Ça m'a paru bizarre, parce qu'en général j'attrape surtout des petits riens : des crevettes, ce genre de trucs... J'ai cru qu'ils s'étaient coincés dans un casier à crabes, alors j'ai pris la gaffe et je l'ai plantée autour du bateau, jusqu'à ce qu'elle accroche quelque chose... Et c'était Martin ! Le pauvre a dû tomber de la falaise avant de se faire bouffer par les requins. Allez savoir ce qu'il fabriquait là-haut en pleine nuit, en pyjama...

— Il n'était pas habillé ? s'est étonné Kev.

— Habillé pour dormir, a répondu le pêcheur. Pas pour se balader sous la pluie.

Après avoir marmonné de brèves prières pour l'âme de Martin, les types ont commencé à conjecturer. Au bout de quelques minutes, le pub s'est changé en repaire de Sherlock Holmes avinés.

— Il était peut-être soûl, a suggéré un homme.

— S'il était près des falaises, il a peut-être vu le tueur de moutons et lui a couru après, a dit un autre.

— Et le nouveau gusse, là ? a fait le pêcheur. Celui qui campe…

Mon père s'est redressé sur son tabouret :

— Je l'ai croisé. Avant-hier soir.

Je me suis tourné vers lui, surpris :

— Tu ne m'en as pas parlé.

— Je courais à la pharmacie pour arriver avant la fermeture, quand je l'ai vu. Il marchait dans la direction opposée, vers la campagne. Il était très pressé. Je lui ai frôlé l'épaule au passage. Il s'est arrêté et m'a fixé d'un air féroce. Je me suis planté devant lui et je lui ai demandé ce qu'il faisait sur l'île, sur quoi il travaillait…

Kev s'est penché en travers du bar.

— Et alors ?

— Il s'est visiblement retenu de me balancer un coup de poing. Et il est reparti.

Les autres aussi avaient des questions : que fait un ornithologue, pourquoi ce type campait-il, et d'autres choses que je savais déjà. J'ai dû patienter pour poser la seule qui m'intéressait vraiment :

— Tu ne lui as rien trouvé de bizarre ? Son visage, par exemple ?

Mon père a réfléchi une seconde.

— Si, maintenant que tu le dis... Il portait des lunettes noires.

— La nuit ?

— Ouais, c'est curieux.

Un sentiment de malaise m'a envahi à l'idée que mon père avait échappé de justesse à un sort tragique. Je devais prévenir Miss Peregrine, et vite.

— Foutaises ! a fait Kev. On n'a pas eu un seul meurtre à Cairnholm en un siècle. Et, d'ailleurs, pourquoi aurait-il voulu tuer ce brave Martin ? Ça ne tient pas debout. Je vous parie une tournée que les résultats de l'autopsie diront qu'il s'est soûlé à mort.

— Avec la tempête qui se prépare, on n'est pas près de les avoir, a grommelé le pêcheur. Le gars de la météo annonce un véritable ouragan. Le pire de l'année.

— Le gars de la météo ! s'est esclaffé Kev. Je ne ferais pas confiance à cet abruti pour savoir s'il pleut en ce moment.

*
* *

Les habitants de Cairnholm, pessimistes par nature, avaient toujours tendance à envisager le pire, question météo. Mais, cette fois, la réalité a dépassé leurs attentes. Dans la soirée, le vent et la pluie qui battaient l'île depuis une semaine ont redoublé de violence. Une série d'orages furieux a éclaté, noircissant le ciel et déchaînant la mer. Le mauvais temps, ajouté aux rumeurs sur le possible assassinat de Martin, a poussé les gens à se cloîtrer chez eux. L'île, comme l'orphelinat, a pris des allures de forteresse assiégée. Les bateaux cognaient contre leur mouillage, malmenés par la houle, mais nul n'a quitté le port. Les pêcheurs n'étaient pas suicidaires.

La police du continent ne pouvait pas venir récupérer le corps de Martin par ce temps. Les insulaires ont décidé de l'entreposer dans l'arrière-boutique du poissonnier, qui disposait du stock de glace le plus important sur l'île. Martin s'est donc retrouvé au milieu des saumons, des morues et d'autres denrées pêchées en mer.

Mon père m'avait formellement interdit de quitter le Priest Hole, mais Miss Peregrine m'avait donné des consignes différentes. J'étais chargé de lui rapporter tout évènement sortant de l'ordinaire. Une mort suspecte entrait forcément dans cette catégorie. Simulant une grippe, je me suis enfermé à clé dans ma chambre et me suis évadé par la fenêtre en me laissant glisser le long de la gouttière. J'ai emprunté la route principale sans craindre de me faire repérer : personne n'était assez fou pour traîner dehors. J'ai couru sous la pluie battante, maintenant d'une main la capuche de mon ciré. Quand je suis arrivé à l'orphelinat, Miss Peregrine a deviné au premier regard que quelque chose clochait.

— Que s'est-il passé ?

Je lui ai tout rapporté : les quelques faits avérés et les simples rumeurs. Elle a pâli et m'a fait entrer à la hâte dans le salon. Puis, fébrile, elle a rassemblé tous les enfants à portée de voix, avant de partir chercher les autres.

Emma et Millard m'ont entraîné dans un coin.

— Raconte ! m'a ordonné Millard.

Je leur ai parlé de Martin. Millard a sifflé entre ses dents ; Emma a croisé les bras, l'air soucieux.

— C'est vraiment si grave ? ai-je demandé. L'assassin ne peut pas être un creux. Ils ne s'en prennent qu'aux particuliers, non ?

— Tu lui dis, ou je m'en charge ? a grogné Emma.

Millard s'est dévoué :

— Ils préfèrent les particuliers aux gens ordinaires, mais ils se nourrissent de n'importe quoi, du moment que c'est de la viande fraîche.

— Les creux sèment des cadavres partout, a enchaîné Emma. C'est l'un des indices de leur présence. Ils seraient faciles à repérer, c'est pourquoi ils sont nomades.

Un frisson m'a traversé.

— À quelle fréquence ont-ils besoin de manger ?

— Assez souvent, a répondu Millard. Les estres passent l'essentiel de leur temps à organiser les repas des creux. Ils leur procurent des particuliers quand c'est possible, mais aussi des proies ordinaires, animales et humaines. Ils doivent ensuite dissimuler leurs méfaits.

Il parlait d'un ton calme et docte, comme s'il faisait un exposé sur les habitudes alimentaires de certains rongeurs.

— Mais les estres ne se font-ils jamais prendre ? S'ils...

— Ça arrive, m'a coupé Emma. Si tu écoutes les informations, tu as probablement entendu l'histoire de ce type qui conservait des têtes humaines dans son frigo. À ton époque, cela ne doit pas faire si longtemps que ça...

Je me suis vaguement rappelé une émission télévisée, tard le soir, parlant d'un *serial killer* cannibale du Milwaukee, arrêté dans des circonstances ignobles.

— Tu parles de... Jeffrey Dahmer ?

— C'était son nom, a confirmé Millard. Un cas fascinant. Il n'avait jamais perdu le goût de la chair fraîche, alors qu'il était devenu un estre depuis de nombreuses années.

— Je croyais que vous n'étiez pas censés savoir ce qui se passe dans le futur...

Emma m'a décoché un sourire rusé.

— L'Oiseau garde pour elle toutes les choses plaisantes concernant l'avenir, mais tu peux être sûr qu'elle nous rapporte les mauvaises nouvelles.

Miss Peregrine est revenue en traînant Enoch et Horace par les manches de leurs chemises. Elle a réclamé notre attention.

— Nous venons d'apprendre l'existence d'une nouvelle menace, a-t-elle annoncé en me désignant du menton. À l'extérieur de cette boucle, un homme est mort dans des circonstances suspectes. Nous ne connaissons pas encore la cause de son décès. Cependant, nous devons nous comporter comme si notre sécurité était en péril. Jusqu'à nouvel ordre, personne n'est autorisé à quitter la maison, même pas pour cueillir des légumes ou récolter les œufs au poulailler.

Un grognement général a obligé la directrice à élever la voix :

— Ces quelques jours ont été éprouvants pour nous tous. Je vous demanderai d'être encore patients.

Des mains se sont levées. Miss Peregrine a refusé de répondre aux questions. Elle a quitté la pièce pour aller barricader les portes. J'ai couru derrière elle, paniqué. S'il y avait réellement un creux sur l'île, il risquait de me tuer à la seconde où je mettrais un pied hors de la boucle. Mais en restant ici j'abandonnais mon père sans défense. Sans parler du fait que ma disparition le rendrait malade d'inquiétude. Je ne sais pas pourquoi, ça me semblait encore pire.

— Je dois partir, ai-je dit en rattrapant Miss Peregrine.

Elle m'a attiré dans une pièce vide et a refermé la porte derrière nous.

— Je vous prie de baisser la voix et de respecter mes ordres ! a-t-elle commencé d'un ton sec. Ce que je viens de dire s'applique aussi à vous, Jacob. Personne ne sort de cette maison.

— Mais...

— Jusqu'à présent, je vous ai laissé aller et venir à votre guise, par respect pour votre situation singulière. Mais vous avez peut-être été suivi, et cela met la vie de mes pupilles en danger. Je ne leur ferai pas courir de risque supplémentaire. À vous non plus !

— Vous ne comprenez pas ? ai-je répondu avec colère. Les bateaux ne circulent pas. Les gens sont coincés sur l'île. Mon père aussi. S'il y a un estre à Cairnholm, je crois savoir qui c'est. Mon père a déjà failli se battre avec lui. S'il vient de nourrir un creux avec le premier venu, à votre avis, qui sera sa prochaine victime ?

Le visage de la directrice est resté de marbre.

— Le sort des habitants de l'île ne me concerne pas. Je refuse de mettre mes protégés en danger. Pour quiconque.

— Ce ne sont pas seulement les gens de l'île. Il s'agit de mon père. Vous pensez vraiment qu'une porte fermée à clé va m'empêcher de partir ?

— Peut-être pas. Mais, si vous le faites, je vous demanderai de ne jamais revenir.

J'ai été tellement sidéré que j'ai éclaté de rire.

— Mais... vous avez besoin de moi.

— C'est exact. Nous avons terriblement besoin de vous.

*
* *

Je suis monté en trombe dans la chambre d'Emma, où j'ai trouvé un petit groupe de prisonniers broyant du noir. Bronwyn fixait la fenêtre. Enoch, assis par terre, façonnait un bloc d'argile. Emma était sur son lit. Les coudes sur les genoux, elle arrachait des feuilles d'un cahier avant de les enflammer entre ses doigts.

— Tu es revenu ! s'est-elle écriée en me voyant entrer.

— Je ne suis pas parti. Miss Peregrine m'en a empêché. Ils m'ont écouté exposer mon dilemme et conclure :

— Je suis banni si je vous abandonne.

Le cahier d'Emma tout entier a pris feu.

— Elle ne peut pas faire ça ! a-t-elle rugi, indifférente aux flammes qui lui léchaient les mains.

— C'est l'Oiseau. Elle fait ce qu'elle veut, a rectifié Bronwyn.

Emma a balancé le cahier par terre et piétiné les flammes.

— Je suis juste venu vous dire que je partais, qu'elle le veuille ou non. Je refuse d'être retenu prisonnier alors que mon père est en danger.

— Dans ce cas, je t'accompagne ! a déclaré Emma.

Bronwyn a écarquillé les yeux.

— Tu n'es pas sérieuse ?

— Si.

— Tu as perdu la boule, a lâché Enoch. Tu vas te transformer en vieille prune ridée. Et pour quoi ? Pour lui ?

— Non, a protesté Emma. Il faut rester des heures à l'extérieur de la boucle pour que le temps nous rattrape. Ça ne prendra pas longtemps, n'est-ce pas, Jacob ?

— C'est une mauvaise idée, ai-je murmuré.

— Absolument ! a renchéri Enoch. Elle ne sait même pas pour quoi elle risquerait sa vie…

— Ça ne va pas plaire à la directrice, a dit Bronwyn, soulignant l'évidence. Elle va nous tuer, Em.

Emma est allée fermer la porte.

— Mais non, elle ne va pas nous tuer. Ce sont ces *choses* qui vont le faire. Et, de toute manière, vivre ainsi risque d'être encore pire que la mort. L'Oiseau nous a cloîtrés au point qu'on a du mal à respirer. Tout ça parce qu'elle n'a pas le courage d'affronter ces monstres qui sont dehors !

— Ou pas…, a souligné Millard.

Je ne m'étais pas aperçu qu'il était parmi nous.

— N'empêche, ça ne va pas lui plaire, a répété Bronwyn.

Emma s'est campée devant son amie, dans une attitude de défi.

— Combien de temps tu comptes rester cachée sous le jupon de cette femme ?

— Vous avez déjà oublié ce qui est arrivé à Miss Avocette ? est intervenu Millard. C'est quand ses pupilles ont quitté la boucle qu'ils ont été tués et que Miss Bruant a été kidnappée.

— En effet, les creux ne peuvent pas pénétrer dans les boucles, a dit Emma. Mais les estres, si. Allons-nous rester assis, les bras ballants, à attendre qu'ils viennent nous chercher ? Et si, au lieu d'être déguisés, ils venaient armés, cette fois ?

— Moi, c'est ce que je ferais ! a affirmé Enoch. J'attendrais que tout le monde dorme, je me glisserais par la cheminée comme le Père Noël et BLAM ! Les cerveaux collés au mur !

Il a tiré sur l'oreiller d'Emma avec un pistolet imaginaire.

— Merci pour la démonstration, a soupiré Millard.

— Il faut les attaquer par surprise, a dit Emma. Avant qu'ils sachent qu'on est avertis de leur présence.

— Mais on ne sait pas s'ils sont là ! a objecté Millard.

— Justement. Il faut aller le vérifier.

— Et tu proposes quoi ? On traîne dehors jusqu'à ce qu'on croise un creux, et on l'interroge : « Excusez-moi, on se demandait si vous aviez l'intention de nous manger... »

— On a Jacob, a rappelé Bronwyn. Il les verra.

Ma gorge s'est serrée quand j'ai compris que, si nous partions en chasse, je serais responsable de leur sécurité.

— Je n'en ai vu qu'un, les ai-je prévenus. Je ne suis pas un expert.

— Et, s'il n'en voit aucun, on ne sera pas plus avancés, a repris Millard. Ça pourra signifier qu'il n'y en a pas, ou alors qu'ils se cachent.

Millard n'avait pas tort. Ses camarades ont froncé les sourcils.

— Bien ! Je constate que la logique l'emporte, a-t-il dit. Je vais chercher du porridge pour le dîner. Si l'un de ces mutins souhaite m'accompagner...

Les ressorts du lit ont grincé quand il s'est levé. Avant qu'il ait pu atteindre la porte, Enoch a sauté sur ses pieds et crié :

— J'ai trouvé !

Millard s'est arrêté.

— Trouvé quoi ?

Enoch s'est tourné vers moi.

— Le type qui a été attaqué par un creux. Où ont-ils mis son corps ?

— Chez le poissonnier.

Il s'est frotté les mains.

— Alors, je sais comment on peut être fixés.

— Comment ? s'est informé Millard.

— On va lui poser la question.

*
*    *

Une petite équipe s'est aussitôt formée pour mener à bien cette expédition. Emma, qui refusait catégoriquement de me laisser partir seul, en faisait partie. Bronwyn également. Désobéir à Miss Peregrine la contrariait, mais elle tenait à assurer notre protection. Enoch, dont nous allions mettre le plan à exécution, était aussi des nôtres. Millard aurait pu nous rendre service avec son invisibilité, mais il n'a pas voulu se joindre à nous. On a dû le soudoyer pour le dissuader de nous dénoncer.

— Si nous partons tous, a raisonné Emma, l'Oiseau ne pourra pas bannir Jacob. Elle devra nous chasser tous les quatre.

— Je ne veux pas être bannie, a protesté Bronwyn.

— Elle ne ferait jamais ça, Wyn ! Et, si on revient avant l'extinction des feux, elle ne s'apercevra même pas qu'on s'est éclipsés.

J'avais des doutes là-dessus, mais nous étions tous d'accord pour dire que le jeu en valait la chandelle.

Notre départ a pris des allures d'évasion. Après le dîner, profitant de la distraction de Miss Peregrine, Emma a fait semblant d'aller au salon, tandis que je me dirigeais vers la salle d'étude. Nous nous sommes retrouvés quelques minutes plus tard au fond du couloir, à l'étage. À cet endroit, une échelle était dissimulée derrière une trappe dans le plafond. Emma l'a escaladée la première. Je l'ai suivie et j'ai refermé la trappe avant de m'avancer, plié en deux, dans un petit grenier obscur. Sur le côté, une bouche d'aération facile à dévisser donnait sur une partie plate de la toiture.

Nous sommes sortis dans l'air frais de la nuit. Les autres étaient déjà là. Bronwyn nous a serrés contre elle à nous étouffer, puis nous a passé des cirés noirs. J'avais suggéré de les emporter pour nous protéger de la tempête, une fois dehors. J'allais demander à mes complices comment ils pensaient atteindre le sol, quand j'ai vu Olive flotter au bord du toit.

— Qui veut jouer au parachute ? a-t-elle lancé avec un sourire rayonnant.

Elle était pieds nus et portait une corde nouée autour de la taille. Curieux de savoir à quoi elle était attachée, j'ai jeté un coup d'œil en bas et découvert Fiona, qui sortait le buste d'une fenêtre. Elle m'a fait un signe amical. Ainsi, nous avions des complices…

— Toi d'abord ! a ordonné Enoch.

J'ai reculé, nerveux.

— Moi ?

— Accroche-toi à Olive et saute, m'a conseillé Emma.

— Je ne savais pas que ce plan supposait que je me fracasse le bassin.

— Tu ne risques rien si tu t'accroches à Olive, idiot ! Tu vas voir, c'est très amusant. On l'a fait des dizaines de fois.

Elle a réfléchi avant de rectifier :

— Enfin, une fois.

Comme il n'y avait pas de solution de rechange, j'ai pris mon courage à deux mains et je me suis approché du bord.

— N'aie pas peur, m'a lancé Olive.

— Facile à dire, pour toi. Tu ne peux pas tomber.

Elle m'a tendu les bras pour m'enlacer. Je me suis agrippé à elle, et elle a chuchoté :

— Allez !

J'ai fermé les yeux et fait un pas dans le vide. Au lieu de la chute brutale que je craignais, nous sommes descendus lentement vers le sol, comme un ballon se vidant de son hélium.

— C'était rigolo, a commenté Olive. Maintenant, lâche-moi !

J'ai obéi. Elle est remontée vers le toit comme une fusée, en poussant un cri de triomphe. Ses amis lui ont commandé le silence. Puis, l'un après l'autre, ils sont descendus dans ses bras pour me rejoindre. Une fois rassemblés dans le jardin, nous avons pris la direction du sous-bois à pas de loup. Fiona et Olive nous ont fait des signes d'adieu. Était-ce mon imagination, ou un effet de la brise ? Il m'a semblé que les buissons sculptés nous faisaient des signes, eux aussi. Qu'Adam hochait la tête dans un adieu sinistre.

Nous nous sommes arrêtés à la lisière du marais pour reprendre notre souffle, Enoch a fouillé dans son manteau et nous a tendu de petits paquets emballés dans de la mousseline.

— Prenez ça. Je ne vais pas les porter tous.

— Qu'est-ce que c'est ? a voulu savoir Bronwyn.

Elle a déroulé le tissu et découvert un gros morceau de viande marron, hérissé de tubes.

— Pouah, c'est répugnant ! a-t-elle crié en le tenant à bout de bras.

— Calme-toi ! C'est juste un cœur de mouton.

Enoch m'a mis dans les mains un paquet aux dimensions identiques. Ça empestait le formol et, même à travers l'étoffe, c'était désagréablement humide.

— Je vais vomir, a gémi Bronwyn.

— J'aimerais bien voir ça, a grommelé Enoch, vexé. Range-le dans ton ciré, qu'on n'en parle plus.

Nous avons suivi le ruban de terre ferme qui traversait le marais. À force d'emprunter ce chemin, j'avais oublié à quel point il était dangereux. Combien de vies ce marécage avait-il avalées au fil des siècles ? Avant d'entrer dans le cairn, j'ai recommandé à mes camarades de boutonner leur ciré jusqu'au menton.

— Qu'est-ce qu'on fait si on croise quelqu'un de l'autre côté ? a demandé Enoch.

— Comportez-vous normalement. Je leur dirai que vous êtes des amis, venus des États-Unis.

— Et si on voit un estre ? a renchéri Bronwyn.

— On court.

— Et si Jacob repère un creux ?

— Dans ce cas, courez comme si vous aviez le diable aux trousses, a conseillé Emma.

Nous nous sommes engagés dans le tunnel en file indienne et nous avons progressé en silence jusqu'à la caverne. Alors, la pression atmosphérique a chuté brutalement, comme la température, et le hurlement de la tempête nous est parvenu. Nous sommes restés un moment immobiles, à écouter les éléments se déchaîner à l'extérieur. Puis nous nous sommes résignés à ramper vers la sortie. Dehors, il pleuvait des cordes et le vent glacial traversait nos cirés. Des éclairs zébraient le ciel à intervalles réguliers, baignant nos visages d'une lumière blafarde et rendant l'obscurité plus noire encore. Emma a tenté de faire une flamme, mais les étincelles qui jaillissaient de sa main s'éteignaient aussitôt. Nous avons remonté nos capuches et couru face au vent. Le marais en crue emprisonnait nos jambes à chaque pas, et la mémoire nous était plus utile que la vue pour trouver notre chemin.

En ville, les gens étaient toujours enfermés chez eux. Nous avons dévalé les rues changées en torrents, slalomé entre des tuiles arrachées par le vent, croisé un mouton perdu qui bêlait à fendre l'âme. Après avoir dépassé un appentis effondré qui déversait son contenu sur la route, nous avons atteint l'échoppe du poissonnier. La porte était fermée. Bronwyn l'a ouverte d'un coup de pied. Emma a séché sa main sous son ciré et enfin réussi à produire une flamme, éclairant des esturgeons aux yeux écarquillés qui nous fixaient derrière des vitrines. J'ai précédé mes amis dans la boutique et contourné le comptoir, où Dylan passait ses journées à écailler des poissons en jurant, pour pousser une porte grêlée de rouille. Elle donnait sur une petite chambre froide : une simple remise au sol de terre battue et au toit de tôle, dont les murs étaient faits de planches grossières. La pluie filtrait dans les interstices. La pièce était encombrée d'une douzaine d'auges pleines de glace, perchées sur des chevalets.

— Il est dans laquelle ? a demandé Enoch.

— Aucune idée.

Emma a promené sa flamme alentour tandis que nous marchions entre les auges. Elles se ressemblaient toutes : des cercueils de glace sans couvercle. Nous allions devoir les examiner une à une.

— Je ne veux pas le voir, a prévenu Bronwyn. Je n'aime pas les choses mortes.

— Moi non plus, mais on n'a pas le choix, a dit Emma. On est tous dans le même bateau.

Nous avons choisi une auge chacun et creusé dans la glace, les mains en coupe. J'avais vidé la moitié de la mienne, et je ne sentais plus mes doigts. Bronwyn a poussé un cri perçant. Elle s'est éloignée de son auge en titubant, les mains plaquées sur la bouche.

Nous nous sommes rassemblés autour de sa découverte. Une main gelée, aux articulations poilues, jaillissait de la glace.

— Je crois qu'on a trouvé notre homme, a dit Enoch.

À travers nos doigts écartés, nous l'avons regardé pelleter le reste de la glace, découvrant progressivement un bras, puis un torse et, enfin, le reste du corps mutilé de Martin.

C'était une vision d'horreur. Ses membres étaient déboîtés. Son tronc ouvert avait été vidé de ses organes vitaux, et la cavité était pleine de glace. Quand son visage est apparu, nous avons retenu notre souffle. Une moitié était complètement lacérée. L'autre était juste assez préservée pour qu'on le reconnaisse. Une mâchoire hérissée de barbe, un morceau de joue et de front, et un œil vert, fixe et vitreux. Il ne portait qu'un caleçon et les restes d'un peignoir de bain déchiqueté. Jamais il ne serait allé sur la falaise en pleine nuit dans cette tenue. Du moins, pas de son plein gré. Quelqu'un — ou quelque chose — l'avait traîné là-bas.

— Il est bien amoché, a constaté Enoch d'un air indifférent. Je vous préviens, ça risque de ne pas marcher.

Bronwyn a pris son courage à deux mains pour se rapprocher de l'auge.

— Il faut quand même essayer, a-t-elle murmuré. Qu'on ne soit pas venus jusqu'ici pour rien...

Enoch a ouvert son ciré et sorti un cœur d'une poche intérieure. On aurait dit un gant de baseball bordeaux replié sur lui-même.

— S'il se réveille, il risque de ne pas être content, a-t-il dit. Reculez, et n'allez pas vous plaindre ensuite que je ne vous ai pas prévenus.

Nous avons obéi, tandis qu'Enoch plongeait une main dans la glace qui emplissait la poitrine de Martin. Il l'a brassée, comme pour récupérer une canette de soda dans une glacière. Au bout d'un instant, il s'est arrêté. Il avait trouvé ce qu'il cherchait. De l'autre main, il a levé le cœur de mouton au-dessus de sa tête.

Une soudaine convulsion a parcouru le corps de Martin et le cœur s'est mis à battre, vaporisant un fin brouillard de solution sanglante. La respiration d'Enoch était brève et saccadée ; il semblait traversé par un courant électrique. J'ai fixé Martin, à l'affût du moindre mouvement, mais il n'a pas bronché.

Peu à peu, le cœur dans la main d'Enoch a ralenti. Il s'est ratatiné, prenant une teinte gris-noir de viande avariée. Enoch l'a jeté par terre et m'a tendu sa main vide. J'ai sorti celui que j'avais dans la poche. Il a renouvelé l'opération. Le cœur a pompé et crachoté pendant quelques secondes, avant de s'éteindre. Enoch a fait une nouvelle tentative avec celui qu'il avait confié à Emma, sans plus de succès. Le cœur de Bronwyn était notre dernière chance. Enoch, le visage grave, l'a levé au-dessus du cercueil de Martin en le serrant à le broyer. Quand l'organe a commencé à trembler et tressauter, tel un moteur à manivelle, Enoch a crié :

— Lève-toi, homme mort. Lève-toi !

J'ai perçu un infime mouvement. Quelque chose avait remué sous la glace. Je me suis approché le plus possible, à la limite du supportable, guettant le moindre signe de vie. Pendant un long moment, rien n'a bougé. Et, soudain, le corps de Martin s'est cambré, comme s'il avait reçu une décharge de mille volts. Emma a hurlé ; nous avons tous bondi en arrière. Quand j'ai osé regarder de nouveau, la tête de Martin était tournée dans ma direction. Son œil intact a roulé plusieurs fois dans son orbite avant de se fixer sur moi.

— Il te voit ! s'est exclamé Enoch.

Je me suis penché en avant. L'homme mort sentait la terre retournée, la saumure et autre chose : un relent infect. De la glace est tombée de sa main tremblante quand il l'a levée pour la poser sur mon bras. J'ai résisté à l'envie pressante de me dégager.

Ses lèvres se sont entrouvertes, sa mâchoire s'est affaissée, mais il n'a produit aucun son. « Bien sûr que non, ai-je pensé, il n'a plus de poumons. » Puis il a émis un léger râle. J'ai collé mon oreille contre ses lèvres gelées en songeant, je ne sais pourquoi, à la gouttière de notre maison, à Englewood. En approchant l'oreille du métal, on entendait parfois le bruissement d'un torrent souterrain, enseveli au moment de la construction de la ville, qui coulait désormais dans une nuit perpétuelle.

Les autres se sont pressés autour de moi. Dans un souffle, Martin a prononcé mon nom :

— Jacob.

J'ai réprimé un frisson.

— Oui.

— J'étais mort, a-t-il articulé péniblement.

Puis il s'est corrigé :

— Je suis mort.

— Dis-moi ce qui s'est passé. Tu t'en souviens ?

Silence. Le vent s'engouffrait en sifflant dans les interstices des planches. Martin a fini par lâcher quelques mots inintelligibles.

— Répète, lui ai-je demandé. Répète, s'il te plaît, Martin…

— Il m'a tué, a chuchoté le mort.

— Qui ?

— Le vieux.

— Tu veux dire Oggie ? Ton oncle ?

— Le vieux, a-t-il répété. Il est devenu grand. Et fort, tellement fort…

— Qui ça, Martin ?

Il a fermé les yeux. Craignant qu'il ne soit reparti pour de bon, j'ai regardé Enoch. Il a hoché la tête. Le cœur dans sa main battait encore.

L'œil de Martin a tressauté derrière sa paupière. Il s'est remis à parler, lentement, mais d'une voix égale ; il semblait réciter quelque chose :

— Pendant cent générations, il a dormi, blotti comme un fœtus dans le ventre mystérieux de la terre, fermentant dans les ténèbres, tel un fruit oublié dans un garde-manger, jusqu'à ce que la fourche d'un fermier le déterre, brutale sage-femme, étrange récolte.

Martin s'est interrompu, les lèvres tremblantes. Emma m'a regardé et chuchoté :

— Qu'est-ce qu'il dit ?

— Je ne sais pas. On dirait un poème...

Il a continué d'une voix plus forte :

— Son tendre visage couleur de suie, ses membres rabougris, telles des veines de charbon, ses pieds semblables à des morceaux de bois flotté mêlés de raisins flétris !

J'ai enfin reconnu le poème. C'était celui que Martin avait dédié au garçon du marais.

— Oh, Jacob ! Je m'occupais si bien de lui, a-t-il gémi. Je nettoyais sa vitre et je changeais sa terre. Je lui avais fait un foyer. C'était mon grand bébé meurtri. Je prenais soin de lui, mais...

Il s'est mis à trembler. Une larme a roulé sur sa joue, où elle a gelé.

— Mais il m'a tué.

— Tu veux dire, le garçon du marais ? Le vieux.

— Renvoie-moi, a-t-il imploré. Ça fait mal.

Sa main froide s'est refermée sur mon épaule. Sa voix a faibli.

J'ai regardé Enoch pour lui réclamer son aide. Il a serré le cœur plus fort et secoué la tête.

— Fais vite.

Alors, j'ai compris. Martin me décrivait le garçon du marais, mais ce n'était pas lui qui l'avait tué. « Nous autres, qui n'avons pas ton pouvoir, nous ne les voyons que lorsqu'ils mangent, m'avait confié Miss Peregrine. Autrement dit, quand il est trop tard. » Martin avait vu un sépulcreux en pleine nuit, sous la pluie, au moment où celui-ci le réduisait en lambeaux, et il l'avait pris pour le garçon du marais, le trésor de son musée.

Ma peur s'est ranimée, se diffusant dans mes veines au rythme de mes pulsations accélérées. Je me suis adressé aux autres :

— C'est un creux qui lui a fait ça. Il est quelque part sur l'île.

— Demande-lui où, a suggéré Enoch.

— Martin, où est-il ?

— S'il te plaît... J'ai mal.

— Où était-il ?

— Il a frappé à ma porte.

— Le vieux est venu chez toi ?

Martin a brusquement cessé de respirer. Je me suis forcé à le regarder, malgré l'horreur qu'il m'inspirait. Son œil a viré pour se focaliser sur quelque chose, derrière moi.

— Non. *Lui.*

Au même instant, un faisceau de lumière a balayé la remise, tandis qu'une voix aboyait :

— Qui est là ?

Emma a refermé la main sur sa flamme, qui s'est éteinte en sifflant. Nous avons fait volte-face. Un homme se tenait sur le seuil, une lampe de poche dans une main, un revolver dans l'autre.

Enoch a sorti le bras de la glace, tandis qu'Emma et Bronwyn se rapprochaient discrètement de l'auge pour cacher Martin.

— On n'a rien fait de mal ! s'est écriée Bronwyn. On allait partir !

— Restez où vous êtes ! a braillé l'homme.

Sa voix était monocorde et dépourvue d'accent. Ébloui par sa lampe, je ne distinguais pas les traits de son visage, mais ses vestes superposées l'ont trahi. C'était l'ornithologue.

— Monsieur, on n'a rien mangé de la journée, a gémi Enoch.

Pour une fois, il avait vraiment l'air d'un gamin.

— On est juste venus chercher un ou deux poissons !

— Sans blague ? a fait l'homme. J'ai l'impression que vous en avez choisi un. Voyons lequel ?

Il a agité la lampe de haut en bas, comme pour nous séparer avec le faisceau.

— Poussez-vous !

Nous avons obéi, et il a éclairé le corps ravagé de Martin.

— Tiens, tiens ! En voilà, un curieux poisson ! a-t-il dit, impassible. Il doit être très frais, il bouge encore !

Il a braqué la lampe sur le visage du mort. L'œil de Martin s'est révulsé et ses lèvres ont remué sans laisser passer aucun son. La vie qu'Enoch lui avait insufflée le quittait peu à peu.

— Qui êtes-vous ? a demandé Bronwyn.

— Ça dépend qui tu interroges, a répliqué l'homme. Et ce n'est pas très important. Ce qui compte, c'est que moi, je sais exactement qui vous êtes...

Il nous a éclairés à tour de rôle en déclinant nos identités, comme s'il lisait un dossier classé secret défense :

— Emma Bloom, « enfant étincelle », abandonnée dans un cirque par ses parents, dépités de n'avoir pu la vendre au propriétaire. Bronwyn Bruntley, « guerrière-fauve », avide de sang. Ignorait sa force, jusqu'au soir où elle a brisé le cou de son ordure de beau-père. Enoch O'Connor, « lève-mort », né dans une famille de croque-morts qui ne comprenaient pas pourquoi leurs clients leur faussaient compagnie.

J'ai vu mes amis se recroqueviller et reculer. Puis l'ornithologue a braqué le faisceau sur moi.

— Et Jacob. Tu t'es trouvé des camarades bien particuliers, dis-moi...

— Comment connaissez-vous mon nom ?

Il s'est éclairci la gorge. Quand il a repris la parole, sa voix s'était transformée ; il avait un fort accent de Nouvelle-Angleterre :

— Tu m'as déjà oublié ? C'est vrai que je ne suis qu'un pauvre conducteur de bus...

Même si c'était impossible, l'homme me rappelait effectivement M. Barron, le chauffeur du bus qui me conduisait du collège. Un type infect, raide comme un piquet. Les élèves le détestaient, au point que, le dernier jour de troisième, ils ont défiguré sa photo avec des agrafes, avant de la laisser sur son siège.

Au moment précis où je me remémorais la phrase qu'il me lançait chaque jour, à ma descente du bus, il a claironné :

— Terminus, Portman !

J'ai essayé de distinguer ses traits, malgré le contre-jour.

— Monsieur Barron ? ai-je fait, sceptique.

L'homme a ri et s'est éclairci la gorge. Sa voix a de nouveau changé.

— Lui, ou le jardinier..., a-t-il repris avec un accent traînant de Floride. « Vos arbres ont grand besoin d'être taillés... Je vous ferai un bon prix ! »

C'était une imitation parfaite de l'homme qui, pendant des années, avait entretenu notre pelouse et nettoyé notre piscine.

— Comment vous faites ? ai-je demandé. Comment connaissez-vous ces gens-là ?

— Parce que je *suis* ces gens-là, a-t-il dit, sans accent cette fois.

Il a ri de plus belle, se délectant de ma surprise.

Soudain, j'ai réalisé que je n'avais jamais vu les yeux de M. Barron. Il portait en permanence de grosses lunettes noires. Et je n'avais jamais regardé attentivement le jardinier, mais je me rappelais qu'il avait des lunettes, lui aussi. Ainsi qu'un chapeau à large bord. Combien d'autres rôles ce caméléon avait-il joués dans ma vie ?

— Que se passe-t-il ? m'a demandé Emma. Qui est cet homme ?

— Silence ! l'a rabrouée le type. Ton tour viendra.

— Vous m'avez surveillé, ai-je repris. C'est vous qui avez tué les moutons. Et Martin...

— Qui, moi ? a-t-il fait, l'innocence même. Je n'ai tué personne.

— Mais vous êtes un estre, n'est-ce pas ?

— C'est le nom qu'ils nous donnent.

Un détail m'échappait. Je n'avais pas revu le jardinier depuis que ma mère l'avait licencié, trois ans plus tôt, et M. Barron était définitivement sorti de ma vie à la fin du collège. Avaient-ils – avait-il – continué à me suivre ensuite ?

— Comment m'avez-vous retrouvé ici ?

Une fois de plus, sa voix s'est métamorphosée. Elle est devenue calme et posée :

— Voyons, Jacob, tu m'as dit toi-même où tu allais. En toute confidentialité, bien sûr.

Il a tourné la lampe pour éclairer son visage. Sa barbe avait disparu. Et le doute n'était plus permis.

— Docteur Golan, ai-je murmuré.

Le fracas de la pluie sur les tôles a couvert ma voix. J'ai repensé à notre conversation téléphonique de l'autre jour. Au bruit de fond. Golan m'avait affirmé qu'il était à l'aéroport. Mais il n'était pas parti chercher sa sœur. Il venait me rejoindre.

J'ai reculé contre l'auge de Martin, gagné par une espèce d'engourdissement.

— Le voisin... Le vieil homme qui arrosait sa pelouse, le soir où mon grand-père est mort. C'était vous aussi.

Il a souri.

— Mais vos yeux ?

— Des lentilles de contact.

Il en a retiré une avec son pouce, révélant un globe oculaire blanc.

— C'est étonnant ce qu'on fabrique de nos jours. Et, si tu me permets d'anticiper tes questions : oui, je suis bien un psychiatre diplômé. Les esprits des gens ordinaires m'ont toujours fasciné. Et non, même si nos séances reposaient sur un mensonge, je ne pense pas qu'elles aient été complètement inutiles. D'ailleurs, je pourrais continuer à t'aider... Ou, plutôt, nous pourrions nous aider mutuellement.

— S'il te plaît, Jacob, ne l'écoute pas, m'a imploré Emma.

— Ne t'inquiète pas. Je me suis déjà fait avoir. Je ne commettrai pas deux fois la même erreur.

Golan a poursuivi comme s'il ne m'avait pas entendu :

— Je peux te proposer la sécurité, de l'argent. Je peux te rendre ta vie, Jacob. Il te suffit de travailler pour nous.

— « Nous » ?

— Malthus et moi.

Il a tourné la tête et crié par-dessus son épaule :

— Viens dire bonjour, Malthus.

Une ombre est apparue dans l'embrasure de la porte et, presque aussitôt, une puanteur atroce a envahi la pièce. Bronwyn a reculé en suffoquant. J'ai vu Emma serrer les poings, comme si elle se préparait à l'attaque. J'ai effleuré son bras et articulé en silence : « Attends. »

— C'est une proposition raisonnable, a continué Golan. Tu nous aides à trouver d'autres individus de ton espèce et, en retour, tu n'auras rien à craindre de Malthus et des siens. Tu pourras vivre chez toi. Pendant ton temps libre, tu voyageras avec moi. Tu verras le monde, et nous te paierons grassement. Nous dirons à tes parents que tu m'assistes dans mes recherches.

— Si j'accepte, qu'arrivera-t-il à mes amis ?

Il a fait un geste dédaigneux avec son arme.

— Ceux-là ont choisi leur sort depuis longtemps. Ce qui est important, c'est que des choses extraordinaires se préparent, Jacob, et que tu en feras partie.

Est-ce que j'ai réfléchi à sa proposition ? Je suppose que oui, ne serait-ce qu'un bref instant. Golan m'offrait exactement ce que je recherchais : une troisième option. Un avenir qui n'était ni « rester ici pour toujours » ni « partir et mourir ». Mais il m'a suffi de lancer un regard à mes amis, de voir leurs visages plissés d'inquiétude, pour vaincre toute tentation.

— Alors ? m'a pressé Golan. Ta réponse ?

— Plutôt mourir que de vous aider !

— Ah. Qu'importe, tu m'as déjà beaucoup aidé.

Il a reculé vers la porte.

— Je regretterai nos séances, Jacob. Mais enfin ce n'est pas un échec complet. À vous quatre, vous suffirez peut-être à sortir ce bon vieux Malthus de la forme abjecte dont il est prisonnier depuis si longtemps.

— Oh, non ! a pleurniché Enoch. Je ne veux pas être mangé !

— Ne pleure pas, c'est indigne de toi ! l'a rabroué Bronwyn. On va devoir les tuer, c'est tout.

— J'aimerais bien rester pour voir ça, a dit Golan depuis le seuil. J'adore regarder ! Mais j'ai à faire.

Sur ces mots, il a disparu, nous laissant seuls avec la créature. Je l'entendais respirer dans le noir : une fuite visqueuse dans un tuyau percé. Nous avons reculé à petits pas, jusqu'à nous retrouver dos au mur. Puis nous avons attendu, tels des condamnés à mort devant le peloton d'exécution.

— J'ai besoin de lumière, ai-je chuchoté à Emma, si choquée qu'elle en avait oublié son pouvoir.

Sa main s'est allumée. Alors, parmi les ombres mouvantes, j'ai vu mon cauchemar, en embuscade derrière les auges. La créature était immobile, chauve et nue. Sa peau grise marbrée de noir pendait mollement sur sa carcasse, ses yeux baignaient dans une espèce de substance déliquescente. Ses jambes étaient arquées, ses pieds bots, et ses mains tordues formaient des griffes malhabiles. Son corps tout entier était flétri, atrophié, tel celui d'un vieillard infiniment âgé. Tout son corps, à l'exception de ses mâchoires menaçantes, munies de deux rangées de crocs acérés : de véritables couteaux. Elles étaient si démesurées que sa bouche ne pouvait les contenir, si bien que ses lèvres étaient retroussées dans un perpétuel sourire carnassier.

Puis ces mandibules affreuses se sont ouvertes pour laisser passer trois langues aussi épaisses que mon poignet. Elles se sont déployées sur une longueur de trois mètres au moins et se sont mises à onduler dans l'air. Le creux respirait bruyamment, par des sortes de cavités aux bords déchiquetés, comme s'il humait notre odeur tout en réfléchissant à la meilleure façon de nous dévorer. Si nous étions toujours en vie, c'est probablement parce que nous étions très faciles à tuer. Ce glouton, certain de profiter bientôt d'un délicieux repas, n'avait aucune raison de précipiter les choses.

Les autres ne le voyaient pas, mais ils distinguaient son ombre sur le mur, et surtout celle de ses langues. Emma a plié le bras ; sa flamme est devenue plus vive.

— Qu'est-ce qu'il fait ? a-t-elle chuchoté. Pourquoi ne nous attaque-t-il pas ?

— Il s'amuse avec nous. Il sait qu'on est cuits.

— Pas du tout, a marmonné Bronwyn. Montre-moi où est sa tête. Je vais lui faire sauter les dents.

— À ta place, je ne m'approcherais pas de ses dents.

La créature a fait quelques pas vers nous. Ses langues se sont allongées encore, tout en se séparant. L'une a jailli dans ma direction, l'autre vers Enoch, et la troisième vers Emma.

— Laissez-nous ! a-t-elle crié.

D'un coup de poignet, elle a transformé sa main en lance-flammes. La langue a reculé en se tortillant, puis s'est dressée dans la position du serpent prêt à frapper.

— On fonce vers la porte ! ai-je soufflé. Le creux est dans la troisième allée à partir de la gauche, alors, restez sur la droite !

— On n'y arrivera jamais ! a gémi Enoch.

Une langue lui a effleuré la joue ; il a hurlé.

– À trois, on y va ! a lancé Emma. Une…

Sans attendre le signal, Bronwyn s'est précipitée vers la créature en hurlant telle une banshie[1]. Le creux a poussé un cri perçant et reculé. Il allait lancer ses langues sur son agresseur, quand Bronwyn a glissé les bras sous l'auge pleine de glace contenant le corps de Martin et l'a soulevée au-dessus de sa tête. Le cercueil improvisé a traversé les airs et s'est écrasé sur le monstre dans un fracas d'enfer.

Bronwyn a pivoté et nous a rejoints en quelques bonds.

– Vite !

Je me suis écarté *in extremis*, juste avant qu'elle fonce dans le mur de planches pourries, qui a volé en éclats. Enoch, le plus petit de nous quatre, s'est faufilé dans le trou le premier, suivi par Emma. Sans me laisser le temps de protester, Bronwyn m'a attrapé par les épaules et poussé vigoureusement dehors. J'ai atterri à plat ventre dans une flaque. Le froid était saisissant, mais j'étais transporté de joie à l'idée de ressentir quelque chose. Je veux dire, autre chose que la langue du creux autour de ma gorge…

Emma et Enoch m'ont aidé à me relever et nous avons pris nos jambes à notre cou. Une centaine de mètres plus loin, Emma a crié le nom de son amie, puis s'est arrêtée. Je me suis retourné. Bronwyn n'était pas avec nous.

Nous l'avons appelée en scrutant les ténèbres, mais aucun de nous n'avait le courage de rebrousser chemin. Puis Enoch a pointé un doigt devant lui :

---

1. Créature légendaire issue de la mythologie celtique. Ses hurlements annoncent une mort prochaine.

— Là !

Nous avons enfin repéré Bronwyn, au coin de la remise.

— Qu'est-ce qu'elle fait ? s'est affolée Emma. Bronwyn ! Cours !

La jeune fille semblait vouloir étreindre la cabane. Se ravisant, elle a reculé pour prendre son élan et enfoncé l'épaule dans l'angle. Alors, telle une construction en allumettes, l'édifice s'est effondré. Un nuage de glace pulvérisée et d'éclats de bois s'est élevé dans l'air, avant d'être emporté par une rafale.

Nous avons acclamé Bronwyn, qui courait vers nous, un sourire diabolique aux lèvres. Lorsqu'elle nous a rejoints, nous l'avons serrée dans nos bras en riant, sous la pluie battante. Hélas, notre joie a été de courte durée : l'horreur de la situation nous a vite rattrapés. Emma s'est tournée vers moi ; elle a formulé la question qu'ils devaient tous se poser :

— Jacob, comment se fait-il que cet estre était aussi bien renseigné sur toi ? Et sur nous ?

— Tu l'as appelé docteur, a ajouté Enoch.

— C'était mon psychiatre.

— Ton psychiatre ! a répété Enoch. Ça alors, c'est trop fort ! Non seulement il nous a livrés à un estre, mais en plus il est fou à lier !

Emma l'a poussé violemment.

— Excuse-toi immédiatement ! a-t-elle rugi.

Enoch allait riposter. Je me suis interposé :

— Arrêtez !

Je me suis campé devant Enoch.

— Tu te trompes, je ne suis pas fou. Ce type m'a laissé croire que je l'étais, alors que depuis le début il savait que j'étais particulier. Mais tu as raison sur un point : je vous ai effectivement trahis en racontant les histoires de mon grand-père à un inconnu.

— Ce n'est pas de ta faute, m'a défendu Emma. Tu ne pouvais pas savoir qu'elles étaient vraies.

— Bien sûr que si ! s'est insurgé Enoch. Abe lui a même montré des photos de nous !

— Golan savait tout, sauf comment vous trouver, ai-je ajouté. Et je l'ai conduit jusqu'ici.

— Il t'a eu par la ruse, a insisté Bronwyn.

— C'est sûr. Je suis désolé.

Emma m'a serré contre elle.

— Tout va bien. On est vivants.

— Pour l'instant, a complété Enoch. Mais ce malade rôde toujours sur l'île et, comme il se réjouissait de nous faire dévorer par son sépulcreux, je parie qu'il a imaginé un moyen d'entrer dans la boucle sans notre aide.

— Mon dieu, tu as raison ! a soufflé Emma.

— Dans ce cas, ne traînons pas. Il faut absolument arriver avant lui.

— Et avant cette créature…, a ajouté Bronwyn, montrant du doigt l'appentis en ruine.

Nous avons suivi son regard. Des planches cassées commençaient à remuer sur le tas de décombres.

— Il va nous prendre en chasse, a-t-elle prédit. Et je n'ai plus rien à lui balancer.

On a foncé sur la route en direction du seul endroit où le creux ne pourrait pas nous atteindre : la boucle.

Nous avons laissé la ville derrière nous. Peu à peu, les contours bleutés des cottages ont cédé la place à des prés pentus. Le chemin qui montait vers la crête, raviné par la pluie, était difficilement praticable. À mi-hauteur, Enoch a glissé et s'est retrouvé par terre. Nous l'avons aidé à se relever, puis avons repris notre course effrénée. Au moment de passer la crête, Bronwyn a trébuché à son tour. Elle a dégringolé sur une bonne vingtaine de mètres avant de réussir à s'arrêter. Emma et moi nous sommes précipités à son secours. Pendant qu'on la tirait par les bras, j'ai regardé derrière nous, dans l'espoir de repérer la créature. Je n'ai vu que la nuit opaque. Mon talent ne me servait à rien dans le noir.

On arrivait au sommet, haletants, quand un éclair a zébré le ciel. J'ai enfin aperçu notre poursuivant. Il était assez loin de nous, mais grimpait à toute vitesse. Il se hissait sur la pente à l'aide de ses langues puissantes, telle une araignée géante.

— Plus vite ! ai-je crié.

Pour gagner du temps, nous avons dévalé l'autre versant sur le derrière, jusqu'à ce que le relief nous permette à nouveau de courir.

Un autre éclair a illuminé la campagne. Le creux se rapprochait. À ce rythme, impossible de lui échapper. Notre seul espoir était de ruser.

— S'il nous attrape, il nous tuera tous ! ai-je prévenu. Alors que, si on se sépare, il devra choisir. Je vais l'entraîner sur le chemin le plus long et essayer de le semer dans le marais. Vous trois, regagnez la boucle au plus vite !

— Tu es fou ! a protesté Emma. Si quelqu'un doit rester, c'est moi ! Je peux le combattre avec le feu !

— Pas sous cette pluie. Et pas si tu ne le vois pas !

— Je ne te laisserai pas te sacrifier !

Comme nous n'avions pas le temps de discuter, Bronwyn et Enoch sont partis tout droit, tandis qu'Emma et moi quittions le sentier, en espérant que la créature choisirait de nous suivre. Notre vœu a été exaucé. Elle a bientôt gagné assez de terrain pour que je devine sa présence sans la voir. Le nœud dans mon ventre était une indication suffisante.

Main dans la main, nous avons traversé un champ plein d'ornières, ne cessant de tomber et de nous relever mutuellement. Soudain, la silhouette d'un bâtiment s'est détachée de l'obscurité : une cabane délabrée, sans porte. Dans ma panique, je ne l'ai pas reconnue.

— Viens, on va se cacher ! ai-je dit entre deux halètements.

« Faites que cette créature soit stupide ! » ai-je prié en sprintant vers la masure. S'il vous plaît, faites qu'elle soit stupide. »

Nous avons décrit un grand arc de cercle autour de notre objectif, dans l'espoir de tromper l'ennemi.

— Attends ! m'a crié Emma.

Elle a sorti de sa poche la mousseline qui avait servi à emballer le cœur de mouton d'Enoch et l'a enroulée autour d'un caillou ramassé par terre. Puis elle a enflammé le paquet dans ses mains et l'a lancé le plus loin possible de nous. Le projectile a atterri quelque part dans le marais, où il s'est mis à luire faiblement.

— Fausse piste, a-t-elle expliqué.

Nous avons tourné le dos à la lueur pour aller nous cacher.

*

* *

La porte pendait, détachée de ses gonds. Passé le seuil, nous nous sommes enfoncés jusqu'aux chevilles dans une substance molle et odorante, et j'ai enfin compris où nous étions.

— Qu'est-ce que c'est ? a chuchoté Emma.

Le souffle d'un animal nous a fait sursauter. La cabane était pleine de moutons, venus se mettre à l'abri de la tempête. Nous avons vu luire leurs yeux mornes. Ils étaient des dizaines.

— C'est bien ce que je pense ? a repris Emma.

Elle a levé un pied, dans un écœurant bruit de succion.

— N'y pense pas. Viens, éloignons-nous de la porte.

Je l'ai prise par la main et nous nous sommes avancés dans la bergerie, slalomant entre les animaux craintifs, jusqu'à un étroit couloir. Il débouchait dans une seconde salle pleine de brebis, munie d'une fenêtre et d'une porte intacte, fermée. Nous nous sommes accroupis dans le fumier, blottis l'un contre l'autre dans l'angle le plus reculé.

Après avoir fixé les ténèbres pendant une minute, j'ai distingué des formes dans la pièce. Des caisses et des cartons étaient empilés dans un coin, et des outils rouillés étaient accrochés au mur derrière nous. J'ai cherché quelque chose d'assez coupant pour servir d'arme. Finalement, j'ai opté pour une paire de ciseaux géants.

— Tu veux tondre les brebis ? m'a demandé Emma.

— C'est mieux que rien.

Alors que je décrochais les cisailles du mur, j'ai entendu un bruit à la fenêtre. Les brebis ont poussé des bêlements angoissés. Et soudain une longue langue noire s'est faufilée par l'ouverture. Je me suis recroquevillé dans mon coin. Emma a plaqué une main devant sa bouche pour continuer à respirer sans bruit.

La langue a exploré la pièce comme un périscope, semblant goûter l'air. Par chance, nous avions trouvé refuge dans la pièce la plus nauséabonde de l'île. L'odeur des moutons devait masquer la nôtre, car, au bout d'une minute, la langue est ressortie. La créature s'est éloignée d'un pas pesant.

Emma a ôté la main de sa bouche et poussé un soupir tremblant.

— Je crois qu'on l'a eu...

— Il faut que je te dise quelque chose. Si on s'en sort vivants, je reste.

Elle m'a pris la main.

— Tu es sérieux ?

— Après ce qui est arrivé, je ne peux pas retourner chez moi. Et d'ailleurs, en admettant que je puisse vous aider, je vous dois bien ça. Et plus encore. Vous viviez en sécurité avant que j'entre dans la boucle.

— Si on s'en sort, je ne regretterai rien.

Une espèce d'aimant a attiré nos visages l'un vers l'autre. Au moment où nos lèvres allaient se toucher, des bêlements terrifiés ont déchiré le silence. Les moutons, pris de panique, nous ont plaqués contre le mur.

Le creux n'était pas aussi stupide que je l'espérais.

Nous l'avons entendu approcher. S'il y avait eu un moment propice à la fuite, il était derrière nous. Nous nous sommes recroquevillés dans notre coin dans l'espoir de passer inaperçus.

Soudain, une puanteur encore plus forte que l'odeur ambiante m'a empli les narines. Les brebis se sont brusquement écartées de la porte, dérivant comme un banc de poissons et se pressant si fort contre nous qu'on pouvait à peine respirer. Nous nous sommes agrippés l'un à l'autre en silence. Pendant quelque temps, nous n'avons entendu que le bêlement des brebis et le cliquetis des sabots. Puis un cri rauque a retenti, bref et désespéré, suivi par un abominable craquement d'os brisés. Le creux avait fait une première victime.

Ensuite, ç'a été le chaos total. Les animaux paniqués ricochaient les uns contre les autres, nous projetant si violemment contre le mur que j'ai été pris de vertige. Le creux a poussé un hurlement à percer les tympans et s'est mis à égorger les brebis une à une. Il arrachait des lambeaux de leur chair avant de les jeter au sol, se frayant un chemin sanglant jusqu'à nous. La peur me paralysait.

C'est pourquoi j'ai du mal à expliquer ce qui s'est passé ensuite.

Mon instinct me criait de rester caché, si possible de m'enfoncer dans le sol. Mais soudain une pensée a jailli dans mon cerveau, si limpide qu'elle occultait tout : « Pas question de mourir dans cette cabane immonde ! » J'ai poussé Emma derrière la plus grosse brebis et je me suis rué vers la porte.

J'avais trois mètres à franchir ; la porte était fermée et plusieurs bêtes se trouvaient sur mon passage. Qu'importe, j'ai foncé tête baissée. J'ai balancé un coup d'épaule dans le battant et − miracle ! − il s'est ouvert.

Je suis sorti en titubant sous la pluie et j'ai hurlé : « Viens me chercher, saloperie ! »

Le creux a hurlé. J'avais attiré son attention. Un flot de moutons m'a suivi. Je me suis mis à courir. Quand j'ai été sûr que la créature me poursuivait et qu'Emma ne risquait plus rien, j'ai foncé vers le marais.

Je sentais sa présence derrière moi. J'aurais pu avancer plus vite, mais j'avais toujours les cisailles à la main. Je ne sais pourquoi, je n'arrivais pas à me résoudre à les lâcher. Bientôt, le sol est devenu meuble. J'ai compris que j'avais atteint le marécage.

À deux reprises, le creux a gagné du terrain et m'a frôlé le dos avec ses langues. Mais à chaque fois, alors que je m'attendais à finir étranglé, la créature a trébuché et s'est affalée dans la boue. Si je suis arrivé au cairn la tête sur les épaules, c'est parce que je savais exactement où poser les pieds ; grâce à Emma, j'étais capable de faire ce trajet dans le noir à la vitesse de l'éclair.

J'ai grimpé sur le monticule et plongé dans le tunnel de pierre. Si j'atteignais la caverne, j'échapperais à mon poursuivant. J'ai progressé à quatre pattes, car me relever m'aurait pris trop de temps. À mi-chemin, je commençais à être optimiste sur mes chances de survie, quand une langue m'a saisi la cheville.

Le creux utilisait deux de ses langues pour s'agripper aux rochers, à l'extérieur du cairn, tandis que son corps obstruait l'entrée du tunnel. Avec la troisième, il me traînait vers lui, tel un poisson au bout d'une ligne.

J'ai griffé le sol, en vain : les gravillons s'échappaient entre mes doigts. Je me suis retourné sur le dos et j'ai tenté d'agripper la paroi de ma main libre. Hélas, je glissais trop vite. J'ai aussi essayé de sectionner la langue avec les cisailles, mais elle était dure et musclée, et l'outil trop émoussé. J'ai fermé les yeux. Je ne voulais pas que ma dernière vision soit celle des mâchoires béantes du monstre. J'ai empoigné les cisailles à deux mains et je les ai brandies devant moi. Le temps a paru s'étirer – cela se produit, dit-on, lors d'un accident de voiture ou la chute d'un avion. Mon ultime sensation a été celle d'un choc monumental quand j'ai percuté le creux de plein fouet.

Mes poumons se sont vidés d'un coup et je l'ai entendu hurler. Nous avons jailli du tunnel et roulé au bas du cairn, jusque dans le marécage. Quand j'ai rouvert les yeux, j'ai vu mes cisailles enfoncées dans les orbites du monstre. Il hurlait comme dix cochons qu'on égorge et se convulsait dans la boue. Un liquide sombre et visqueux s'échappait de ses orbites : il pleurait une rivière noire.

Je le sentais mourir. À mesure que la vie le quittait, sa langue se desserrait autour de ma cheville. Le nœud de panique dans mon estomac se relâchait lentement, lui aussi. Enfin, la créature s'est raidie. Presque aussitôt, la vase l'a engloutie ; elle a disparu de ma vue. Une nappe de sang noir était tout ce qui restait d'elle.

J'ai senti la boue m'aspirer à mon tour. Plus je me débattais, plus je m'enfonçais. J'ai songé à l'étrange découverte que l'on ferait dans mille ans : nos deux corps préservés ensemble dans la tourbe.

J'ai tenté des mouvements de brasse pour me rapprocher de la terre ferme, mais je n'ai réussi qu'à sombrer davantage. La boue m'aspirait, recouvrait mes bras, ma poitrine, entourait ma gorge comme un nœud coulant.

J'ai hurlé pour appeler à l'aide, et – miracle ! – mes appels ont été entendus. J'ai d'abord cru qu'une luciole s'approchait de moi en voletant. Puis Emma a crié mon nom, et je lui ai répondu.

Une branche s'est posée sur la vase. Je l'ai attrapée. Emma a tiré de toutes ses forces. Quand je me suis enfin extrait du marécage, je tremblais trop pour me mettre debout. Emma s'est accroupie près de moi et je suis tombé dans ses bras.

« Je l'ai tué, ai-je pensé. Je l'ai tué pour de bon. » Je ne me serais jamais cru capable d'une chose pareille. Cela me donnait un sentiment de puissance. Dire que j'avais peur depuis si longtemps, sans imaginer que j'avais les moyens de me défendre… Bien sûr, je ne serais jamais aussi fort que Grandpa, mais je n'étais pas non plus une mauviette. Je pouvais tuer les monstres.

J'ai formulé cette pensée à voix haute, pour voir :

— Il est mort. Je l'ai tué.

J'ai ri. Emma a pressé sa joue contre la mienne.

— Abe aurait été fier de toi.

Nous nous sommes embrassés. C'était doux et agréable. La pluie coulait de nos nez jusque dans nos bouches entrouvertes. Mais bientôt – trop tôt – Emma s'est dégagée.

— Ce que tu as dit tout à l'heure…, a-t-elle chuchoté. Tu le pensais vraiment ?

— Je reste, ai-je répété. Si Miss Peregrine veut bien de moi.

— Elle voudra de toi. J'en fais mon affaire.

— Avant de s'inquiéter de ça, on devrait retrouver mon psychiatre, pour lui confisquer son arme.

Emma s'est rembrunie.

— Exact.

— Allons-y ! Il n'y a pas une seconde à perdre.

*
* *

Nous avons quitté la pluie pour un monde bruyant, enfumé. La boucle ne s'était pas encore renouvelée et le marais était couvert d'impacts de bombes. Des avions vrombissaient dans le ciel ; un mur de flammes orange progressait en direction de la forêt. J'allais suggérer d'attendre que le calme revienne pour rejoindre la maison, quand des bras musclés m'ont enlacé par-derrière et soulevé du sol.

— Tu es vivant ! a exulté Bronwyn.

Enoch et Hugh l'accompagnaient. Quand elle m'a lâché, ils sont venus me serrer la main. Puis ils m'ont examiné avec curiosité.

— Je suis désolé de t'avoir pris pour un traître, m'a dit Enoch. Je suis content que tu ne sois pas mort.

— Moi aussi, ai-je répondu.

— Tu es vraiment entier ? s'est enquis Hugh.

J'ai étiré les membres en guise de démonstration :

— Deux bras et deux jambes. Et vous n'aurez plus à vous soucier de ce creux. On l'a tué.

— Oh, arrête d'être modeste ! a dit fièrement Emma. C'est toi qui l'as tué.

— Formidable ! a fait Hugh.

Cependant, les deux garçons avaient la mine sombre.

— Que se passe-t-il ? leur ai-je demandé. Attendez... Pourquoi n'êtes-vous pas dans la maison, tous les trois ? Où est Miss Peregrine ?

— Elle n'est plus là, a répondu Bronwyn, la lèvre tremblante. Miss Avocette non plus. Il les a enlevées.

— Malédiction ! a gémi Emma. On arrive trop tard.

— Il est venu avec un revolver, a dit Hugh en fixant ses pieds. Il a voulu prendre Claire en otage, mais elle l'a mordu avec sa deuxième bouche. Alors, il m'a pris moi. Comme je me suis débattu, il m'a assommé avec le canon de son arme.

Il a passé une main derrière son oreille et nous a montré ses doigts pleins de sang.

— Il a enfermé les autres enfants dans la cave et menacé la directrice de me faire un trou dans la tête, si elle et Miss Avocette ne se changeaient pas en oiseaux. Elles ont obéi et il les a mises dans une cage.

— Il avait une cage ? s'est étonnée Emma.

Hugh a hoché la tête :

— Toute petite. Si bien qu'elles n'avaient pas la place de bouger, et encore moins de se retransformer. Après, j'ai cru qu'il allait me tuer, mais il m'a jeté dans la cave avec les autres et il a filé avec les oiseaux.

— C'est là qu'on les a trouvés à notre retour, a dit Enoch avec amertume. Cachés en bas, comme une bande de lâches.

— On ne se cachait pas ! a protesté Hugh. Il nous a enfermés ! Il nous aurait tués !

— Ça suffit ! a fait sèchement Emma. Où s'est-il enfui ? Pourquoi ne l'avez-vous pas poursuivi ?

— On ne sait pas où il est allé, s'est défendu Bronwyn. On espérait que vous l'auriez vu.

— Non, on ne l'a pas vu ! a rétorqué Emma.

Elle a balancé un coup de pied furieux dans un caillou. Hugh a sorti une petite photo de sa chemise.

— L'estre m'a glissé ça dans la poche avant de partir, et il m'a prévenu : « Voilà ce qui arrivera si vous essayez de me rattraper. »

CROÂ   CROÂ   CROÂ

Bronwyn lui a arraché la photo des mains et s'est étranglée :

— Oh ! C'est Miss Corbeau ?

— Je crois que c'est Miss Corneille, a rectifié Hugh.

— Et voilà ! Elles vont mourir, a gémi Enoch. Je savais que ça finirait par arriver !

— On n'aurait jamais dû quitter la maison, a enchaîné Emma, l'air piteux. Millard avait raison.

Soudain, une bombe a explosé à la lisière du marais, causant une pluie de boue.

— Attendez ! D'abord, on n'est pas sûrs que cette photo représente Miss Corbeau ou Miss Corneille. C'est peut-être un banal corbeau. Et, si Golan voulait tuer Miss Peregrine et Miss Avocette, il ne se serait pas donné la peine de les kidnapper. Elles seraient déjà mortes.

Je me suis tourné vers Emma.

— Si on n'était pas partis, on se serait fait enfermer dans la cave avec les autres. Et il y aurait toujours un sépulcreux dehors !

— N'essaie pas de me réconforter ! a-t-elle rétorqué. Tout ce qui arrive, c'est par ta faute !

— Il y a dix minutes, tu étais contente que je sois venu !

— Il y a dix minutes, j'ignorais que Miss Peregrine avait été enlevée.

— Vous allez arrêter ! a crié Hugh. Tout ce qui compte, maintenant, c'est qu'on n'a plus l'Oiseau. Il faut absolument la délivrer !

— Très bien, ai-je grommelé. Alors, réfléchissons. Mettons-nous à la place de l'estre. À votre avis, où emmènera-t-il deux ombrunes en cage ?

— Ça dépend de ce qu'il a l'intention d'en faire, a raisonné Enoch.

— Il voudra sûrement quitter l'île, a deviné Emma. Dans ce cas, il aura besoin d'un bateau.

— Mais quelle île ? a demandé Hugh. Dans la boucle ou à l'extérieur ?

— Il y a une tempête terrible dehors, ai-je signalé. Personne n'ira bien loin en bateau, de ce côté-là.

— Alors, il est forcément de notre côté, s'est écriée Emma, pleine d'espoir. Qu'est-ce qu'on attend ? Descendons au port !

— Il est *peut-être* au port, a admis Enoch. S'il n'est pas déjà parti... Mais, en supposant qu'on arrive là-bas sans se faire déchiqueter par des éclats d'obus, que l'estre y soit encore et qu'on le repère dans le noir, il faudra quand même s'inquiéter de son revolver. Est-ce que vous préférez voir l'Oiseau kidnappé, ou tué sous nos yeux ? J'ai l'impression que vous êtes devenus fous !

— Très bien ! s'est emporté Hugh. Dans ce cas, on abandonne et on rentre à la maison. Qui a envie d'une bonne tisane, avant d'aller au lit ? Et tant qu'on y est, puisque l'Oiseau n'est pas là, profitons-en pour faire un grog !

Il a essuyé rageusement ses yeux pleins de larmes.

— Comment peux-tu renoncer aussi vite, après tout ce qu'elle a fait pour nous ?

Enoch allait lui répondre, quand une voix féminine nous a appelés. Hugh s'est éloigné de quelques pas en plissant les yeux. Il est revenu vers nous avec une drôle d'expression.

— C'est Fiona.

Je n'avais encore jamais entendu Fiona prononcer un mot, pas même émettre un son. Comme le vacarme des avions et des explosions nous empêchait de saisir ce qu'elle disait, nous avons couru à sa rencontre à travers le marécage.

Quand nous sommes arrivés au sentier, hors d'haleine, Fiona était presque aphone à force de crier. Elle avait les yeux exorbités et les cheveux plus ébouriffés que jamais. Elle nous a tirés, traînés et poussés en direction de la ville, en hurlant avec un accent irlandais si fort que personne ne la comprenait. Hugh l'a prise par les épaules pour l'obliger à se calmer.

Elle a inspiré longuement, puis a tendu un bras tremblant devant elle.

— Millard l'a suivi ! Il s'était caché quand l'homme nous a enfermés dans la cave. Et, quand il a filé, il l'a suivi.

— Où ça ? ai-je demandé.

— Il est parti en bateau.

— Vous voyez ! a triomphé Emma. Le port !

— Non, a dit Fiona. Il a pris ton canoë, Emma. La barque que tu caches derrière les rochers. Il a grimpé dedans avec la cage et il a commencé à ramer, mais la mer était trop mauvaise. Alors, il s'est réfugié sur le rocher du phare. Il y est encore.

Nous avons foncé jusqu'au phare. Sur les falaises, en surplomb, nous avons retrouvé le reste des enfants qui montaient la garde, tapis dans les hautes herbes.

— Baissez-vous ! nous a sifflé Millard.

Nous les avons rejoints en rampant. Ils avaient l'air profondément choqués, surtout les plus jeunes.

Je me suis approché à plat ventre du bord de la falaise. En bas, à quelque distance de l'épave submergée, j'ai aperçu le canoë d'Emma, arrimé au pied du phare. Golan et les ombrunes étaient invisibles.

— Qu'est-ce qu'il fait là-bas ? ai-je demandé.

— C'est la question qu'on se pose, a répondu Millard. Il attend que quelqu'un vienne le chercher ou que la mer se calme pour repartir à la rame.

— Dans mon petit canoë ? a fait Emma, dubitative.

— Comme je te le disais, on n'en sait rien.

Trois explosions assourdissantes ont résonné coup sur coup. J'ai rentré la tête dans les épaules, tandis que le ciel prenait une teinte orange.

— Est-ce que des bombes tombent par ici, Millard ? s'est renseignée Emma.

— Mes recherches ne portent que sur le comportement des humains et des animaux.

— Nous voilà bien avancés…

— Tu as un autre bateau caché dans le coin ? ai-je demandé à Emma.

— Hélas, non. On va devoir traverser à la nage.

— Et après ? a repris Millard. Se faire tirer dessus ?

— On trouvera une solution.

Millard a soupiré :

— Merveilleux. Un suicide improvisé.

Emma nous a regardés à tour de rôle.

— Quelqu'un a une meilleure idée ?

— Si j'avais mes soldats…, a commencé Enoch.

— Ils fondraient dans l'eau, a objecté Millard.

Enoch a baissé la tête. Les autres sont restés silencieux.

— Alors, c'est décidé, a tranché Emma. Qui vient ?

J'ai levé la main. Bronwyn aussi.

— Vous aurez besoin de quelqu'un d'invisible, a dit Millard. Emmenez-moi s'il le faut.

— Quatre, c'est suffisant, a décrété Emma. J'espère que vous êtes de bons nageurs.

L'heure n'était pas aux effusions. Nos camarades nous ont souhaité bonne chance et nous sommes partis.

Nous avons retiré nos cirés noirs, puis longé discrètement la falaise jusqu'au sentier qui descendait vers la plage. Nous l'avons dévalé sur le derrière.

Soudain, un vacarme épouvantable a retenti au-dessus de nos têtes. Nous nous sommes immobilisés. Un avion nous a survolés en vrombissant. Le vent a ébouriffé nos cheveux et soulevé une tempête de sable. J'ai serré les dents, me préparant à être pulvérisé par une bombe. Mais il ne s'est rien passé.

Nous avons repris notre descente. En arrivant à la plage, Emma nous a donné ses consignes :

— Il y a un bateau naufragé entre ici et le phare. Nagez au maximum sous l'eau. Il ne faut pas qu'il nous repère. Une fois là-bas, on avisera.

— Allons-y, a fait Bronwyn.

Nous avons rampé jusqu'aux premières vagues et commencé à nager dans l'eau froide. Au début, c'était relativement facile. Mais plus on s'éloignait de la côte, plus le courant était fort. Nous avons atteint l'épave hors d'haleine. Nous nous sommes agrippés à sa coque rouillée le temps de reprendre notre souffle. Seules nos têtes sortaient de l'eau. La pleine lune éclairait le phare, ainsi que l'îlot rocheux où il se dressait. Mais mon psy était invisible.

Nous avons longé l'épave. Une cinquantaine de mètres nous séparait des rochers.

— Voilà mon plan, a dit Emma. Golan connaît la force de Wyn ; il fera donc tout pour se débarrasser d'elle. Je propose que Jacob et moi partions à sa recherche et qu'on attire son attention pendant que Wyn se faufilera derrière lui pour l'assommer. Pendant ce temps, Millard récupérera la cage avec les oiseaux. Des objections ?

Comme pour lui donner la réplique, une détonation a déchiré l'air. Elle était très différente des déflagrations sourdes et lointaines des bombes. C'est seulement au second coup de feu, accompagné d'un bruit d'éclaboussures tout proche, que nous avons compris. Golan nous mitraillait.

— Plongez ! a crié Emma, alors qu'on venait juste de se hisser sur la coque.

Nous avons obéi sans demander notre reste. Un instant plus tard, nous avons ressorti la tête de l'eau pour respirer.

— Bravo pour l'effet de surprise ! a commenté Millard.

Golan ne tirait plus, mais nous l'apercevions près de la porte du phare, le revolver à la main.

— C'est peut-être une ordure, mais pas un idiot, a dit Bronwyn. Il savait qu'on le poursuivrait.

— Et maintenant c'est fichu ! a pesté Emma. Si on sort de l'eau, il va nous tirer comme des lapins.

— Il ne peut pas viser ce qu'il ne voit pas, a objecté Millard en se hissant sur la coque. J'y vais !

— Tu n'es pas invisible dans l'eau, idiot !

Emma avait raison. Une forme de corps en négatif apparaissait à l'endroit où il barbotait.

— Plus que vous, a-t-il répliqué. J'ai traversé toute l'île derrière ce type sans me faire repérer. Je devrais pouvoir le tromper quelques mètres de plus.

Nous ne l'avons pas contredit. Si nous nous opposions à son projet, les seules options qu'il nous restait étaient d'abandonner, ou de nous précipiter sous une grêle de balles.

— D'accord, a accepté Emma. Si tu penses que tu as tes chances...

— Il faut bien que quelqu'un joue les héros, a-t-il répondu en s'éloignant.

— Des dernières paroles célèbres, ai-je murmuré.

Puis j'ai vu Golan s'agenouiller et viser.

— Attention ! ai-je crié.

Trop tard. Un coup de feu a éclaté. Millard a hurlé. Nous nous sommes hissés sur l'épave et précipités vers lui. J'étais certain que Golan allait nous tirer dessus, mais il n'en a rien fait. « Il recharge son arme », ai-je pensé, ravi de cette accalmie.

Millard était agenouillé dans l'eau, sonné. Du sang coulait de sa poitrine. Pour la première fois, je voyais les contours de son corps, soulignés de rouge. Emma l'a pris par le bras :

— Millard ! Ça va ? Dis quelque chose !

— Toutes mes excuses. Je crois bien qu'il m'a touché.

— Il faut arrêter l'hémorragie ! s'est écriée Emma. Il faut le ramener sur la berge !

— Sottises ! a protesté Millard. Si on rebrousse chemin, on perdra définitivement Miss Peregrine. Et cet homme ne vous laissera jamais l'approcher.

De nouveaux coups de feu ont claqué. Une balle m'a frôlé l'oreille.

— Par ici ! a crié Emma. Plongez !

J'ai mis un petit moment à comprendre ses intentions. Elle courait vers le trou dans la coque : la porte menant à la cale du cargo. Bronwyn et moi avons soulevé Millard et foncé derrière elle. Des balles ricochaient autour de nous. On aurait dit que quelqu'un cognait dans une poubelle métallique.

— Retiens ton souffle, ai-je commandé à Millard.

Nous étions arrivés au bord du trou. Nous avons sauté à pieds joints.

Une fois sous l'eau, nous avons descendu quelques barreaux de l'échelle et attendu. J'ai essayé de garder les yeux ouverts, mais c'était douloureux à cause du sel. Je sentais le goût du sang de Millard dans l'eau.

Emma m'a tendu le tube. J'ai respiré brièvement avant de le passer à Bronwyn. J'étais essoufflé d'avoir couru, et l'unique goulée d'air que je m'autorisais à prendre toutes les quelques secondes ne me suffisait pas. Mes poumons me brûlaient, je commençais à avoir le vertige.

Quelqu'un a tiré sur mon T-shirt : « Remonte. » Je me suis hissé en haut de l'échelle. Puis Bronwyn et Emma ont troué la surface à leur tour pour respirer et échafauder un plan, pendant que Millard était sous l'eau avec le tube.

Nous avons échangé quelques phrases à voix basse, sans quitter le phare des yeux.

— On ne peut pas rester ici, a déclaré Emma. Millard va se vider de son sang.

— Il faudrait au moins vingt minutes pour le ramener sur la plage. Il risque de mourir en chemin.

— Je ne sais pas quoi faire d'autre ! a-t-elle gémi.

— Le phare est tout près, a signalé Bronwyn. Emmenons-le là-bas.

— Et c'est Golan qui va nous vider de notre sang ! ai-je ironisé.

— Non.

— Pourquoi ? Tu es imperméable aux balles ?

— Peut-être, a répondu Bronwyn, énigmatique.

Elle a pris une inspiration et disparu sous l'eau.

— Qu'est-ce qu'elle a en tête ?

Emma paraissait inquiète :

— Je n'en ai aucune idée. Mais elle a intérêt à se dépêcher.

J'ai regardé vers le bas. Au lieu de Bronwyn, j'ai aperçu Millard sur l'échelle, entouré de poissons lumineux. Puis j'ai senti la carcasse du bateau vibrer. Peu après, Bronwyn a refait surface avec un rectangle en métal d'environ deux mètres par un mètre cinquante, percé d'un trou circulaire bordé de rivets. Elle avait arraché une porte du cargo !

— Qu'est-ce que tu comptes faire avec ça ? s'est informée Emma.

— Rejoindre le phare.

Elle s'est hissée sur l'épave en tenant la porte devant elle.

— Wyn, il va te massacrer ! a crié Emma.

Comme pour lui donner la réplique, Golan a tiré une balle, qui a rebondi sur la porte.

— Génial ! me suis-je exclamé. Un bouclier !

Emma a éclaté de rire.

— Wyn, tu es formidable !

— Millard n'aura qu'à monter sur mon dos. Vous autres, suivez-moi en file indienne.

Emma est allée chercher Millard sous l'eau et l'a aidé à passer les bras autour du cou de Bronwyn.

— C'est magnifique là-dessous, a-t-il fait d'une voix rêveuse. Emma, pourquoi tu ne m'as jamais parlé des anges ?

— Quels anges ?

— Les anges verts qui vivent en bas. Ils m'ont gentiment proposé de me conduire au paradis.

— Personne ne va au paradis pour l'instant ! a tranché Emma. Tu t'accroches à Bronwyn, d'accord ?

— D'accord, a-t-il dit, l'air absent.

Emma s'est collée contre Millard pour l'empêcher de glisser du dos de Bronwyn. Je me suis rangé derrière elle et nous avons avancé cahin-caha sur l'épave, en direction du phare.

Nous étions une cible de taille ; Golan s'est empressé de vider son chargeur dessus. Le bruit des balles qui ricochaient sur la porte était assourdissant, mais plutôt rassurant. Après une dizaine de tirs, notre agresseur a renoncé. Je n'étais pas assez optimiste pour penser qu'il était à court de munitions.

Arrivés à l'extrémité du cargo, Bronwyn nous a aidés à descendre dans l'eau, sans cesser de nous abriter. Notre petit défilé s'est changé en cortège de chiens nageurs. Tout en barbotant, Emma bombardait Millard de questions :

— Millard ! Qui est le Premier ministre ?

— Winston Churchill. Qu'est-ce qui te prend ? Tu as perdu la boule ?

— Quelle est la capitale de la Birmanie ?

— Ça alors, aucune idée ! Rangoon ?

— Bravo ! Et ta date d'anniversaire ?

— Tu veux bien arrêter de crier et me laisser saigner tranquille !

Nous avons rapidement franchi la petite distance qui séparait l'épave du phare. Pendant que Bronwyn grimpait sur les rochers, le bouclier sur l'épaule, Golan a tiré plusieurs balles. Leur impact l'a déséquilibrée. Elle a chancelé et failli tomber en arrière. Entre son poids et celui de la porte, nous aurions probablement été écrasés. Heureusement, Emma a eu le bon réflexe. Elle a plaqué les mains dans le dos de son amie et poussé vigoureusement. Bronwyn a retrouvé son équilibre et posé le pied devant elle, sur la terre ferme. Nous l'avons suivie en grelottant dans l'air froid de la nuit.

L'îlot rocheux où se dressait le phare mesurait une cinquantaine de mètres dans sa plus grande largeur. À la base de l'édifice, un petit escalier de pierre menait à une porte. Golan était sur le seuil. Il braquait son revolver sur nous.

J'ai risqué un coup d'œil par le hublot. L'estre tenait une cage dans une main. À l'intérieur, deux oiseaux battaient des ailes, tellement serrés l'un contre l'autre que j'avais du mal à les distinguer.

Un tir a sifflé tout près. J'ai replongé.

— Si vous vous approchez, je les tue ! a crié Golan en secouant la cage.

— Il ment. Il a besoin d'elles.

— Tu n'en es pas sûr, a objecté Emma. Ce type est fou à lier.

— On ne va quand même pas rester les bras croisés ?

— Fonçons sur lui, a suggéré Bronwyn. Il sera pris de court. Mais, pour que ça marche, il faut le faire immédiatement !

Sans nous laisser le temps de peser le pour et le contre, Bronwyn s'est précipitée vers le phare. Nous étions obligés de la suivre : elle transportait notre bouclier.

Une seconde plus tard, des balles crépitaient sur la porte et ébréchaient les rochers autour de nos pieds. J'avais l'impression d'être agrippé à un train lancé à toute allure. Bronwyn était terrifiante : les veines du cou gonflées, le dos et les bras couverts du sang de Millard, elle poussait des cris de barbare. Je me suis réjoui d'être dans son camp.

En approchant du but, elle nous a ordonné :

— Courez vous mettre à l'abri derrière le phare !

Emma et moi avons empoigné Millard et obliqué à gauche. Chemin faisant, j'ai vu Bronwyn lever la porte au-dessus de sa tête et la balancer sur Golan.

Un bruit de tonnerre a retenti, suivi par un cri. Bronwyn nous a rejoints, rouge et essoufflée.

— Je crois que je l'ai touché, a-t-elle annoncé, tout excitée.

— Et les oiseaux ? a demandé Emma. Tu y as pensé ?

— Ils les a lâchés. Ils sont sains et saufs.

— Tu aurais pu nous consulter avant de risquer nos vies à tous ! s'est fâchée Emma.

— Silence ! ai-je sifflé.

Je venais d'entendre un léger bruit de métal.

— Qu'est-ce que c'est ?

— Il monte l'escalier, a deviné Emma.

— Vous devriez le suivre, a croassé Millard, affalé contre le mur.

— On s'occupe d'abord de toi. Qui sait faire un garrot ?

Bronwyn a déchiré une jambe de son pantalon.

— Moi. J'arrête ce saignement, et vous vous chargez de l'estre. Je l'ai déjà bien assommé. Ne lui laissez pas le temps de récupérer.

Je me suis tourné vers Emma.

— Tu es partante ?

— Plutôt, oui !

De petites flammes jaillissaient de ses mains.

— Je vais le faire fondre ! a-t-elle prévenu, l'air féroce.

Nous avons enjambé la porte du bateau, qui gisait sur les marches, toute tordue, pour entrer dans le phare. Le bâtiment consistait en une pièce circulaire, étroite et verticale. Au centre, un escalier rouillé montait en colimaçon depuis le sol jusqu'à un parapet de pierre, à plus de 30 mètres de haut. On entendait les pas de Golan, mais l'obscurité nous empêchait de voir quelle distance il avait parcourue.

— Tu l'as repéré ?

— Viens par ici !

Emma m'a pris par le bras et m'a entraîné vers l'escalier, où les balles de Golan ne pouvaient pas nous atteindre. Nous avons grimpé quelques marches, qui tanguaient comme un bateau sur une mer en furie.

— Ce n'est pas rassurant !

Emma serrait la rampe si fort que ses articulations étaient blanches.

— Même si on arrive au sommet, il va nous tirer dessus !

— Si on ne peut pas monter, on peut essayer de le faire descendre, ai-je suggéré.

Je me suis balancé d'avant en arrière en tenant la rambarde et en tapant des pieds. Une onde de choc a parcouru le frêle escalier. Emma m'a regardé comme si j'avais perdu la tête. Puis elle a compris mon intention et m'a imité. Bientôt, la cage d'escalier tanguait dangereusement.

— Et si tout s'effondre ? a-t-elle crié.

— Espérons que non !

Nous avons secoué plus fort. Des écrous et des boulons ont commencé à pleuvoir. La rambarde faisait de telles embardées que j'avais du mal à la tenir. Golan a poussé un chapelet de jurons impressionnant. Puis un objet est tombé. Il a rebondi jusqu'en bas et a atterri près de nous.

« Et si c'était la cage ? » ai-je pensé aussitôt.

J'ai dévalé les marches pour en avoir le cœur net.

— Qu'est-ce que tu fais ? m'a crié Emma. Il va te tirer dessus !

— Non ! ai-je dit en brandissant le revolver de Golan, triomphant.

Il était chaud et pesait lourd dans ma main. J'ignorais s'il était encore chargé, et je ne savais pas comment le vérifier dans le noir. J'ai essayé en vain de me rappeler les rares leçons de tir que Grandpa avait eu le droit de me donner. Finalement, j'ai rejoint Emma avec mon butin.

— Il est piégé là-haut. On va tenter de le raisonner.

— Je le raisonnerai en le balançant en bas, a grondé Emma entre ses dents.

Nous avons repris notre ascension. L'escalier bougeait affreusement, et il était tellement exigu que nous étions obligés d'avancer l'un derrière l'autre, courbés, pour éviter de nous cogner la tête sur la marche du dessus. Par chance, aucun des boulons détachés ne servait à maintenir un élément crucial. J'ai ralenti. Je n'osais pas regarder en bas. Je me suis concentré sur mes pieds, une main sur la rambarde, le revolver dans l'autre.

Je me préparais à une attaque surprise, mais rien n'est venu. L'escalier s'achevait sur un palier de pierre. Je percevais déjà la fraîcheur de l'air nocturne et le sifflement du vent. J'ai avancé le revolver, puis la tête. J'étais tendu, prêt au combat, mais Golan était invisible. À ma droite, la lumière géante tournait sous son globe de verre. D'aussi près, elle était aveuglante. À ma gauche, une fine balustrade. Au-delà, le vide : dix étages, puis les rochers et la mer déchaînée.

Avant de m'engager sur l'étroite passerelle, j'ai indiqué à Emma que la voie était libre. Nous avons progressé lentement, le dos collé contre la loge tiède de la lampe, le torse exposé au vent froid.

— L'Oiseau est tout près, a soufflé Emma. Je sens sa présence.

D'une petite détente du poignet, elle a fait jaillir une boule de feu dans sa paume. La couleur et l'intensité des flammes prouvaient qu'elle avait produit une arme, et non un simple éclairage.

— Séparons-nous, ai-je suggéré. Tu vas dans un sens, moi dans l'autre. Comme ça, il ne pourra pas nous échapper.

— J'ai peur, Jacob !

— Moi aussi. Mais il est blessé, et on a son revolver.

Elle a haussé les épaules et m'a effleuré le bras avant de me tourner le dos.

J'ai contourné lentement la lampe, le revolver serré dans la main. Et j'ai enfin aperçu Golan.

Il était assis par terre, le dos contre le garde-fou et la tête baissée, la cage entre les genoux. Une coupure sur l'arête de son nez saignait abondamment. Des rigoles sombres striaient son visage, semblables à des larmes.

Une petite lumière rouge, fixée aux barreaux de la cage, clignotait à intervalles réguliers de quelques secondes.

J'ai avancé d'un pas. Golan a levé la tête et m'a vu. Son visage était maculé de sang séché, son œil blanc, injecté de rouge. De la bave coulait à la commissure de ses lèvres.

Il s'est levé en chancelant, sans lâcher la cage.

— Posez-la !

Il s'est plié en deux, comme s'il allait obéir, puis il a feinté et a tenté de s'enfuir en courant. J'ai crié et je me suis lancé à sa poursuite. Il avait à peine disparu derrière le globe de la lampe, lorsque j'ai vu des flammes lécher le béton. Golan a pivoté brusquement. Il est revenu vers moi en hurlant, les cheveux fumants, un bras couvrant son visage.

— Stop ! ai-je hurlé.

Comprenant qu'il était piégé, il a levé la cage devant lui en guise de bouclier, et l'a secouée méchamment. Les oiseaux ont piaillé. Ils ont tenté de lui piquer la main à travers les barreaux.

— C'est ça que vous voulez ? a braillé Golan. Allez-y, brûlez-moi ! Les oiseaux brûleront aussi ! Et, si vous me tirez dessus, je les jette par-dessus bord !

— Sauf si je vise votre tête.

Il a ri.

— Tu oublies que j'ai une connaissance intime de ta psychologie, Jacob. Tu es incapable de tirer. Ça te donnerait des cauchemars.

J'ai essayé d'imaginer la scène. Mon doigt pressant la gâchette. La détente et l'affreuse détonation. Qu'y avait-il de si difficile à cela ? Pourquoi ma main tremblait-elle rien que d'y penser ? Combien d'estres mon grand-père avait-il tués ? Des dizaines ? Des centaines ? S'il avait été à ma place, Golan serait déjà mort. J'aurais dû l'achever dès que je l'avais vu, avant qu'il ne s'avise de ma présence. J'avais raté une occasion ; cette fraction de seconde d'indécision, due à un manque de courage, avait peut-être signé l'arrêt de mort des ombrunes.

Le faisceau de la lampe géante nous a changés momentanément en silhouettes blanches. Golan a grimacé et détourné les yeux. « Encore une occasion manquée », ai-je pensé.

— Posez la cage et suivez-moi, ai-je tenté. On ne vous fera aucun mal.

— Moi, je ne promets rien, a objecté Emma. Ça dépend si Millard s'en sort...

— Vous voulez me tuer ? a rugi Golan. Très bien, alors, finissons-en ! Mais cela ne fera que retarder l'inéluctable et aggraver votre cas. Nous savons où vous trouver. D'autres viendront, et je vous garantis que je suis un tendre, comparé à eux.

— Finissons-en ? a répété Emma en faisant rougeoyer sa flamme. Qui a dit que ce serait rapide ?

— Je vous ai prévenus : je les tuerai, a menacé Golan en serrant la cage contre sa poitrine.

Emma s'est campée devant lui :

— J'ai quatre-vingt-huit ans. Vous croyez vraiment que j'ai besoin de baby-sitters ?

Son expression était indéchiffrable.

— Si vous saviez depuis combien de temps je rêve de quitter les jupons de cette femme, a-t-elle poursuivi. Franchement, vous nous rendez service.

Elle paraissait si sincère que j'ai douté.

Golan a pivoté la tête à gauche, puis à droite, nous jaugeant du regard. Un instant, il a eu l'air effrayé, puis il s'est ravisé :

— N'importe quoi ! Tu bluffes.

Emma s'est frotté les mains et les a écartées, produisant une corde de flammes.

— C'est ce qu'on va voir...

Je me suis senti obligé d'intervenir.

— Si vous nous dites ce que vous voulez faire des ombrunes, peut-être qu'elle vous épargnera, ai-je tenté.

— On veut seulement finir ce qu'on a commencé, a déclaré Golan.

— Vous parlez de l'expérience, a deviné Emma. Vous avez déjà essayé, et regardez le résultat ! Vous vous êtes changés en monstres !

— C'est vrai, a-t-il convenu. Mais la vie serait affreusement ennuyeuse si l'on obtenait toujours ce qu'on désire dès la première tentative... Cette fois, nous aurons recours aux meilleurs manipulateurs de temps du monde, comme ces deux femmes. Nous n'échouerons pas. Nous avons eu un siècle pour comprendre ce qui est allé de travers. Apparemment, il nous aurait fallu une réaction plus importante !

— Plus importante ? me suis-je étranglé. Vous avez fait sauter la moitié de la Sibérie !

— Si vous devez échouer, a-t-il dit avec emphase, échouez de façon spectaculaire !

Je me suis rappelé le rêve prophétique d'Horace : des nuages de cendres, une terre roussie. J'ai compris ce qu'il avait vu. Si les estres et les creux échouaient de nouveau, ils détruiraient beaucoup plus que cinq cent mille hectares de forêt déserte. Et, s'ils réussissaient, ils deviendraient des demi-dieux immortels... J'ai frissonné à cette pensée. Vivre sous leur règne serait un véritable enfer.

La lumière est revenue aveugler Golan. J'ai bandé mes muscles, prêt à bondir, mais l'occasion était déjà passée.

— C'est sans importance, a dit Emma. Kidnappez toutes les ombrunes que vous voulez. Elles ne vous aideront jamais.

— Bien sûr que si ! Si elles refusent, nous les tuerons.

— Vous êtes fou !

Les oiseaux ont poussé des cris stridents. Golan a secoué violemment la cage.

— Non ! Ce qui est fou, c'est que vous, les particuliers, viviez cachés, alors que vous auriez les moyens de dominer le monde. Vous succombez à la mort alors que vous pourriez la vaincre. Vous laissez les humains ordinaires, ces déchets génétiques, vous contraindre à vous cacher, alors que vous pourriez en faire vos esclaves. Ce ne serait que justice.

Il ponctuait chaque phrase en secouant la cage. Au bout d'un moment Emma a craqué.

— Arrêtez ! a-t-elle crié.

— Finalement, tu t'inquiètes pour elles !

Il a secoué la cage encore plus fort. Soudain, la lumière rouge fixée à ses barreaux a redoublé d'intensité. Golan a tourné la tête pour scruter les ténèbres. Puis il a regardé Emma :

— Tu les veux ? Tiens !

Il a reculé et a fait mine de lui lancer la cage au visage. Emma a crié. Elle s'est baissée pour esquiver le coup. Alors, tel un discobole, Golan a balancé la cage en pivotant sur lui-même, avant de la lâcher. Elle a volé par-dessus la rambarde et culbuté dans le vide.

J'ai poussé un juron. Emma s'est jetée contre le garde-fou en hurlant, griffant désespérément l'air. Profitant de la confusion, Golan s'est relevé d'un bond. Il m'a donné un coup de poing dans le ventre et un autre dans le menton. Je me suis plié en deux, le souffle coupé, en proie à une violente nausée. Puis il a tenté de récupérer son revolver. J'ai rassemblé mes dernières forces pour l'empêcher de me l'arracher. Vu l'importance qu'il lui accordait, l'arme était probablement chargée. Je l'aurais volontiers jetée par-dessus la rambarde, mais je ne pouvais pas la lâcher sans qu'il s'en empare. Emma poussait toujours des cris hystériques : « Ordure ! Ordure ! » Soudain, une flamme a jailli de ses mains. Elle s'est approchée de Golan par-derrière et les a refermées autour de son cou. J'ai entendu sa chair grésiller comme un steak sur un gril. L'estre a hurlé. Il a lâché prise et roulé loin de moi. Ses cheveux se sont enflammés. Puis il a serré à son tour le cou d'Emma, comme s'il se moquait de brûler vif, du moment qu'il l'étranglait. J'ai bondi sur mes pieds, empoigné le revolver et l'ai mis en joue. J'ai essayé de me vider la tête et de me concentrer sur la stabilité de mon bras, créant une ligne imaginaire entre mon épaule et ma cible : la tête d'un homme. Non, pas un homme : une créature corrompue à l'apparence humaine, qui avait organisé l'assassinat de mon grand-père et fichu ma vie en l'air. Une ordure qui me manipulait depuis des mois – que dis-je : des années ! « Détends-toi. Inspire. Retiens ton souffle. » J'avais enfin l'occasion de reprendre le contrôle de la situation. Mais cela ne durerait pas.

« Maintenant, appuie ! »

Le coup est parti. Le recul de l'arme a produit dans mon bras une violente secousse qui s'est communiquée à tout mon corps. La détonation m'a déchiré les tympans. J'ai fermé les yeux. Quand je les ai rouverts, tout était étrangement figé. Golan était toujours aux prises avec Emma, mais ils semblaient tous deux changés en statues de bronze. Les ombrunes avaient-elles repris leur forme humaine pour nous jeter un sort ?

Puis Emma s'est libérée de l'étreinte de Golan, qui a titubé en arrière. Il a trébuché et s'est assis lourdement sur le garde-fou.

Il m'a fixé avec stupeur, la bouche entrouverte. Il a voulu parler, mais s'est aperçu qu'il n'en était pas capable. Il a plaqué les mains sur le trou que la balle avait fait dans sa gorge. Le sang a jailli entre ses doigts, dégouliné le long de ses bras. Finalement, ses forces l'ont abandonné. Il a basculé en arrière et disparu.

Nous avons oublié Golan à la seconde où il est sorti de notre champ de vision. Emma m'a montré la mer en criant :

— Là ! Regarde !

J'ai plissé les yeux et distingué une petite lumière rouge qui flottait sur les vagues. Nous avons couru vers la porte et dévalé l'interminable escalier, jusqu'à la terre ferme. Objectivement, nous n'avions aucune chance de récupérer la cage avant qu'elle coule ; pourtant, l'espoir nous donnait des ailes.

Au pied du phare, nous avons retrouvé Bronwyn et Millard, avec un garrot. Il nous a crié quelques mots que je n'ai pas compris. Qu'importe : il était vivant. J'ai pris Emma par l'épaule :

— Le bateau !

Je lui ai indiqué l'endroit où Golan avait arrimé le canoë qu'il lui avait volé. Hélas, c'était trop loin, et chaque seconde comptait. Emma a secoué la tête et m'a entraîné vers la mer. Nous avons plongé dans un même élan.

C'est à peine si j'ai senti le froid. Je devais absolument atteindre la cage avant qu'elle soit engloutie. Nous avons nagé de toutes nos forces, malmenés par la houle. Impossible d'évaluer la distance qui nous séparait de la cage. Notre seul repère était ce minuscule point rouge qui clignotait dans un océan de noir. Il flottait, coulait, allait et venait... Par deux fois nous l'avons perdu de vue. Nous nous sommes arrêtés pour le chercher frénétiquement des yeux, avant de le repérer de nouveau.

Un puissant courant emportait la cage et nous entraînait avec lui. Nous étions au bord de l'épuisement. Quand la balise a disparu une troisième fois, j'ai crié :

— Il faut faire demi-tour !

Emma ne voulait rien entendre. Elle nageait devant moi, vers le large. Je lui ai attrapé une jambe. Elle s'est dégagée d'un coup de pied.

— Elle a coulé ! ai-je braillé. C'est fichu, on ne les retrouvera plus !

— Tais-toi ! Tais-toi !

J'ai deviné à ses halètements qu'elle était aussi épuisée que moi.

— Tais-toi et cherche ! a-t-elle répété.

Je l'ai enlacée et tenté de lui faire entendre raison. Elle m'a donné de nouveaux coups de pied ; puis, comme je refusais de la lâcher, elle s'est mise à pleurer, hurlant son désespoir entre deux sanglots. J'ai voulu l'entraîner vers le phare, mais elle était comme un caillou dans l'eau. Elle me tirait vers le fond.

— Nage ! lui ai-je ordonné ! Nage, ou on va se noyer !

Et soudain j'ai aperçu un minuscule éclair rouge, tout près de nous, juste sous la surface. Je n'ai rien dit, de peur d'avoir eu une hallucination. La lumière a clignoté. Cette fois, Emma l'a vue. Elle a poussé un cri de joie et j'ai senti mon espoir renaître. Avec un peu de chance, les oiseaux avaient survécu.

Nous allions plonger pour récupérer notre trésor, quand la cage est remontée vers la surface.

— Que se passe-t-il ? ai-je haleté. Encore une épave ?

— Impossible. Il n'y en a pas, ici !

— Alors, c'est quoi, ce truc ?

On aurait dit une baleine affleurant l'eau : longue, massive et grise. Ou un vaisseau fantôme…

Soudain, un violent courant a jailli des profondeurs et nous a emportés. Nous avons brassé l'eau sans succès, aussi impuissants que des esquifs sur un tsunami. Puis nos pieds ont cogné la surface avec un bruit sourd et nous nous sommes élevés à notre tour.

Le monstre a surgi de l'eau en sifflant, dans une déferlante d'écume. Projetés à plat ventre sur sa carcasse métallique, nous nous sommes accrochés à une grille. À travers les embruns, j'ai vu la cage, reposant entre deux ailerons sur le dos de la créature d'acier. Puis le faisceau du phare a balayé la scène et j'ai compris que ce n'était pas des nageoires, mais une tourelle et une mitrailleuse géante. Le monstre que nous chevauchions n'était ni une épave ni une baleine…

— C'est un sous-marin allemand !

Et ce n'était pas une coïncidence s'il avait fait surface sous nos pieds. C'était probablement lui que Golan attendait.

Emma s'était déjà relevée et courait vers la cage. Je me remettais péniblement sur mes pieds, quand une vague nous a renversés.

Un cri a fusé. J'ai levé les yeux et vu un homme en uniforme gris sortir d'une écoutille dans la tourelle. Il a braqué son arme sur nous.

Une pluie de balles a martelé le pont. La cage était trop loin pour que nous puissions l'atteindre sans nous faire déchiqueter. Mais cela ne suffisait pas à dissuader Emma.

J'ai couru vers elle, je l'ai plaquée au sol et nous avons basculé dans l'eau. Des balles ont criblé les vagues dans notre sillage.

Quand nous avons refait surface, Emma m'a secoué en hurlant :

— Pourquoi tu as fait ça ? Je l'avais presque !

— Il t'aurait tuée ! ai-je dit en me dégageant.

J'ai réalisé qu'elle n'avait même pas vu notre agresseur, focalisée qu'elle était sur la cage. Je lui ai montré l'homme à la mitraillette qui marchait sur le pont. Il est allé récupérer la cage et l'a secouée. Sa porte était ouverte, et j'ai cru voir un mouvement à l'intérieur. Puis la lumière du phare a éclairé le visage de l'homme : sa bouche tordue par un rictus méprisant, ses yeux blancs. C'était un estre.

Il a glissé une main dans la cage et en a sorti un unique oiseau, trempé. Un autre soldat l'a appelé en sifflant depuis la tourelle. L'homme a rejoint l'écoutille avec sa proie.

Le sous-marin a fait un vacarme d'enfer. Des remous ont agité l'eau autour de nous, comme si elle entrait en ébullition.

— Nage, ou il va nous aspirer vers le fond ! ai-je lancé à Emma.

Elle ne m'a pas entendu. Elle fixait intensément une flaque d'eau noire, à la poupe du sous-marin. Une seconde plus tard, elle s'élançait dans sa direction à la nage. De nouveau, j'ai voulu l'intercepter et elle s'est débattue. Alors, par-dessus le grincement du monstre de métal, j'ai perçu un cri aigu, puissant. Miss Peregrine !

L'Oiseau flottait comme un bouchon, luttant pour conserver la tête hors de l'eau. Elle battait d'une aile ; l'autre était inerte, comme brisée. Emma l'a recueillie dans ses mains. Je lui ai hurlé de me rejoindre.

Nous avons nagé contre le courant avec l'énergie du désespoir. En s'immergeant, le sous-marin déplaçait des torrents d'eau, créant un énorme tourbillon. La mer semblait se dévorer elle-même, et elle nous aurait dévorés aussi, si un sentiment de victoire n'avait décuplé nos forces. Peu après, nous avons entendu Bronwyn crier nos noms, et notre amie a fendu les vagues pour nous venir en aide.

*

\* \*

Nous nous sommes allongés sur les rochers, hoquetant et tremblant d'épuisement. Millard et Bronwyn nous harcelaient de questions, mais nous n'avions pas assez de souffle pour leur répondre. Ils avaient vu la cage, puis le corps de Golan tomber du phare, le sous-marin faire surface et replonger ; Miss Peregrine sortir de l'eau, mais pas Miss Avocette. En somme, ils avaient compris l'essentiel. Ils nous ont frictionnés et serrés contre eux jusqu'à ce que nous arrêtions de trembler ; Bronwyn a glissé la directrice sous sa chemise pour la réchauffer. Après avoir récupéré un peu de forces, nous sommes allés détacher le canoë d'Emma et nous avons regagné la côte.

Les enfants se sont avancés à notre rencontre dans les vagues.

— On a entendu des tirs !

— Quel était cet étrange bateau ?

— Où est Miss Peregrine ?

Aussitôt descendue de la frêle embarcation, Bronwyn a soulevé sa chemise pour leur montrer l'Oiseau blotti contre sa poitrine. Les enfants se sont pressés autour d'elle. Miss Peregrine a levé le bec et croassé pour leur indiquer qu'elle était saine et sauve, bien que très fatiguée. Des cris de joie ont fusé.

— Bravo ! Vous avez réussi ! nous a félicités Hugh.

Olive a esquissé quelques pas de danse et chanté : « L'Oiseau, l'Oiseau, l'Oiseau ! Emma et Jacob ont sauvé l'Oiseau ! »

Cependant, les réjouissances ont été de courte durée. Les enfants ont vite remarqué l'absence de Miss Avocette et l'état inquiétant de Millard. Malgré son garrot, il avait perdu beaucoup de sang et sa respiration était sifflante. Enoch lui a donné son manteau et Fiona, son bonnet de laine.

— On va t'emmener chez un docteur en ville, a déclaré Emma.

Millard lui a opposé un refus catégorique :

— N'importe quoi ! Ce type n'a jamais vu de garçon invisible. Qui sait comment il réagira ? Soit il me pansera à côté de la blessure, soit il partira en courant.

— Il peut bien filer en courant, a insisté Emma. Une fois la boucle renouvelée, il ne se souviendra de rien.

Millard a secoué la tête.

— Regarde autour de toi. La boucle aurait dû se renouveler depuis une heure.

Il avait raison. L'attaque avait pris fin, mais des panaches de fumée se mêlaient encore aux nuages dans le ciel.

— Aïe, a fait Enoch.

— De toute manière, on a le nécessaire à la maison, a repris Millard. Vous n'aurez qu'à me donner une gorgée de laudanum et asperger la blessure d'alcool. C'est une plaie superficielle. D'ici deux ou trois jours, il n'y paraîtra plus.

— Ça saigne toujours, a objecté Bronwyn, indiquant des gouttes rouges qui coulaient sur le sable.

— Tu n'as qu'à resserrer le garrot !

Elle a obéi. Millard a poussé un petit cri avant de s'évanouir dans ses bras.

— Qu'est-ce qui lui arrive ? s'est inquiétée Claire.

— Il est juste tombé dans les pommes, l'a rassurée Enoch. Il n'est pas aussi vaillant qu'il voudrait nous le faire croire.

— Qu'est-ce qu'on fait, maintenant ?

— Interrogeons Miss Peregrine, a proposé Olive.

— Bonne idée, a dit Enoch. Il faut qu'elle reprenne sa forme humaine. Elle ne peut pas nous donner de conseils tant qu'elle est un oiseau.

Bronwyn a déposé délicatement la directrice sur le sable sec, puis nous avons reculé et attendu. Miss Peregrine a sautillé plusieurs fois en battant de son aile intacte. Elle nous a regardés à tour de rôle en clignant des yeux.

— Elle a sûrement besoin d'un peu d'intimité, a suggéré Emma. Tournons-lui le dos.

Aussitôt dit, aussitôt fait.

— C'est mieux, comme ça, Miss Peregrine ? lui a lancé Olive. Personne ne vous regarde !

Au bout d'une minute, Hugh a jeté un coup d'œil par-dessus son épaule et constaté :

— Non. Elle est encore oiseau.

— Elle est peut-être trop fatiguée, ou elle a trop froid, a dit Claire.

C'était une explication plausible. Nous avons donc décidé de regagner la maison pour soigner Millard avec les moyens du bord. Une fois là-bas, il nous suffirait d'attendre, et d'espérer qu'avec un peu de repos la directrice et sa boucle reprendraient leur état normal.

# CHAPITRE ONZE

*N*ous avons gravi le sentier escarpé et franchi la crête en file indienne, comme une petite troupe de soldats éclopés rentrant du front. Bronwyn portait Millard dans ses bras, tandis que Miss Peregrine voyageait sur la couronne de cheveux de Fiona. Le paysage était constellé de cratères fumants ; la terre, fraîchement retournée, semblait avoir été creusée par un chien géant. Nous nous demandions ce qui nous attendait à la maison, mais personne n'osait formuler la question à haute voix.

Nous avons eu notre réponse avant même de sortir de la forêt. Enoch, qui s'était cogné le pied, s'est baissé pour regarder par terre. Il a ramassé une demi-brique calcinée.

La panique s'est emparée des enfants, qui sont partis en courant sur le chemin. Arrivés sur la pelouse, les plus jeunes ont éclaté en sanglots. Une épaisse fumée noire flottait dans l'air. La bombe n'était pas venue reposer sur le doigt d'Adam, comme d'habitude ; elle l'avait pulvérisé. L'angle arrière de la maison avait subi de graves dégâts. De petits feux brûlaient encore dans deux pièces éventrées, semblables à des coquilles noircies. À l'emplacement d'Adam se trouvait un cratère assez profond pour qu'une personne y tienne debout. Je voyais désormais une ressemblance entre cet endroit et la ruine que j'avais découverte à mon arrivée sur l'île. La maison du cauchemar.

Miss Peregrine a sauté des cheveux de Fiona et couru sur l'herbe carbonisée en poussant des cris rauques.

— Miss Peregrine, que s'est-il passé ? lui a demandé Olive. Pourquoi le changement n'a-t-il pas eu lieu ?

Pour toute réponse, Miss Peregrine a poussé de nouveaux cris. Elle était aussi confuse et effrayée que nous. Claire s'est agenouillée près d'elle.

— S'il vous plaît, reprenez votre forme humaine ! l'a-t-elle implorée

Miss Peregrine a battu des ailes. Elle a paru faire un effort colossal, mais elle a conservé sa forme d'oiseau. Les enfants ont fait cercle autour d'elle, affolés.

— C'est inquiétant, a dit Emma.

— C'est pour ça que la boucle ne s'est pas renouvelée, a hasardé Enoch. Rappelez-vous l'histoire de Miss Crécerelle. Après un accident de vélo, elle a gardé sa forme d'oiseau pendant une semaine entière. Et c'est là que sa boucle s'est défaite.

— Quel est le rapport avec Miss Peregrine ?

Enoch a soupiré.

— Peut-être qu'elle s'est blessée à la tête et qu'elle guérira d'ici quelques jours.

Emma a paru dubitative :

— Un accident est une chose... Miss Peregrine a été maltraitée par des estres. Comment savoir ce que cette ordure lui a fait subir avant qu'on les rattrape ?

— Des estres ? Ils étaient plusieurs ?

— Ce sont des estres qui ont emmené Miss Avocette, ai-je dit.

— Comment le sais-tu ? m'a interrogé Enoch.

— Ils étaient de mèche avec Golan. Et j'ai vu les yeux de celui qui nous a tiré dessus. Ça ne fait aucun doute.

— Alors, Miss Avocette est condamnée, a prédit Hugh. Ils vont la tuer, c'est certain.

— Peut-être pas. En tout cas, pas tout de suite...

— Les estres tuent les particuliers, a insisté Enoch. C'est dans leur nature.

— Jacob a raison, est intervenue Emma. Avant de mourir, Golan nous a appris qu'ils avaient enlevé de nombreuses ombrunes. Ils veulent les obliger à reproduire la réaction qui a créé les creux, mais en plus grand. En *beaucoup* plus grand.

Quelqu'un a suffoqué. Les autres enfants sont restés silencieux. J'ai cherché du regard Miss Peregrine. Elle était perchée tristement au bord du cratère d'Adam.

— Il faut les en empêcher ! a déclaré Hugh. Et pour ça on doit découvrir où ils emmènent les ombrunes.

— Comment ? a demandé Enoch. En suivant un sous-marin ?

Derrière moi, quelqu'un s'est raclé la gorge. Je me suis retourné. Horace était assis en tailleur, à même le sol.

— Je sais où ils vont, a-t-il dit, très calme.

— Comment ça, tu le sais ?

— Peu importe, a tranché Emma. Il le sait, c'est tout. Où les emmènent-ils, Horace ?

Le garçon a secoué la tête.

— Je ne connais pas le nom de l'endroit, mais je l'ai vu.

— Tu pourrais le dessiner ? ai-je tenté.

Horace a réfléchi un instant, puis s'est levé avec raideur. Avec son costume noir déchiré, on aurait dit un mendiant évangélique. Il s'est approché de la maison en traînant les pieds, pour récupérer un morceau de bois brûlé. Alors, à la lueur de la lune, il s'est mis à dessiner à grands traits sur un pan de mur effondré.

Nous nous sommes rassemblés autour de lui. Il a tracé une série de lignes verticales surmontées de boucles évoquant des fils de fer barbelés. D'un côté se trouvait une forêt. Le sol était couvert de neige.

Son dessin achevé, Horace a reculé en titubant et s'est assis dans l'herbe. Son regard était empreint d'une profonde tristesse. Emma l'a pris doucement par le bras :

— Horace, qu'est-ce que tu sais d'autre sur cet endroit ?

— C'est quelque part où il fait froid.

Bronwyn s'est avancée pour examiner le croquis. Elle portait Olive ; la tête de la fillette reposait sur son épaule.

— On dirait une prison, a-t-elle observé.

— Alors ? a fait Olive d'une petite voix. Qu'est-ce qu'on attend pour y aller ?

Enoch a levé les bras au ciel :

— Pour aller où ? C'est juste un gribouillis.

Emma s'est tournée brusquement vers lui.

— C'est quelque part ! a-t-elle insisté.

— On ne peut pas partir au hasard.

— On ne peut pas non plus rester ici.

— Pourquoi pas ?

— Regardez dans quel état est la maison. Regardez la directrice. Ici, c'est terminé.

Enoch et Emma ont marché de long en large un petit moment, tout en exposant leurs arguments. Enoch, soutenu par quelques autres, affirmait qu'ils s'étaient coupés trop longtemps du monde. Qu'ils seraient victimes de la guerre ou capturés par les creux s'ils partaient. Qu'ils devraient plutôt courir le risque de rester ici, dans un lieu familier. Leurs opposants objectaient que la guerre et les creux étaient venus à eux et qu'ils n'avaient plus le choix. Les creux et les estres reviendraient en force chercher Miss Peregrine. Il fallait aussi réfléchir au cas de la directrice.

— On trouvera une autre ombrune pour lui venir en aide, a suggéré Emma.

— Mais si toutes les boucles se sont défaites ? a rétorqué Hugh. Et si toutes les ombrunes ont été kidnappées ?

— On ne peut pas réfléchir ainsi.

— Emma a raison, a dit Millard, couché par terre, la tête sur une brique. Si nous n'avons d'autre choix que d'attendre, je suis contre.

Les insoumis ont fini par se rallier à l'avis de la majorité, acceptant de quitter la maison. Chacun emporterait le strict nécessaire, et nous réquisitionnerions plusieurs bateaux dans le port, afin de rejoindre le continent.

J'ai demandé à Emma comment ils comptaient naviguer. Aucun d'eux n'avait quitté l'île en presque quatre-vingts ans, et Miss Peregrine n'était pas en état de les guider.

— On a une carte, a-t-elle dit.

Elle a regardé la maison fumante.

— Enfin, si elle n'a pas brûlé...

Je lui ai proposé de l'aider à chercher. Nous avons plaqué des linges mouillés sur nos visages, puis nous sommes entrés dans la maison par le mur éventré. Les fenêtres étaient brisées et l'air saturé de fumée, mais, grâce à la flamme dans la main d'Emma, nous avons atteint sans encombre la salle de classe. Les étagères s'étaient effondrées comme des dominos. Nous les avons déblayées avant d'examiner les livres éparpillés par terre. Par chance, l'ouvrage en question était facile à trouver : c'était le plus grand de la bibliothèque. Emma l'a brandi avec un petit cri de joie.

En sortant, nous avons pris de l'alcool, du laudanum et des bandages pour Millard. Après avoir nettoyé sa blessure, nous avons consulté le livre, assis dans l'herbe. C'était un atlas relié de cuir bordeaux, très délicat et très ancien, assez grand pour recouvrir les genoux d'Emma. Ses pages en parchemin étaient ornées de cartes dessinées à la plume.

— Cet ouvrage s'appelle *La Carte des jours*, m'a confié Emma. Il recense toutes les boucles qui existent ou ont existé.

Elle l'a ouvert à une page au hasard. J'ai cru reconnaître une carte de la Turquie, même si aucune route, aucune frontière n'y figurait. En revanche, elle était parsemée de minuscules spirales, indiquant probablement l'emplacement des boucles. Au centre de chacune, un symbole renvoyait à une légende. Les mêmes symboles étaient reproduits en bas de page, suivis d'une liste de nombres séparés par des tirets ou des slashs. J'ai montré du doigt la première ligne : *29-3-316/?- ?-399*, et demandé :

— C'est quoi ? Une espèce de code ?

Emma l'a parcourue de l'index :

— Cette boucle a été créée le 29 mars de l'année 316. Elle a existé jusqu'à une date inconnue en 399.

— Que s'est-il passé en 399 ?

Elle a haussé les épaules.

— Ce n'est pas indiqué.

J'ai tourné la page. Sur la suivante, on voyait une carte de la Grèce, encore plus chargée de spirales et de nombres.

— À quoi bon faire une telle liste ? Comment pourrait-on atteindre ces anciennes boucles ?

– En jouant à saute-mouton, a dit Millard. C'est une opération compliquée et assez dangereuse mais, en progressant par bonds d'une boucle à l'autre – un jour, cinquante ans dans le passé, par exemple –, on s'aperçoit qu'on a accès à toute une série de boucles qui ont cessé d'exister ces cinquante dernières années. En admettant qu'on ait les moyens physiques de les rejoindre, on y trouvera encore d'autres boucles, et ainsi de suite, de façon exponentielle.

– C'est du voyage dans le temps, ai-je dit, sidéré. Du véritable voyage dans le temps.

– Oui, je suppose.

J'ai indiqué le dessin de Horace sur le mur.

– Alors, en plus de découvrir *où* se situe ce lieu, il faut aussi qu'on détermine *quand*.

– J'en ai bien peur. Et si Miss Avocette a bien été enlevée par des estres, qui sont des adeptes du saute-mouton, ils l'ont probablement emmenée quelque part dans le passé. Cela compliquera nos recherches, tout en les rendant plus dangereuses. Nos ennemis connaissent bien les emplacements des boucles historiques ; ils ont tendance à rôder près de leurs entrées.

– Bon..., ai-je soupiré. Alors, ça tombe bien que je vous accompagne.

Emma a pivoté brusquement et m'a serré dans ses bras.

– Oh, c'est merveilleux ! s'est-elle écriée. Tu en es sûr ?

J'ai hoché la tête. Malgré leur fatigue, les enfants ont sifflé et applaudi. Certains m'ont embrassé. Même Enoch m'a serré la main. Seule Emma s'était rembrunie.

– Quoi ?

Elle s'est tortillée, mal à l'aise.

— Il y a une chose que tu dois savoir, et j'ai peur que ça te fasse changer d'avis.

— Mais non !

— Quand on partira d'ici, cette boucle se refermera derrière nous. Tu risques de ne jamais pouvoir regagner l'époque d'où tu viens. Du moins, pas sans danger.

— Il n'y a rien pour moi là-bas, ai-je répondu. Même si je pouvais y retourner, je ne suis pas sûr que j'en aurais envie.

— Tu dis ça maintenant. Mais j'ai besoin que tu en sois sûr.

J'ai hoché la tête et je me suis levé.

— Où vas-tu ?

— Marcher un peu...

Je ne suis pas allé bien loin. J'ai longé le jardin à pas lents, en regardant le ciel. Il était dégagé à présent et piqueté de millions d'étoiles. « Les étoiles aussi sont des voyageurs du temps », ai-je songé. Combien de ces points lumineux provenaient de soleils déjà morts ? Combien d'étoiles étaient nées, dont la lumière ne nous parvenait pas encore ? Si tous les soleils, à l'exception du nôtre, s'éteignaient ce soir, combien de vies nous faudrait-il pour comprendre que nous étions seuls ? J'avais toujours eu conscience que le ciel était plein de mystères, mais je réalisais seulement aujourd'hui que la Terre l'était aussi.

J'ai suivi le sentier jusqu'à l'orée du bois. D'un côté se trouvait un monde familier, une vie sans mystère, ordinaire, sans danger...

Mais non, plus maintenant. Les monstres qui avaient assassiné mon grand-père connaissaient mon existence. Ils reviendraient me chercher, tôt ou tard.

De l'autre côté, les enfants, fébriles, faisaient pour la première fois depuis longtemps des projets d'avenir.

J'ai rebroussé chemin pour aller rejoindre Emma. Elle était toujours plongée dans son livre. Miss Peregrine, perchée à côté d'elle, tapotait la carte de son bec, ici et là.

Emma a levé les yeux.

— J'en suis sûr, lui ai-je dit.

Elle a souri.

— Tant mieux.

— J'ai juste une chose à faire avant de partir.

*

\* \*

Je suis retourné en ville peu avant le lever du jour. La pluie avait enfin cessé et une belle journée se préparait à l'horizon. Le sentier, raviné par la pluie, ressemblait à un bras aux veines saillantes.

J'ai traversé le pub désert pour monter à l'étage, où j'ai constaté avec soulagement que mon père avait fermé la porte de sa chambre. Je n'avais pas encore trouvé comment formuler ce que j'avais à lui dire. Je me suis assis à la petite table pour lui écrire une lettre.

J'ai essayé de tout mettre noir sur blanc. J'ai évoqué les enfants particuliers et les creux, lui révélant que les histoires de Grandpa étaient vraies. Je lui ai raconté ce qui était arrivé à Miss Peregrine et Miss Avocette, et expliqué pourquoi je devais partir, en lui demandant de ne pas s'inquiéter.

Au bout d'un moment, je me suis interrompu pour me relire. Ça n'allait pas du tout. Jamais papa ne me croirait. Il penserait que j'avais perdu la tête, s'imaginerait que j'avais fugué, été enlevé, ou que j'avais sauté d'une falaise. Il ne s'en remettrait pas. J'ai chiffonné la feuille, que j'ai jetée dans la corbeille à papier.

— Jacob ?

J'ai pivoté brusquement. Mon père était sur le seuil, les yeux bouffis, les cheveux en bataille, vêtu d'une chemise et d'un jean maculés de boue.

— Salut, papa.

— Je vais te poser une question simple et directe…, a-t-il commencé. Et j'aimerais une réponse simple et directe. Où étais-tu cette nuit ?

Il prenait visiblement sur lui pour garder son calme. J'ai décidé que je lui avais assez menti.

— Je vais bien, papa. J'étais avec mes amis.

Il a roulé des yeux exorbités.

— Tes amis sont imaginaires ! a-t-il hurlé.

Puis il s'est avancé vers moi, écarlate.

— Je regrette d'avoir laissé ce charlatan de psychiatre me convaincre de t'amener ici. C'est un désastre complet ! Tu viens de me mentir pour la dernière fois ! Va dans ta chambre et fais tes valises. On prend le prochain ferry !

— Papa ?

— Une fois rentré, tu ne quittes plus la maison tant qu'on ne t'aura pas trouvé un psy sérieux !

— Papa !

Je me suis demandé si j'allais devoir m'enfuir. J'ai imaginé mon père me plaquant au sol, appelant à l'aide, me chargeant sur le ferry dans une camisole de force...

— Je ne pars pas avec toi.

Il a plissé les yeux et incliné la tête, comme s'il avait mal entendu. J'allais répéter, quand on a frappé à la porte.

— Foutez le camp ! a braillé papa.

Les coups se sont répétés, plus insistants. Excédé, mon père a foncé vers la porte et l'a ouverte à la volée. Emma et Olive se tenaient sur le palier. Une petite flamme bleue dansait dans la main d'Emma.

— Bonjour ! a dit Olive. On vient voir Jacob.

Papa a dévisagé les deux filles, stupéfait.

— Qu'est-ce que...

Elles l'ont contourné pour se faufiler dans la pièce.

— Qu'est-ce que vous faites ici ? ai-je soufflé.

— On est venues se présenter, a répondu Emma.

Elle a décoché un grand sourire à mon père.

— Nous avons fait la connaissance de votre fils, et nous avons eu envie de lui rendre une petite visite.

— Je vois..., a-t-il murmuré en les regardant à tour de rôle, comme s'il avait la berlue.

— Jacob est vraiment un chic type, a enchaîné Olive. Il est très courageux !

— Et très beau ! a ajouté Emma en m'adressant un clin d'œil.

Elle a fait rouler la flamme entre ses mains. Papa la fixait, hypnotisé.

— O-oui, a-t-il bredouillé. C'est vrai.

— Ça vous ennuie si je retire mes chaussures ? a demandé Olive.

Sans attendre la réponse, elle s'est déchaussée et s'est mise à flotter jusqu'au plafond.

— Merci ! C'est beaucoup plus confortable !

J'ai senti que le moment était venu de prendre la parole :

— Ce sont mes amis, papa. Ceux dont je t'ai parlé. Voici Emma, et Olive, au plafond.

Il a reculé en titubant.

— Je suis mal réveillé, a-t-il dit d'une voix pâteuse. Je suis tellement fatigué...

Une chaise s'est soulevée du sol et a flotté dans sa direction, suivie par un bandage.

— Je vous en prie, asseyez-vous, lui a proposé Millard.

— D'accord ! a accepté mon père.

— Qu'est-ce que tu fabriques ici ? ai-je chuchoté. Tu ne devrais pas être couché ?

— J'avais une course à faire en ville...

Millard a brandi un flacon de gélules.

— Ils font des antalgiques très efficaces, dans le futur !

— Papa, je te présente Millard. Tu ne le vois pas, parce qu'il est invisible.

— Enchanté !

— De même, a répondu Millard.

Je me suis accroupi près de la chaise de mon père. Sa tête tressautait légèrement.

— Je vais m'absenter, papa. Tu risques de ne pas me voir pendant un bon bout de temps...

— Ah bon ? Où vas-tu ?

— Je pars en voyage.

— En voyage, a-t-il répété. Quand rentres-tu ?

— Je ne sais pas.

Il a secoué la tête.

— J'ai l'impression d'entendre ton grand-père.

Millard est allé lui remplir un verre d'eau au robinet. Papa a tendu la main pour le prendre, comme s'il n'y avait rien de surprenant à voir un verre flotter en l'air. Il devait croire qu'il rêvait.

— Bon... Eh bien, bonne nuit, a-t-il dit.

Sur ces mots, il s'est levé et a regagné sa chambre. Avant de passer le seuil, il s'est tourné vers moi.

— Jake ?

— Ouais, papa ?

— Sois prudent, d'accord ?

J'ai hoché la tête. Il a refermé la porte. L'instant d'après, je l'ai entendu s'affaler sur son lit.

— Est-ce qu'on t'a rendu service ? m'a demandé Olive.

— Je ne sais pas. Je pense que non. En se réveillant tout à l'heure, il se dira qu'il vous a vus en rêve.

— Tu pourrais lui écrire une lettre, a suggéré Millard. Raconte-lui tout ce que tu veux. De toute manière, il ne peut pas nous suivre.

— Je lui en ai déjà écrit une. Mais ça ne prouve rien...

— Ah... Oui, je vois ton problème.

— J'aurais bien voulu que mes parents m'aiment assez pour s'inquiéter quand j'ai quitté la maison, a commenté Olive.

Emma lui a serré la main.

— J'ai peut-être une preuve, a-t-elle dit.

Elle a fouillé dans un petit portefeuille attaché à sa ceinture ; elle en a sorti un cliché, qu'elle m'a tendu. C'était une photo d'elle et de Grandpa quand il était jeune. Emma n'avait d'yeux que pour lui, mais lui semblait ailleurs. C'était à la fois triste et beau, et cela résumait le peu de chose que je savais de leur relation.

— Cette photo a été prise juste avant le départ d'Abe pour la guerre, m'a confié Emma. Ton père me reconnaîtra, n'est-ce pas ?

Je lui ai souri.

— Tu n'as pas vieilli d'un seul jour.

— C'est parfait, a approuvé Millard. Voilà ta preuve.

— Tu la gardes en permanence sur toi ? ai-je demandé à Emma en lui rendant le cliché.

— Oui, mais je n'en ai plus besoin.

Elle est allée s'asseoir à la table et m'a emprunté mon stylo pour écrire au dos de la photo.

— Quel est le prénom de ton père ?

— Franklin.

J'ai ensuite lu la lettre, puis j'ai repêché la mienne dans la corbeille ; je l'ai lissée et abandonnée sur la table avec la photo.

— Prêts à partir ? ai-je lancé à mes amis, qui m'attendaient sur le seuil.

— Seulement si toi, tu es prêt, a répondu Emma.

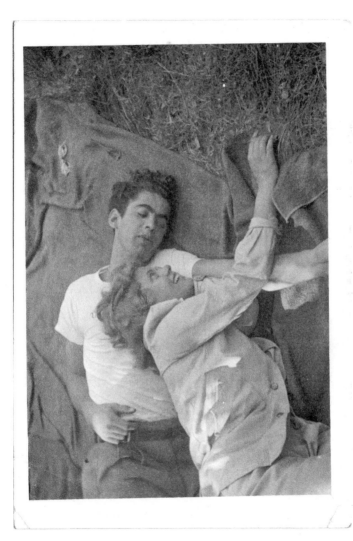

Cher Franklin

J'ai été très heureuse de faire votre connaissance.

Voici une photographie de votre père et moi, prise lorsqu'il vivait ici,

avec nous. J'espère qu'elle suffira à vous convaincre que je suis toujours

en vie et que les histoires de Jacob ne sont pas des inventions.

Jacob va partir en voyage avec mes amis et moi pendant quelque

temps. Nous veillerons les uns sur les autres, et nous essaierons de rester

en vie, même si c'est difficile pour des gens comme nous. Un jour, quand

le danger sera écarté, il vous reviendra. Vous avez ma parole.

Bien à vous.

Emma Bloom.

PS : Si j'ai bien compris, vous avez trouvé une lettre que j'ai adressée

à votre père, voici de nombreuses années. Elle n'était pas convenable,

et je vous assure qu'il ne l'avait pas sollicitée. Il ne m'a d'ailleurs jamais

répondu. Abe était l'un des hommes les plus respectables que j'aie connus.

Nous avons repris le chemin de la crête. À l'endroit où je me retournais d'habitude pour mesurer la distance parcourue, j'ai continué sans m'arrêter. Parfois, il vaut mieux éviter de regarder en arrière.

En arrivant au cairn, Olive a tapoté les pierres comme on flatte un animal de compagnie :

— Au revoir, vieille boucle. Tu as été une bonne boucle, et tu vas beaucoup nous manquer.

Emma lui a pressé l'épaule. Elles se sont baissées pour entrer dans le tunnel.

Dans la grotte, Emma a approché sa main de la paroi. À la lueur de sa flamme, elle m'a montré un détail que je n'avais jamais remarqué : une longue liste d'initiales gravées dans la pierre, suivies de dates.

— Ce sont toutes les périodes durant lesquelles cette boucle a été utilisée, m'a-t-elle expliqué.

J'ai déchiffré plusieurs inscriptions : *PM, 3-2-1853* et *JRR, 1-4 1797*. Plus bas, à peine lisible, on devinait : *XJ, 1580*. Certaines employaient des caractères inconnus.

— Ce sont des runes, m'a dit Emma. Elles sont très anciennes.

Millard a creusé dans le gravier jusqu'à ce qu'il trouve une pierre coupante. Alors, à l'aide d'une seconde pierre en guise de marteau, il a gravé dans la roche : *PF, 3-9-1940.*

— Qui est PF ? s'est renseignée Olive.

— Peregrine Faucon, a fait Millard.

Il a soupiré :

— C'était à elle d'écrire ses initiales. Pas à moi...

Olive a effleuré l'inscription du bout du doigt.

— Tu crois qu'une autre ombrune viendra faire une boucle ici, un jour ?

— Je l'espère, a-t-il dit. Je l'espère sincèrement.

*
* *

Nous avons enterré Victor. Bronwyn a transporté son frère du lit jusqu'au jardin, où les enfants ont fait cercle autour de lui. Elle a tiré les draps et l'a bordé affectueusement, avant de poser un dernier baiser sur son front. Puis, à quatre, nous avons soulevé les coins de son lit, tels des employés des pompes funèbres, et nous l'avons descendu dans le cratère formé par la bombe. Millard, Horace et moi nous sommes hissés hors du trou. Enoch s'est attardé auprès de Victor. Il a sorti de sa poche un homme d'argile, qu'il a déposé sur la poitrine du garçon.

— C'est mon meilleur soldat. Il te tiendra compagnie.

Le petit homme s'est assis. Enoch l'a renversé du pouce. Docile, il a glissé un bras sous sa tête et s'est endormi.

Une fois le cratère rempli, Fiona a fait croître une abondante végétation sur le sol nu. Le temps que chacun fasse son balluchon pour le voyage, Adam avait retrouvé sa place. Il ornerait désormais la tombe de Victor.

Les enfants ont fait leurs adieux à la maison, emportant des fragments de briques ou des fleurs du jardin en guise de souvenirs. Nous avons traversé une dernière fois le petit bois partiellement brûlé et le marais parsemé de cratères. Passé la crête, nous avons descendu la pente vers la ville noyée dans la fumée de tourbe, en direction du port. Les quelques villageois que nous avons croisés étaient si fatigués, tellement assommés par le bombardement qu'ils ont à peine remarqué notre procession.

Nous étions silencieux, mais fébriles. On n'aurait jamais deviné, en les voyant, que les enfants n'avaient pas dormi. Nous étions le 4 septembre ; pour la première fois depuis très longtemps, les jours avaient recommencé à s'égrener. Certains affirmaient qu'ils sentaient la différence ; l'air leur paraissait plus épais, le sang courait plus vite dans leurs veines. Ils se sentaient plus vivants, plus réels.

Moi aussi.

*
* *

Avant de venir à Cairnholm, je rêvais d'échapper à la monotonie de ma vie. Mais ma vie n'avait jamais été ordinaire. Seulement, je n'avais pas remarqué ce qu'elle avait d'exceptionnel.

Je n'aurais jamais cru que je pourrais un jour regretter cette vie-là. Pourtant, en arrivant au port au lever du jour, j'ai eu un pincement au cœur. J'ai pensé à tout ce que je m'apprêtais à quitter : mes parents, ma ville, mon ex-meilleur et seul ami… J'étais au bord d'un précipice, sur le point de basculer dans un nouvel Après. Et j'ai compris que ce départ ne me procurerait pas le soulagement attendu ; qu'il ne me libérerait pas d'un poids. Les souvenirs sont des choses tangibles et pesantes, que je porterais avec moi.

Mon ancienne existence me semblait aussi inaccessible, désormais, que l'orphelinat bombardé. Les portes de nos cages avaient explosé.

Dix enfants particuliers et un oiseau ont réussi à se caser dans trois grosses barques, après avoir abandonné beaucoup d'affaires sur le quai. Avant de partir, Emma a suggéré que l'un de nous fasse un petit discours, mais personne n'était inspiré. Alors, Enoch a levé bien haut la cage de Miss Peregrine, qui a poussé un grand cri rauque. Nous lui avons répondu par une clameur : un cri de victoire et de détresse mêlées, pour tout ce que nous avions perdu et tout ce qu'il nous restait à gagner.

Hugh et moi étions aux commandes de la première barque. Enoch, assis à la poupe, nous regardait ramer, prêt à nous relayer, tandis qu'Emma, coiffée d'un chapeau de soleil, fixait l'île, au loin. La mer d'huile s'étirait à l'infini. Il faisait chaud, mais une brise fraîche soufflait sur l'eau. J'aurais volontiers ramé pendant des heures. Je me suis demandé comment un tel calme pouvait régner dans un monde en guerre.

Dans la barque voisine, Bronwyn nous a fait des signes de main et levé l'appareil photo de Miss Peregrine. Je lui ai souri. Nous n'avions emporté aucune photo ; celle-ci serait la première d'un album tout neuf. C'était étrange de penser qu'un jour, j'aurais ma propre collection de clichés jaunis à montrer à mes petits-enfants sceptiques – et autant d'histoires fantastiques à leur raconter.

Puis Bronwyn a baissé l'appareil et tendu le bras pour nous montrer quelque chose, à l'horizon. Dans le lointain, une procession silencieuse de navires de guerre traçait un trait noir sur le soleil levant.

Nous avons ramé plus vite.

# CRÉDITS
# ICONOGRAPHIQUES

*T*outes les photographies qui figurent dans ce livre sont authentiques et anciennes. À l'exception de quelques-unes, qui ont subi de légères retouches, elles ne sont pas truquées. Elles m'ont été prêtées et proviennent des archives personnelles de dix collectionneurs, des personnes qui ont passé d'innombrables heures à trier des boîtes géantes de clichés en vrac dans les marchés aux puces, les magasins d'antiquités et les vide-greniers, arrachant à l'oubli – et probablement à la benne à ordures – quelques images transcendantes, séduits par leur signification historique ou leur beauté. Leur travail est un acte d'amour assez ingrat. Pour moi, ce sont les héros méconnus du monde de la photographie.

# REMERCIEMENTS

*J*'aimerais remercier :

L'équipe de Quirk au grand complet, en particulier Jason Rekulak, pour sa patience infinie et ses idées aussi nombreuses qu'excellentes ; Stephen Segal pour ses multiples lectures et ses remarques incisives ; Doggie Horner, excellent graphiste et comédien de *one man show* hors pair.

Mon agent Kate Shafer Testerman, merveilleuse et obstinée.

Ma femme Abbi, qui a joyeusement supporté de longs mois de déambulations angoissées et de mentons hirsutes. Ses parents, Barry et Phyllis, pour leur soutien, et les parents de Barry, Gladys et Abraham, dont l'histoire de survie m'a inspiré.

Maman, à qui je dois tout, c'est clair.

Tous mes amis collectionneurs de photos : le très généreux Peter Cohen ; Leonard Lightfoot, qui a fait les présentations ; Roselyn Leibowitz ; Jack Mord des archives Thanatos ; Steve Bannos ; John Van Noate ; David Bass ; Martin Isaac ; Muriel Moutet ; Julia Lauren ; Yefim Tovbis ; et surtout Robert Jackson, qui m'a invité à passer des heures délicieuses dans son salon, à regarder des photos insolites.

Chris Higgins, que je considère comme un expert en matière de voyage dans le temps, et qui a répondu à tous mes appels.

Laurie Porter, qui a pris la photo figurant sur la jaquette de ce livre, un jour où nous explorions d'étranges bicoques abandonnées dans le désert de Mojave.

Édité par Librairie Générale Française – LPJ
(58, rue Jean-Bleuzen, 92170 Vanves)

*Composition PCA*
Achevé d'imprimer en Espagne par CPI
Dépôt légal 1^re publication : octobre 2016
54.3497.8/15 – ISBN : 978-2-01-911015-4
*Loi n° 49-956 du 16 juillet 1949 sur les publications destinées à la jeunesse*
*Dépôt légal : octobre 2017*